ZHONGXIBIJIAO SHIYU XIA DE
LIURUOYU JI QI YANJIU

中西比较视域下的刘若愚及其研究

邱霞 著

知识产权出版社

全国百佳图书出版单位

责任编辑：罗 慧　　　　　责任校对：董志英
封面设计：张 冀　　　　　责任出版：卢运霞

图书在版编目（CIP）数据

中西比较视域下的刘若愚及其研究／邱霞著. —北京：知识
产权出版社，2012.3
ISBN 978 - 7 - 5130 - 1146 - 4

Ⅰ. ①中… Ⅱ. ①邱… Ⅲ. ①刘若愚(1926～1986) - 比较
文学 - 文学理论 - 研究 Ⅳ. ①I712. 065

中国版本图书馆 CIP 数据核字（2012）第 038193 号

中西比较视域下的刘若愚及其研究

邱 霞 著

出版发行：知识产权出版社

社　址：北京市海淀区马甸南村 1 号　　　　邮　编：100088
网　址：http://www.ipph.cn　　　　　　邮　箱：bjb@cnipr.com
发行电话：010 - 82000860 转 8101/8102　　传　真：010 - 82005070/82000893
责编电话：010 - 82000860 转 8345　　　　责编邮箱：luohui@cnipr.com
印　刷：北京富生印刷厂　　　　　　　　经　销：新华书店及相关销售网点
开　本：880mm×1230mm　1/32　　　　　印　张：10.5
版　次：2012 年 5 月第一版　　　　　　　印　次：2012 年 5 月第一次印刷
字　数：231 千字　　　　　　　　　　　定　价：28.00 元
ISBN 978 - 7 - 5130 - 1146 - 4/I · 208　（4032）

谨以此书赠与我的家人，
因为你们的爱和支持……

邱霞在北京师范大学攻读完博士学位，即到复旦大学做博士后。在这期间，她对她的博士论文《刘若愚学术著述研究》作了修改，文稿从上海寄来，嘱我作序。作为她的博士论文的指导教师，于此无可推脱，不得不花些时间重新阅读邱霞重新修改后的论文。

我本人很早就读过刘若愚的《中国文学理论》一书，对其所论的中国古代文论问题，很有兴趣，对其著作中所表现出的学术造诣，印象深刻。刘若愚教授是北京人，1926年生，比我仅大10岁。在日本人占领下的北平，他艰难地度过了8年抗争时光，完成了小学、中学和大学的学业，毕业于当时的北京辅仁大学。随后在清华大学短期攻读硕士，曾任清华大学"新批评"大家燕卜荪的助教，出国前就受到了"新批评"的熏陶。后留学欧洲，在英国获硕士学位。刘若愚虽后来在美国多所大学任教，加入美国籍，但他对自己祖国的文化和生养他的故乡，抱有热爱和思念之情。1982年他回北京，写下了《访儿时故居》："陋巷依稀旧日痕，燕京春暮尚多尘。萧条寂寂墙头草，剥落斑斑院外门。母唤儿啼犹在耳，玉箱茶案已无存。伤心四十余年事，俯首徘徊欲断魂。"从这字里行间，我们可以体会到刘若愚对故园的一片深情。正因为他时刻眷念着自己的祖国和文化，所以每当在外国读到或听到对中国文化的误解、歧视和诽谤，总是愤愤不平。与此同时，就是在西方做学术研究的中国的汉学家，也常有自卑心理，在新中国成立前那种西方中心主义冲击下，在中国政治与经济落后的双重劣势下，觉得抬不起头来，一事不如人，事事不如人。他在国外的这种生存状况，正可作为理解刘若愚一生及学术途径。他为什么总是用英文写作，而且常常不是面对中国文化研究者写作，而是面对一般外国的英文读者写作，换言之，他总是把只懂英语的人当成他著作的预设读者。显然，他这样做是力图通过自己的学术研究，竭尽全力使中国古老的文化传统真实地、客观地呈现于异邦，以使外国人能理解中国和中国语言文化、中国诗学和中国文学理论，从而开辟中西文化平等对话和交流的途径。只有了解刘若愚的这些情况，才能理解刘若愚一生著作的发展轨迹。

邱霞的博士论文就是从这样的历史语境切入，深入展现刘若愚的学术世界。她研究了他一生留下的 8 部书，分成四个章节全面地整体地来介绍刘若愚的学术贡献。她的这种选择是很明智的，也是很有价值的。

邱霞博士论文的第一章是对刘若愚第一本书《中国诗学》的评述。这本写于 20 世纪 50 年代的书，于 1962 年出版。刘若愚著作的第一章竟然反常地用了很长的篇幅来谈论中国语言，尤其是汉字。他为什么要这样做？原因之一就是西方人对汉语和汉字有误解，甚至认为汉语这种没有"性""格"的变化，形容词没有级别，动词则没有"语态""时态""人称""单复数"的限制……这种语言"正像夏天的酷热自然要引起午睡一样"，会招致"思绪混乱"。刘若愚正是针对这种状况，在他的《中国诗学》第一章中大谈中国语言的特点，大谈汉字的音、形、义，把汉字的的六种造字法，一一详细道来。刘若愚说："严肃的文学批评必须讨论到语言的各个方面，正如严肃的绘画评论必须讨论颜色、线条、形状一样。"邱霞这样来评论《中国诗学》的第一章："中国诗学语言论作为该书第一章不仅是全书的根基，事实上也是面向西方讲述中国古代文学、诗学时必须跨越的第一道障碍。"这种评论深得刘若愚的思考实际，邱霞的论文从"为汉语一辩"开始也就理所当然了。

邱霞博士论文的第二章是"刘若愚中国文学鉴赏论"。本章介绍刘若愚《中国诗学》《中国之侠》《李商隐诗》《北宋主要词人》《中国文学艺术精华》等学术著作。刘若愚在英语学界对中国文学艺术进行了空前的阐释，当然在阐释前需要让英语读者正确了解中国文学艺术的内容和特点，这样做是要付出很大的努力的。邱霞的评价是："在用英语阐释上述中国文学的过程中，刘若愚的独特贡献主要在于以下两点：第一，突破中西二元对立的简单思维模式，在中西并举中凸显中国文化精华。第二，中西结合的阐释方法为中国古代文学的现代阐释注入了新的活力。"邱霞的这个评价是很到位的。的确，要理解一个陌生的东西，就需要依凭，离开了这个依凭，完全孤立的描述是不会获得成功的。中西文学尽管是不同的，但也有相通、相似之处，所谓"中西并举"，就是揭示出这些相通、相似之处，把英语读者领进了解中国文学的道路上来。邱霞的论文指出，刘若愚对于中西诗歌中，关于"自然"、关于"爱情"都有丰富的描写，这里有相通的部分，也有完全不同的东西。邱霞引了刘若愚著作中的论述：中国诗歌中的"自然"与西方诗歌中的"自然"含义并不完全相同。中国诗人如陶潜、王维作品中的自然不同于与英国自然诗人尤其是华兹华斯笔下那样是造物主形而下的显示，而是其自身、"nature"中译可以是"大自然"，或"自—然"（self-thus）。而中国人的心也似乎满足于把"自然"当做一个事实加以接受，而不去探求"第十天"。即是说，在中国人看来，自然是本然的存在，它的后面没有支配它的看不见的动力，没有高于自然的"上帝之城"。因此中国诗人们不从特定中个别人的视角来观察自然，而是把"自然"当做永远如此的东西来观察。中国诗人"以情观物"，自己就隐没或投射在自然中。一片叶子、一只小鸟，其中都有自己的情感隐含在期间，情融于景，景含着情。这样的"中西并举"，也就可以使英语读者了解中国人眼中的"自然"是什么，与西方文化所熏染的"自然"有何不同。

在邱霞的论述中，还认为刘若愚的中国文学研究"凸显中国性"，如对中国诗歌中"时间""怀古""乡愁"和"游侠"等主题就比西方文学有更特殊的关注与展开。这些解释，都有利于突出刘若愚的中国文学研究更符合中国文学的实际，更凸显出中国文化自身的特性，也清楚地揭示了刘若愚的研究的初衷。此外，邱霞对刘若愚关于如何把汉语翻译成英文，是走"归化"的道路，还是走"异化"的道路等问题，也都有深入的讨论与评析。

这里值得一提的是，邱霞对于刘若愚阐释诗的模式——刘若愚拒绝从作家的人生经历和历史语境入手去解释诗歌，而总是力图从作品本身或作家的系列作品为依据解释评价作品，作了很好的介绍。刘若愚的阐释诗歌的模式当然主要是"新批评"的模式，这种模式把文本孤立起来，不与历史语境相联系，这肯定是有缺憾的。但这一模式的优点是发挥解释者的主体认知、理解、联想和想象，会给文本的解释带来全新的向度。如刘若愚对李商隐著名诗篇《锦瑟》一诗所作的解释中，他否定了前人的悼亡、自伤、寄托诸说，而提出了古今中外都有的"人生如梦"的新说。如果重读一下《锦瑟》，思考一下刘若愚的新说，那么他的解释是不无理由的。

邱霞的论文对于刘若愚的诗学理想的阐释，也下了很大工夫，是她的论文中比较精彩的部分。她把刘若愚的诗学理想分为萌芽期、发展期和成熟期。刘若愚的诗学理想致力于中国古代诗学和西方诗学的综合，力图建立一个具有普适性的新论。可以说，在他的诗学理想的成熟期，既吸收了中国古代严羽、王夫之、王士禛和王国维的"妙悟主义"的养分，也融合了马拉美、艾略特、瑞恰兹、燕卜荪、艾布拉姆斯、杜夫海纳、英伽登等西方诗人、理论家的某些思想，形成一种新的综合。在他的成熟期，认为"诗是语言结构和艺术结构的复合体"。他指出："一件文艺作品是指涉的，也是自我指涉的，是离心的也是向心的，是能指也是所指。换句话说，一件文艺作品的字句结构，既超越它本身同时也将注意力引向它自身；在超越本身时，它现出创境，那是现实的扩展，而在将注意力引向它本身的过程中，它满足了作者与读者的创造的冲动。"显然，他的这一诗学理想，的确吸收中西诗学，又超越了中西诗学，从而把诗学理论引向一个新的境界。邱霞对此的评论说："这一切也与新批评过分强调细读，崇拜作品本体，追求完全客观的鉴赏标准拉开了距离。"这个评论是准确的精当的。的确，刘若愚后期开始摆脱"新批评"的影响，不再把文学看成是"内部"的，他看到了"内部"和"外部"的互动和互构，这一点是很难得的。

邱霞博士论文的第三章，专门讨论刘若愚对中国诗学体系的研究。刘若愚面对的是英语读者，他必须跨越三大障碍：语言的、文化的和体系的障碍。如果不讲中国诗学体系，一味地讲"道""性""气""风""骨""神"等字句，那么习惯于阅读有概念、有推衍和体系的理论著作的读者，就会觉得中国诗学太神秘，太不好理解，所以刘若愚不得不建构中国诗学体系。当然，他也认为中国诗学是有潜在的体系的，只是未被整理出来，所以刘若愚不得不在建构中国诗学体系上下力气。他的研究是有结果的，在《中国诗学》一书中，他提出了中国诗学的四种理论：第一种，道学主义的观点，作为道德和教训的诗，代表的主张就是先秦以来的美刺、讽谏等；第二种，个人主义的观点，作为自我表现的诗，代表的主张是"诗缘情"、抒写"性灵"等；第三种，技巧主义的观点，作为文学练习的诗，代表的主张是黄庭坚的"脱胎""换骨"等；第四种，妙悟主义者的观点，作为默察的诗，代表的主张是严羽的"妙悟""入神"以及王夫之的"情景交融"等。邱霞的论文指出，刘若愚本来可以用西方的术语如"古典主义""浪漫主义""形式主义"和"象征主义"这些西方人熟悉的术语来表达，因为这些西方的术语与他概括出来的术语有接近之处，但最后还是考虑到中国诗学自身的特色，而放弃那些西方的术语。邱霞说："在中西比较诗学的最初阶段，刘若愚就表现出对随意套用西方术语的警惕，这一态度在今天看来都极有启发意义。"
这一简要的评点，不但说明了刘若愚诗学研究的特色，而且
对于研究中西诗学比较的学人真的具有启示意义。

在这一章的后面部分，邱霞介绍了刘若愚成熟期的中
国诗学建构。刘若愚吸收了艾布拉姆斯的文学活动四要素
图式，加以改造，并从改造过的图式里，提出了中国诗学
的六种形态，这就是：形上理论、决定理论、表现理论、
技巧理论、审美论和实用论。结果这个新的构想遇到了中
外学者的一些批评，形成争论。邱霞用了很长的篇幅介绍
争论。批评者的声音，主要是认为这个中国诗学六论"只
见概念，不见历史"；有的说得更过分，认为刘若愚的这种
说法是"美国社会文化的产物"，这已经属于扣帽子了。邱
霞用了很大的力气为刘若愚辩护，其辩护的理由主要有：
（1）刘若愚所做的一切是为了凸显中国文论的"中国性"，
他提出的"六说"建立在对中西文论的深入了解的基础上，
并不是简单地从那个图式里空穴来风地引出来的。（2）刘
若愚在面向英语世界讲述中国文学理论时，始终把中国当
成自己的文化据点，尽管他本人时常希望超越种族和文化，
以一种不偏不倚的态度对待中西两种文化，在远离欧洲中
心主义的同时也要远离汉学中心主义。（3）建构中国文学
理论体系不能完全采取古代评点式那一套，要与时俱进，
焕发出新意，别人可以这样做，为什么刘若愚不可以这样
做。（4）刘若愚致力于寻求的是超越历史和超越文化的共
同诗学，即普适性诗学，因此，进入他视野的所有文学理
论都必然淡去其历史色彩和批评家的个性色彩。（5）刘若
愚面对英语世界的读者说话，要使他人了解中国文学理论，

过分采用中国式的"道""神""气""性"等词语，而不采用流行的文学理论话语，不太可能为英语世界的人们所了解，这是刘若愚建构他的中国文学理论时不能不考虑的问题。应该说，邱霞为刘若愚建构的中国诗学体系的辩护，已经竭尽全力。她的论述，是建立在她对刘若愚的学术思想的充分了解的基础上，建立在她对中国诗学研究思潮发展的理解基础上，因此是有充分理由的。

邱霞博士论文的最后一章，是介绍并评价刘若愚的遗著《语言与诗》。这部书没有译成汉语，所以邱霞用了较大篇幅介绍了刘若愚的"悖论诗学"。"悖论诗学"看起来是一个很新鲜的话题，实际上这是一个古老的话题。这个话题要从道家开创者之一的老子讲起，老子说："知者不言，言者不知。"可他却留下了《道德经》五千言。庄子也是不相信语言的人，他说："世之所贵者书也，书不过语，语有所贵也。语之所贵者意也，意有所随。意之所随者，不可言传也，而世因贵言传书……"就是说，人的意是不可言传的，可世人还是"贵言传书"，这不是自相矛盾吗？刘若愚就是把这种言说称为"语言悖论"。进一步，刘若愚认为正是这种"语言悖论"促成"诗学元悖论"，如晋代文论家陆机所表达的担忧："恒患意不称物，文不逮意。盖非知之难，能之难也。"刘勰《文心雕龙·神思》篇所说的："方其搦翰，气倍辞前；暨乎篇成，半折心始。何则？意翻空而易奇，言征实而难巧也。是以意授于思，言授于意，密则无际，疏则千里。"诗文里面总有说"言不尽意"而又没完没了地往下说的现象，这在刘若愚看来就是"诗学的元悖论"。更进一步，刘若愚认为："获悉语言和诗的悖论本质没有使中国诗人放弃诗歌，而是发展出一种悖论诗学。它可以概括为以言少而言多的原则。"像刘勰所说的"深文隐蔚，余味曲包"、司空图所说的"不著一字，尽得风流"、严羽所说的"言有尽而意无穷"等，就是诗人解决"言不尽意"的办法，可以称为"悖论诗学"。更进一步，人们对诗要进行阐释，于是形成一种与"悖论诗学"相应的解释原则，如谢榛所说的"诗有可解，不可解，不必解，若水月镜花，勿泥其迹可也"。这就可以称为"阐释的悖论"了。当然刘若愚的用心不仅仅是梳理中国文化中这种种言论现象，而是要再一次与西方诗人的相关说法比较，因为西方诗人如但丁、莎士比亚的诗论中，也有相似的说法。邱霞在介绍完刘若愚的"悖论诗学"后，用了三节的篇幅"宏观——悖论诗学产生的哲学文化语境""微观——诸多诗人和批评家对悖论诗学的体认"和"超越中西——对共通性的寻求"，对"悖论诗学"进行分析和评价。这些分析和评价，让读者更深入地认识刘若愚的"悖论诗学"的研究不但充满魅力，而且让读者了解到中西诗学的确有诸多"交结点"，完全是可以进行比较的，从比较中，可以看到中西诗人的智慧所焕发的光辉。

邱霞的博士论文选题很有意义和价值，对刘若愚学术的评述全面而深刻，有不少地方可以看见她的心得、体会提炼和概括起来的新见。全文层次分明，层层深入。她对刘若愚的中国文学理论研究有深入的了解和理解，因此谈论起来信心十足，感性和理性在她的论文中获得某种平衡。

以上就是我重读邱霞的博士论文所获得的印象，现在把它写出来，权当"序言"吧！邱霞还如此年轻，她的学

术之路还很漫长，她的学术前景一片光明。我深深地祝
愿她！

童庆炳

2011 年 12 月 14 日

　　已故著名华裔汉学家，美国斯坦福大学亚洲语言系中文及比较文学教授刘若愚（James J. Y. Liu，1926～1986）生前已蜚声学界，是美国中国文学研究、中西比较文学研究领域的著名学者。他曾获得 1971 年度古根汉姆奖助金（Guggenheim Fellowship）、1972 年度与 1982 年度美国各学会联合理事会研究费、1978～1979 年度美国人文社会科学国家奖助金以及斯坦福大学人文研究奖助基金。他生前曾是美国亚洲研究学会及美国东方学会会员，在 1983 年中美双边比较文学讨论会上，担任美方代表团副团长。

　　1986 年，他不幸因癌症病逝，享年 60 岁。斯坦福同事为他撰写的悼文中表示"他的离去给斯坦福大学亚洲语言系乃至整个人文学科留下了一项难以填补的空白"。❶ 欧阳桢（Eugene Eoyang）和余宝琳（Pauline Yu）也在悼文中表示："很少有人像刘若愚一样拥有多方面的造诣，也没有人比他更热爱中国文学研究。"❷ 余国藩发表悼念刘若愚的词《满江红·天妒英才》。哥伦比亚大学的夏志清教授曾与刘若愚以

---

❶ John C. Wang, Chair, Mckoto Veda, etc: Memorial Resolution James J Y LIU (1926 – 1986)，载 http：//histsoc. stanford. edu/pdfmem/LiuJ. pdf.

❷ Engene Eoyang, Pauline Yu: Editorial, in *Chinese Literature*: *Essay*, *Article*, *Reviews*（CLEAR），载 http：//www. jstor. org/stable/495191.

"东夏西刘"齐名,❶ 他肯定"刘教授是内行公认自成一家言的中国诗学权威"。❷ 刘若愚的学术成就不但在海外中国文学研究界有目共睹,中国大陆学界同样也为之瞩目,在他去世时也有"美国刘若愚教授逝世"的相关报道,该报道提到刘若愚的研究"使西方对中国诗论的研究达到了一个新的水平"。❸

因此,刘若愚在北美中国文学研究领域所取得的学术成就是有广泛反响的。但由于他多年深受西学熏陶,成人后又长年生活于美国,所有学术著述用英文书写,他的研究与国内学界在一定时间内还是有一定隔阂的。尤其是他活跃于美国学界20世纪60~80年代中期,这一阶段正是国内学界与西方相对隔膜的时期,因此,尽管不少学者听闻其名,对于其著述的详细内容却并不完全了解,对于他面对西方英语世界所采用的阐释、批评中国古代文学的方法,对他梳理、整合中国古代文论,进而与西方当代诗学比较,寻求世界性诗学的目标也少有感同身受的认可。

1962年,伦敦和芝加哥同时出版了刘若愚的第一部也是成名之作《中国诗学》(*The Art of Chinese Poetry*)。从1972年开始,该书先后有了日文、韩文、中文译本,❹ 并不断再

---

❶ 黄维樑曾指出,在20世纪六七十年代的美国,刘若愚和同为华裔的专治中国古代小说的夏志清教授在中国文学研究中各领风骚,以"东夏西刘"齐名。黄维樑:《中国古典文论新探》,北京大学出版社1996年版,第28页。

❷ 夏志清:"东夏悼西刘——兼怀许芥昱",见夏志清:《岁除的哀伤》,江苏文艺出版社2006年版,第135页。

❸ 周:"美国刘若愚教授逝世",载《外国文学》1986年第7期。

❹ 日文译者佐藤保,韩文译者李章佑。刘若愚:《中国文学理论》(中文版序),杜国清译,联经出版社1981年版。

版。此后，直到 1986 年逝世，刘若愚一共有 8 部英文专著面世。它们以年代为序分别是：《中国诗学》（*The Art of Chinese Poetry*，1962）、《中国之侠》（*The Chinese Knighterrant*，1967）、《李商隐诗》（*The Poetry of Li Shang - yin：Ninth - Century Baroque Chinese Poet*，1969）、《北宋主要词人》（*Major Lyricists of the Northern Song*，1974）、《中国文学理论》（*Chinese Theories of Literature*，1975）、《中国文学艺术精华》（*Essentials of Chinese Literary Art*，1979）、《语际批评家：阐释中国诗》（*The Interlingual Critic：Interpreting Chinese Poetry*，1982）、《语言与诗》❶（*Language - Paradox - Poetics：A Chinese Perspective*，1988）。

　　这些著作在西方汉学界和中国学界都产生了一定影响，而这种影响由于某种显而易见的原因又存在一定差别。中国学界所面临的问题和读者对象与刘若愚所面对的是不同的，其必然的结果就是即使研究同一对象，学者们在学术旨趣、研究方法、研究视角上也存在重大差异。而 20 世纪 80 年代以来，伴随中西交流的增多和深入，刘若愚的学术著述逐渐被翻译成中文，回流中文学界，国内学者在时代与对象的双重错位之中开始了对刘若愚著述的研究工作。

　　在这方面，港台学界略早于大陆学界。《中国诗学》（*The Art of Chinese Poetry*）1962 年问世后，中国台湾学界在 1977 年有了刘若愚学生杜国清的中译本，台北幼狮文化事业

---

　　❶ 该书原有刘若愚自己中文题名"语言与诗"，国内学界提及此书，多半直译为"语言—悖论—诗学"，笔者本拟遵从惯例，但最终还是决定尊重刘若愚本人意见，将该书名译为"语言与诗"，就像刘若愚愿意把自己的 *The Art of Chinese Poetry* 称为"中国诗学"而不是"中国诗艺"一样。

公司出版。这个译本在此后的 8 年时间里先后于 1979 年、1981 年、1985 年三次再版，足见当时台湾学界对该书的热情。《中国文学理论》（*Chinese Theories of Literature*）1975 年问世后，1977 年就有了没有经过刘若愚授权的赖春燕译本（译名《中国人的文学观念》，台北成文出版社，1977），这个译本删去了原著全部的参考书目和索引，部分破坏了原著的学术价值。因此，1981 年杜国清经刘若愚同意后重新中译为《中国文学理论》出版（台北联经出版社，1981），该译本在台湾同样风靡一时，至 1998 年为止，已经于 1981 年、1985 年、1993 年、1998 年四次重印。1974 年《北宋主要词人》问世后，台湾学者王贵苓的中译本于 1986 年出版（译名《北宋六大词家》，台北幼狮文化事业公司，1986），至此，台湾学界共翻译了刘若愚的 3 部著作。

大陆对刘若愚著述的中译工作同样有相当的热情。《中国文学理论》（*Chinese Theories of Literature*，1975）先后有两个中译本：赵帆声、王振、王庆祥、袁若娟译《中国的文学理论》（中州古籍出版社，1986 年 6 月，一版一印，共 3 600 册，舍弃部分参考书目、索引）及田守真、饶曙光译《中国的文学理论》（四川人民出版社，1987 年 4 月，一版一印，共印 5 700 册，保留原著全部项目，并在译者前言中对该书给出了较为准确的评价）；《中国文学艺术精华》（*Essentials of Chinese Literary Art*，1979）有一个中译本：王镇远译《中国文学艺术精华》（黄山书社，1989 年 8 月，一版一印，11 000 册）；《语际批评家：阐释中国诗》（*The Interlingual Critic: Interpreting Chinese Poetry*，1982）有一个译本：王周若龄、周领顺译，译名《中国古诗评析》（河南大学出版社，1989 年 11 月，一版一印，1 500 册，舍弃参考书目、中文字词、索引）❶；《中国诗学》（*The Art of Chinese Poetry*，1962）两个译本：赵帆声、周领顺、王周若龄译《中国诗学》（河南人民出版社，1990 年 8 月，一版一印，共 3 000 册，舍弃索引）；韩铁椿、蒋小雯译《中国诗学》（长江文艺出版社，1991 年 1 月，舍弃参考书目、索引）；《中国之侠》（*The Chinese Knight-errant*，1967）两个译本：周清霖、唐发铙译《中国之侠》（三联书店：1991 年 9 月印，一版一印，共 2 500 册），罗立群译《中国游侠与西方骑士》（中国和平出版社，1994 年 12 月，一版一印，未标明印数，略去附注、索引、参考书目）。大陆学界共翻译了刘若愚 5 本著作共 8 个译本，时间集中在 1986 ~ 1991 年。8 个译本中有 6 个是合译，翻译质量很难保证，多有舍弃原著附注及参考书目、索引等现象，有的译者对一些译界通行术语的翻译今天看来也存在一些问题。总之，大陆中译本对学界了解刘若愚的著作作了特别的贡献。但由于这些译本发行量普遍较少，产生的影响不是特别大，与杜国清两个译本在台湾前后多次再版相比，还是有一定反差，也从侧面表明国内学界对刘若愚学术著述价值的认识还需要一个过程。

就研究情况而言，欧美及中国港台学界对刘若愚著述的反响和研究基本与其英文原著同时或略后，研究范围也相对

---

❶ 詹杭伦在《刘若愚——融合中西诗学之路》中，将"赵帆声"误作"赵执声"，韩铁椿误作"韩铁桩"，"王周若龄"误作"王周若"，饶曙光误作"饶暑光"。詹杭伦：《刘若愚——融合中西诗学之路》，文津出版社 2005 年版，第 29 页。

较广，涉及刘若愚著作的各个方面。❶ 大陆学界的反响，相对滞后一些。就笔者所见的资料，刘若愚参与 1983 年中美双边比较文学讨论会，是大陆学界了解其研究的开始，❷ 对刘若愚学术著述的研究也主要是从 20 世纪 80 年代中期才开始的。1985 年开始有《李商隐诗》部分节译和介绍，❸ 1986年仅有一篇关于其逝世消息的报道，但该报道提到刘若愚的研究"使西方对中国诗论的研究达到了一个新的水平"，❹ 标志大陆学界对刘若愚的学术成就渐有初步体认。与此同时，国内期刊开始更多地在研究中提到刘若愚：如 1987 年牟世金在《中西戏剧艺术共同规律初探》、1991 年陈平原在《小说的类型研究——兼谈作为一种小说类型的武侠小说》中都提到刘若愚的相关研究。1990 年出版的罗立群专著《中国武侠小说史》坦承受到刘若愚《中国之侠》一书的影响。❺20 世纪 90 年代国内期刊开始有了几篇专门研究刘若愚的学术论文，包括 1991 年王振铎《中国传统诗学的现代阐释——评〈中国诗学〉》，1992 年周建国《评刘若愚先生的

---

❶ 参见本书附录部分对刘若愚著作海外书评的整理。

❷ 徐海昕："多声部大型对白——中美双边比较文学讨论会散记"，载《外国文学》1983 年第 10 期；盛生："中美学者比较文学讨论会在京举行"，载《文学评论》1983 年第 6 期。

❸ 刘氏此书首先由美国密执安州州立大学人文系及语言学系的李珍华教授在《美国学者与唐诗研究述略》一文中作了介绍，文载《唐代文学论丛》第四辑。嗣后《南开学报》1985 年第 6 期发表了詹晓宁、肖占鹏编译刘著关于《锦瑟》的两节文字。1987 年周建国在《文学研究参考》第 8 期翻译了刘著中的《李商隐与现代西方读者》。1990 年，赵益节在《古典文学知识》第 1 期翻译了《李商隐与现代西方读者》。

❹ 周："美国刘若愚教授逝世"，载《外国文学》1986 年第 7 期。

❺ ［美］刘若愚：《中国游侠与西方骑士》，罗立群译，中国和平出版社1994 年版，第 173 页。

名著〈李商隐研究〉——兼论刘氏研究方法的借鉴意义》，1996 年毛庆耆、谭志图《评〈中国文学理论〉》，1998 年周领顺《J. 刘若愚汉诗英译译论述要》。专著方面：1988 年陈敦、刘象愚主编的教材《比较文学概论》对刘若愚的中西比较研究作了简洁介绍，使刘若愚的名字为更多青年学子所熟悉。❶ 1994 年宋柏年《中国古典文学在国外》提到刘若愚在介绍中国古典诗词方面的成就。1997 年周发祥《西方文论与中国文学》对刘若愚中国诗学研究的介绍已进入一个新的阶段。2003 年王晓路《西方汉学界的中国文论研究》对包括刘若愚在内的西方汉学界对中国古代文论的研究情况进行了总体性研究和介绍。

　　总的来说，2004 年之前，大陆学界对刘若愚的研究大体是比较冷清的。除上述材料之外，另外不多的 10 余篇论文也多围绕《中国文学理论》中的局部问题展开。2005 年以来，国内对刘若愚的研究似乎突然进入相对热门时期，一年之中出现了总量相当于此前研究总和的论文数量。詹杭伦对刘若愚 8 部英文著作进行研究的专著《刘若愚——融合中西诗学之路》也在该年出版，标志着大陆学界对刘若愚的研究从此进入一个全新的阶段。❷ 2006 年杜国清中译《中国文学理论》在大陆的发行对更多人深入了解刘若愚的学术成就无

---

❶　陈敦、刘象愚：《比较文学概论》，北京师范大学出版社 1988 年版。

❷　詹杭伦关于刘若愚研究的论文还有：詹杭伦："刘若愚及其比较诗学体系"，载《文艺研究》2005 年第 2 期；詹杭伦："论刘若愚'中国诗观'的修正与运用"，载《北京化工大学学报》（社会科学版）2005 年第 4 期；詹杭伦："中国古典美学范畴的系统分析"，载《四川师范大学学报》（社会科学版）1987 年第 5 期，该文没提到刘若愚，但意欲借鉴艾布拉姆斯体系创建中国美学体系，图表似乎受到刘若愚《中国文学理论》圆形图表的影响。

疑起到推波助澜的作用。一些学术刊物开始出现有关刘若愚著作或某一问题的研究，❶ 其中代表性的有 2005 年詹杭伦《刘若愚及其比较诗学体系》，王晓路《艾布拉姆斯四要素与中国文学理论》，2006 年杨乃乔《全球化时代的语际批评家和语际理论家——谁来评判刘若愚及其比较文学研究读本》，2009 年王晓路、[美] 黄宗泰《中国和美国：语言、文化与差异的价值》，2009 年徐志啸《用西方理论解析和比较中国古代文论》等。这些文章对刘若愚中国文学理论研究的方法尤其是《中国文学理论》一书作出了自己的评价。

但迄今为止，刘若愚著作《李商隐诗》和最后一本遗著《语言与诗》（*Language—Paradox—Poetics：A Chinese Perspective*，1988）中国均无中译中。已经中译的著作中，一些大陆中译本的发行量太小，台湾学者王贵苓中译《北宋六大词家》，旅美学者杜国清译《中国诗学》没有在大陆出版。❷ 这些因素势必会影

---

❶ 詹杭伦之外，2005 年以来在评价刘若愚方面，比较有代表性的论文有：杨乃乔："全球化时代的语际批评家和语际理论家——谁来评判刘若愚及其比较文学研究读本"，载《徐州师范大学学报》（哲学社会科学版）2006 年第 32 卷第 2 期。曹顺庆："文化经典、文论话语与比较文学"，载《学术月刊》2007 年第 39 卷第 3 期。王晓路、[美] 黄宗泰："中国和美国：语言、文化与差异的价值"，载《文艺研究》2009 年第 9 期，该文为大陆学者王晓路和美国学者黄宗泰的对话构成。主要讨论美国汉学界、比较文学界的研究特点以及对大陆学界的启示，但也以相当的篇幅对以《中国文学理论》为代表刘若愚研究的方法和立场进行了总结性的分析和评价。徐志啸："用西方理论解析和比较中国古代文论"，载《晋阳学刊》2009 年第 1 期。

❷ 本书中《李商隐诗》（*The Poetry of Li Shang - yin：Ninth-Century Baroque Chinese Poet*，1969）、《北宋主要词人》（*Major Lyricists of the Northern Song*，1974）、《语际批评家：阐释中国诗歌》（*The Interlingual Critic：Interpreting Chinese Poetry*，1982）、《语言与诗》（*Language—Paradox—Poetics：A Chinese Perspective*，1988）引文如无特殊注明，均出自笔者中译，其余引述刘若愚著述，则同时参考原著和注明的中译本，所以书中有偶有自己翻译因而不完全等同于译本的情况。

响国内学术界对刘若愚全部学术成就的理解和评价，而学界目前对于刘若愚西学中用，介绍和整理中国古代文论的方法依然存在争议。这一切都表明在前贤的基础上进一步对刘若愚学术著述进行深入研究依然很有必要。

同时，在这样一个全球化的时代，中国文学、诗学的研究理应被置于一个更为广阔的视野中，以刘若愚为代表的美国中国文学、诗学研究也应被纳入这一体系。仔细梳理前人的著述不但有助于避免中西比较文学常见的以故为新的现象，还可以见到在西方文学和文论的参照和语境之下，中国文学、诗学的讲述与从前研究时的不同之处，对于那些受到西学影响而第一次用于中国文学、诗学的方法、术语才可能有更深刻的领会和同情。正因为如此，笔者在对刘若愚全部学术著作进行细致研究的过程中，始终力争在把刘若愚的学术著述置于其产生的历史文化语境中去理解其研究内容和研究方法，而重新回到刘若愚著述及论文的细节解读。结合其著作产生的历史文化语境，笔者觉察到作为华裔的刘若愚每一个学术动作似乎都有自己独特的旨趣和追求。作为中西比较的先行者，刘若愚在诸多领域进行了开拓，也提出了穷个人之力乃至一个时代之力都无法解决的众多问题！他披荆斩棘、呕心沥血于学术领域，不仅仅为了生计，更因为作为华裔，他永远也没有背弃自己的文化之根。这种属于根的使命感驱使他不断前行，去挑战遍布异域的文化偏见，尽管他的内心也许期待中立，期待作为无偏见的语际批评家超越文化与历史的鸿沟自由游弋于中英双语之间。

时至今日，距其第一部成名之著《中国诗学》的出版已经过去了 50 年，伴随时间的推移，刘若愚学术著述的影响正慢慢浮出地平线。对于他的学术成就，无论是赞成者，还是反对者，只要认真阅读过刘氏原著，都会从中获取很多思考的空间。刘若愚引进西方的批评观念和方法对中国古代文学、诗学进行了现代意义的阐释，一方面摆脱了传统中国学者的印象式、感悟式、描述式、寓言式的阐释方式以及零散模糊的言说方式，为中国古代文学、诗学焕发新义注入了新的活力。另一方面，也由于他对中国传统文化精华的重视，对 19 世纪末以来国人已经开始的学术现代化进程中所获得的学术成果的重视，他的治学方法、有关文学本质及功用的理论不但深受西学的影响，还与中国古代哲学家老子、庄子、批评家严羽、近现代学者王国维等中国学者一脉相承。因此，他在研究对象的选择、研究方法的采用方面既受到西方当代诗学和英语读者审美倾向的影响，又不同于同一时期其他西方中国文学诗学的研究者。他能在西方 20 世纪快速更迭的文学批评流派中根据有效阐释中国古代文学、诗学的原则作出自己冷峻的思考和慎重的取舍。在历史赋予的机遇面前成为众多领域开拓者的同时，他也因为独特的中西文化背景和深厚的中西学养表现出一个中西比较文学大家所应该具有的气度和胸怀。这就使得他的学术成就不但在英语世界产生了广泛深远的影响，也在这些著述被译为中文，回流中文学界时能成为 20 世纪就已经开始的中国文化和学术现代化进程中的一部分，对于目前中西比较文学界和中国文艺理论研究界依然有较大的借鉴和参考价值。

目 录

1

导　论

未老谁能尽忘情？
天涯梦里忆燕京*

---

　　* 此为刘若愚 1984 年 10 月到 11 月期间与北大陈贻焮教授诗词唱和之语。
刘若愚：《中国文学艺术精华》，王镇远译，黄山书社 1989 年版，陈贻焮之
"序"。

林理彰（Richard John Lynn）高度肯定刘若愚是一位天才的学者、批评家，是真正的双语者，而这与其教育背景密不可分："刘教授的教育背景和训练，一方面在中国古代文学和传统学识；另一方面在西方文学研究，这为他的教学和写作提供了一把有效的双刃剑：他是一位优秀的中国文学的语言学者和历史学家；同时又是一位敏锐博学的批评家，他对于现当代西方文学分析、阐释、评价的方法，都有丰富的实践知识。"❶

为了深入把握刘若愚的学术追求、价值取向与其成长过程、教育背景之间的关系，首先对刘若愚的成长和生活经历略作勾勒依然很有必要。刘若愚，字君智，1926 年 4 月 14 日生于北京一个书香门第。父亲刘幼新是一位传统中国儒家绅士，曾用文言翻译英文短篇小说，家中书架上常有英文书籍和期刊。❷ 母亲知书识礼，是北宋晏殊后裔，❸ 能引导孩子识记古代诗词及儒家经典。刘若愚是家中七个孩子中最小的一个，除他而外，他的哥哥姐姐也多学有所成，较著名的有中国科学院院士刘若庄、中国社会科学院外国文学研究所研究员刘若端，可谓一门多杰。

1937 年日军占领北京，在此后近 8 年日寇占领期间，刘若愚度过了他的小学、中学乃至大学生涯。他后来回忆当时

---

❶ James J. Y. Liu：*Language – Paradox – Poetics*：*A Chinese Perspective*，Ed. Richard John Lynn. Princeton：Princeton University Press，1988，p. viii.

❷ James J. Y. Liu：*The Interlingual Critic*：*Interpreting Chinese poetry*，Bloomington：Indiana University Press，1982，p. xii.

❸ James J. Y. Liu：*The Art of Chinese Poetry*，Chicago and London：The University of Chicago Press：p. 149.

曾被迫学习日文，但放学回家后总是努力忘记，结果学了几年下来也不记得学习内容。然而幸运的是，在那个多数中国人国破家亡的时代，刘若愚就读的新式小学所开设的课程和当时的美国小学几乎一样。放学回家后，他又应慈母要求背诵古代诗词，这些当时他几乎不能理解的诗词后来成为他终生的喜爱，而由此培养出来的古代诗词素养也令他受益终生。他 7 岁时就已写出了自己的第一首绝句。[1] 而继承了父亲的对英语文学的爱好，让他顺理成章地考入辅仁大学西语系，主攻西方语言和文学。辅仁大学是一所天主教大学，也是北京被日寇占领期间惟一保持正常行课的大学。在辅仁大学任教的不但有学识渊博的中国传统学者，还有几位来自欧洲各地的外籍教授。因此，学校课程不但包括传统国学，还涉及西方思想文化的各个方面。正如刘若愚后来回忆的那样："我跟随中国和美国教授们学习英美文学，两个中国教授学习法语……跟一个德国神父学拉丁语，他用英语教我们意大利腔的教堂拉丁语……跟着法国汉学家学习法国文学，跟随德国教授古斯塔夫·艾克（Gustav Ecke，1896～1971）学习英译的希腊罗马文学，他是西方著名的中国艺术专家。"[2] 刘若愚在这里不但进一步提高了自己对中国古代文化典籍的阅读、赏析能力，同时还广泛涉猎西方文化典籍，接

---

[1] James J. Y. Liu：*The Interlingual Critic*：*Interpreting Chinese poetry*，Bloomington：Indiana University Press，1982，自序部分。同时可参见［美］刘若愚：《中国文学艺术精华》，王镇远译，黄山书社 1989 年版，第 1～4 页，陈贻焮所作之"序"。

[2] http：//histsoc. stanford. edu/pdfmem/LiuJ. pdf. 另外，古斯塔夫·艾克曾于 1944 年出版专著《中国花梨家具图考》（*Chinese Domestic Furniture*），图文并茂地介绍了中国古代经典家具。

受外籍教授们有别于中国传统教学方法和分析问题的视点，为其后来的学术走向奠定了基础。1948 年，他以弗吉尼亚·伍尔芙（Virginia Woolf）为题完成了自己的学士论文。

随后，刘若愚进入国立清华大学研究生院学习英法文学。当时，"新批评"的重要成员之一燕卜荪（William Empson）正在中国讲学，他同时在清华大学、北京大学两处任教。刘若愚既是燕卜荪的学生，又是其助教，跟随他学习莎士比亚和现代英语诗歌。在此期间，他阅读了燕卜荪的《复义七型》（*Seven Types of Ambiguity*），尽管燕卜荪本人警告他不要读它。❶ 可以想见出国之前，刘若愚已受到"新批评"观点、方法的洗礼。但他在清华大学只学习了一个学期，就因为一份来自英国国会的奖学金于 1948 年前往英国布里斯托尔大学（University of Bristol）求学，师从贝绰·约瑟夫（Bertram L. Joseph）。❷ 在布里斯托尔大学学习期间，刘若愚得到导师推荐，前往牛津大学沃德姆学院跟随出生于中国的比较文学家莫里斯·鲍勒（Maurice Bowar，1897~1971）学习。❸ 鲍勒极力鼓励这位来自中国的年轻人从事中西文学的

---

❶　http：//histsoc. stanford. edu/pdfmem/LiuJ. pdf. 夏志清："东夏悼西刘——兼怀许芥昱"，见夏志清：《岁除的哀伤》，江苏文艺出版社 2006 年版，第 137 页；James J. Y. Liu. *The Interlingual Critic：Interpreting Chinese poetry* Bloomington：Indiana University Press，1982，p. xiv.

❷　詹杭伦《刘若愚——融合中西诗学之路》误为"Bertyam L. Jseph"，见詹杭伦：《刘若愚——融合中西诗学之路》，文津出版社 2005 年版，第 7 页。

❸　莫里斯·鲍勒（Maurice. Bowar，1897~1971），英国文学批评家，曾就中国侠客诗和西方英雄诗作过比较，见《英雄诗歌》（伦敦，1966）。刘若愚在《中国之侠》中引用过莫里斯·鲍勒的观点，以表敬意，但表示了某些不同意见。[美] 刘若愚：《中国之侠》，周清霖、唐发铙译，三联书店 1991 年版，第 199 页。

比较研究。1952 年，刘若愚以马洛（Christopher Marlowe）为题完成硕士学位论文，获文学硕士学位。❶

　　刘若愚曾先后在英国、中国香港和美国任教，任职的学校有伦敦大学、香港大学、新亚学院（后与其他学院合并成立香港中文大学）、夏威夷大学、匹兹堡大学、芝加哥大学、斯坦福大学。1967 年开始任美国斯坦福大学终身教授，直到1986 年 5 月 26 日因病逝世。1969～1975 年，他担任斯坦福大学亚洲语言系主任，1977 年开始任比较文学教授。刘若愚能在众多名校立足，除了得天独厚的中西文化知识底蕴外，更要归功于他的学识渊博、治学严谨和勤奋。

　　刘若愚生前在美国汉学界极为活跃，从 1962 年公开出版《中国诗学》开始，一直保持着不到 3 年 1 部专著的速度著述。而且，他从不囿于某一固定领域，总是不断尝试新的方法，挑战新的主题。第一部著作，即 1962 年的《中国诗学》广受好评，但 1967 年，他出版的另一部专著却是《中国之侠》，这部书直到其逝世为止，还被西方学界视为"开创性的尝试，在文学主题史研究方面至今无人能及"。❷ 1991 年《中国之侠》第一个中译本在国内出版时，译者周清霖也认为："这是海内外第一部对中国历史上、文学上的侠约二千四百年的发展情况作综合研究的专著，对我们研究武侠小说肯定有重要参考价值！"❸ 1969 年，刘若愚出版《李商隐

---

　　❶ James J. Y. Liu: *The Interlingual Critic: Interpreting Chinese poetry*, Bloomington: Indiana University Press, 1982. pp. xiv～xv.
　　❷ http://histsoc.stanford.edu/pdfmem/LiuJ.pdf.
　　❸ 周清霖："侠与侠义精神——代译者前言"，见［美］刘若愚著：《中国之侠》，周清霖、唐发铙译，三联书店 1991 年版，第 1～4 页。

诗》，系统研究了中国古代文学史上这一以晦涩著称的中国诗人，率先以"巴洛克"一词描述李商隐诗的独特风格。1974 年，他又由诗入词，出版《北宋主要词人》，对北宋时期六位代表性词人晏殊、欧阳修、柳永、秦观、苏轼、周邦彦作了深入研究，以小见大，勾勒出词的发展史和艺术特征。1975 年，他出版《中国文学理论》，该书被誉为"目前试图总括中国各种文学理论的第一部英文专著"。❶ 1979 年，他出版教材性质的《中国文学艺术精华》，钩玄提要，在短短 100 页的篇幅中对中国文学分门别类地作了简洁而准确的介绍。1982 年，他出版《语际批评家：阐释中国诗歌》，对他个人多年来以英语为西方读者阐释中国古代诗歌、诗学的立场、方法作了反思和申辩。该书可以视为刘若愚中西比较思想和方法发展成熟的标志，也是他个人对自我学术道路的一种总结。1988 年，他最后的遗著《语言与诗》由其学生林理彰编辑出版，"在探讨中国语言观念和中国诗学传统的阐释学意义这方面，此书是一部开拓性著作，为中国文学和文论的研究打开了一个可以大有作为的新领域，指出了将来进一步探索的方向"。❷

论文中较重要的有《伊丽莎白与元代》（*Elizabethan and Yuan*，1955）、《清代诗说论要》❸、《西方中国文学研究：近

---

❶　宋柏年：《中国古典文学在国外》，北京语言学院出版社 1994 年版，第 143 页。

❷　Zhang Longxi. Reviewed work（s）：Language—Paradox—Poetics：A Chinese Perspective by James J. Y. Liu；in Richard John Lynn：*Chinese Literature*：*Essays*，*Articles*，*Reviews*（*CLEAR*），Vol. 10，No. 1/2（Jul. ，1988），pp. 190 ~ 194.

❸　James J. Y. Liu："清代诗说论要"，Symposium on Chinese Studies Commemorating the Golden Jubilee of the University of Hong Kong, 1964。

况、当前倾向及未来前景》（*The Study of Chinese Literature in the West: Recent Developments, Current Trends, Future Prospects*, 1975）❶、《中西文学理论综合初探》（*Towards a Synthesis of Chinese and Western Theories of Literature*, 1977）、《中国诗的时间—空间—自我》（*Time, Space, and Self in Chinese Poetry*, 1979）❷ 及《姜夔诗学》（*Chiang K'uei's Poetics*, 1985）等若干篇。另对当时美国关于中国古代文学研究领域出版的一些重要书籍，他都有书评发表，其评论常举足轻重。可以说，在当时美国的中国古代文学、诗学研究领域，他是公认的领军人物。

　　刘若愚还是一位备受学生欢迎的老师。学生回忆起刘若愚授课情形时，对他在中西两种不同语言文化中信手拈来、游刃有余地相互阐发论证印象深刻。他们认为刘若愚的讲解不但直指要害、深入浅出，还能促使学生的积极思考。❸ 因为杰出的教学成绩，刘若愚曾于 1978 ~ 1979 年度获得由斯坦福大学院长颁发的奖励，他的学生中余宝琳、林理彰、黄宗泰、杜国清等人依然活跃于今天的海外汉学界，师生关系非常融洽。林理彰编辑乃师遗著，杜国清以中译表达对"刘

---

　　❶ James J. Y. Liu: The Study of Chinese Literature in the West: Recent Developments, Current Trends, Future Prospects, in *The Journal of Asian Studies*, Vol. 35, No. 1 (Nov., 1975), pp. 21 ~ 30.

　　❷ James J. Y. Liu: Time, Space, and Self in Chinese Poetry, in *Chinese Literature: Essays, Articles, Reviews (CLEAR)*, Vol. 1, No. 2 (Jul., 1979), pp. 137 ~ 156

　　❸ http: //histsoc. stanford. edu/pdfmem/LiuJ. pdf.

教授之学识的景仰与教导的感荷"❶，黄宗泰多年后还感慨：
"说到刘若愚先生，他的确是我的良师益友，他的教学、研究和平日的言谈对我研习文学的影响很大。"❷ 另外，美国学界罗郁正、王靖宇、苏源熙、余国藩、刘绍铭等人也都在不同场合表达过对刘若愚的怀念和景仰。至于刘若愚身后留下的著作，夏志清曾感叹道："一个中国文学研究者的英文著作，不像中国人用中文写的诗、小说，甚至文艺批评，保证不了什么'千秋万岁名'，但若愚兄的七本书，其中有几部三四十年内不断会有中外学子去参阅，这是可以断言的。"❸

　　与其事业成功不能兼美的是，刘若愚的个人生活稍显寂寞。香港著名学者、作家梁锡华在刘若愚故去后曾撰文悼念刘若愚，文中谈到刘若愚一些生平琐事，读之令人欷歔，深感他作为华裔在异国谋生之艰难，虽然终于立身成名，但仍旧难掩隔膜与孤独。他与妻子离异，❹ 晚年独居大屋，惟一心爱的女儿也身患白血病，惟有借酒浇愁，也许其生平快事惟学术而已。❺

---

❶　刘若愚：《中国诗学》，杜国清译，台北幼狮文化事业公司1977年版，第276页。

❷　王晓路，［美］黄宗泰："中国和美国：语言、文化与差异的价值"，载《文艺研究》2009年第9期。

❸　夏志清："东夏悼西刘——兼怀许芥昱"，见《岁除的哀伤》，江苏文艺出版社2006年版，第135页。

❹　《中国诗学》英文原著扉页有题词"To Claire"，可能是其妻，大约是白人。他的遗著《语言与诗》中，多次在注释中提到女儿Sarah，爱女之心，溢于言表。

❺　梁锡华的这篇文章，笔者2004年间曾无意读到，题目大约叫《此生饮罢无归处，独立苍茫自咏诗》，载于一本港台散文集内。遗憾的是，当时未曾复印，后苦苦寻求而不得了，此处只好将大意说出，苦于没有出处。

刘若愚生前与国内学界的交流不是太多，这显然有历史的原因。惟一能找到的刘若愚在国内公开学术交流的证据只是署名"盛生"的一则"中美学者比较文学讨论会在京举行"的简讯中，提到大会的情况及刘若愚的名字：

由中国社会科学院外国文学研究所和文学研究所协同美中学术交流委员会筹办的"美中学者比较文学讨论会"，八月末在北京举行，历时三天。美方出席的有以普林斯顿大学厄尔·迈纳教授、斯坦福大学刘若愚教授（华裔）、加利福尼亚大学伯克莱学区西利尔·白之教授等为首的十人代表团。中国代表团由十位在京工作的学者和专家组成，北京外国语学院王佐良教授为团长，外文局杨宪益教授和北京大学杨周翰教授为专题会议主席，此外还有多位列席代表。中国社会科学院副院长钱钟书先生的开幕词简要地回顾了中外相互间文学研究的历史，并对这次讨论会的意义作了充分的估量。❶

简讯还提到这次大会的主要内容：

讨论中，较多的工夫是花费在文学中"言"与"意"的关系以及各国文体的内涵的探究上。"抒情诗学"、叙事学、接受美学等近代批评理论在会议中时有触及，如苏联文艺理论家巴赫金的"复调"理论，美国诗人艾略特的

---

❶ 盛生："中美学者比较文学讨论会在京举行"，载《文学评论》1983 年第 6 期。

"非个性化"理论，德国学者伽达默的阐释学、维特根斯坦的语义哲学、美国汉学家华生的诗歌意象统计法、美国文论家帕杰奥里的"田园诗"理论等，都引起程度不等的注意，有的得以阐发，有的受到甄别或辩驳，有的参证以我国的古代文论。多数代表认为全面挖掘各国文体和其他文学用语的不同的历史内涵，是比较文学者的重要任务。刘若愚教授还进一步说："认识阐释的历史性反可引起超历史的阐释，而只有通过超历史及超文化的阐释才会有真正比较性的诗学。"❶

刘若愚在这次大会上的主题发言是"抒情诗必然是个人的吗？"。❷其内容大约可等同于遗著《语言与诗》后记"非个人的个性"。

与国内学者的私交中，除了1983年返国参加的中国比较文学谈论会之外，笔者可见的只有他和北大陈贻焮教授1984年10～11月，通过学生管必达到北大进修而有的鱼雁往来。这一简短神交让我们见识了刘若愚极高的诗词修养和他对故国、故园的热爱！❸该诗为1982年春刘若愚返回北京时所写：

---

❶ 盛生："中美学者比较文学讨论会在京举行"，载《文学评论》1983年第6期。

❷ 詹杭伦：《刘若愚——融合中西诗学之路》，文津出版社2005年版，第21页。

❸ 有关刘若愚诗作，可参见詹杭伦：《刘若愚——融合中西诗学之路》，文津出版社2005年版，第17～19页。

访儿时故居

陌巷依稀旧日痕，燕京春暮尚多尘。

萧条寂寂墙头草，剥落斑斑院外门。

母唤儿啼犹在耳，玉箱茶案已无存。

伤心四十余年事，俯首徘徊欲断魂。❶

　　也许正因为从未忘记过自己的家园，刘若愚几乎不放过任何一个为中国文化在西方学界拨乱反正的机会。每当此时，他总是一改书生斯文，而怒目圆睁，血脉贲张。他以学术严谨和公正批驳了许多盛行于西方对中国文化、中国语言、文学和文论的误解和误译，竭力使中国传统文化真实地呈现于他所置身的世界。

　　对中国文化的热爱不仅表现在驳斥西方关于中国语言、文学、诗学的种种偏见，更表现在他始终平等地看待两种不同文化。通观刘若愚全部学术著作，可以发现为刘若愚学术思想体系提供养分的不仅有西方的文学家、理论家，更有中国哲学家、文学家和文学理论家。近现代学者王国维、陈寅恪、钱钟书、王力、王元化、郭绍虞、罗根泽、徐复观、劳干等著名学者的思想言论都曾出现在他的著作中。中美建交后，对 20 世纪 80 年代以来国内学者对中国文论的研究成果，刘若愚也都曾给予关注和重视。他在内心深处始终坚信："对中国文学的任何严肃批评，必须将中国批评家对其

　　❶ 刘若愚：《中国文学艺术精华》，王镇远译，黄山书社 1989 年版，第 1～2 页。

本国文学的看法加以考虑。"❶ 而且，他始终致力于寻求中西诗学的交会点，认为研究中国古代诗学的学者有义务为可能的"世界性诗学"提供来自中国诗性智慧的独特贡献。

因此，刘若愚用英文为媒介所写作的阐释、研究中国古代语言、文学、诗学的著作，无疑是中西文化、文论比较研究的极佳考察对象。以刘若愚为个案，可以清楚地看到一个游走于中英两种语言之间的语际批评家（刘若愚自称）——作为华裔在美国研究中国文学、诗学的专家的种种情怀，能更清晰地把握一代学人的学术追求及坎坷命运。这对于崛起的中国和学术界无疑具有极大的启发意义。

---

❶ 刘若愚：《中国文学理论》，杜国清译，江苏教育出版社 2006 年版，第 6 页。

第一章

刘若愚中国诗学语言论

中国人的语言基本上是属于大洪水之前的，掌握它需要梅修撒菜毕生的时间。

——史密斯《中国人的性格》

1962 年，刘若愚出版了自己的第一部专著《中国诗学》。他面对的学界空白使他不得不从语言开始，当时的情况也许只能借用同在西方学界的学者观点方能得到更好的说明：

近年来，华裔学人在美国出版的学术性著作如此之多，目今来自台、港、大陆的留美学生简直难以想象我同刘（若愚）、许（芥昱）二兄当年艰苦奋斗的情形。胡适留学期间哥大（哥伦比亚大学）即有个中文系了，但当教授的当然都不是中国人。我的哥大前任王际真先生一向位低薪薄，到晚年才升任为正教授，虽然早在三四十年代，他已出了《红楼梦》节译本，《鲁迅小说选集》以及其他三种古今短篇小说集，在美国当年的中文教授中，算是成绩卓著的一位了。同时间的华裔中文教授也有人编过些文学读本和汉语教科书的，但却真没有人写过一本中国文学研究的专著。

刘若愚的《中国诗学》写作于五十年代在香港工作期间，因此放到美国汉学史上的话，其拓荒之功是毋庸讳言的。此处还有一掌故，先刘若愚去世多年的陈受颐先生是芝加哥大学英国文学博士，长期在加州帕幕那学院（Pomona College）任教中国文学。五十年代也在写一部巨型的中国文学史。同行都对之寄予厚望。在《中国诗学》出版的前一年，也就是 1961 年，纽约朗那出版社（Ronald Press）终于出版了陈受颐先生的 *Chinese Literature, A Historical Introduction*。但书里错误百出，陈老先生不仅粗心大意，他对古诗文显然了解也不深。韦理（Arthur Waley）曾把"赤脚大仙"译成"The red‑legged Immortal"❶，至今国人乐道此事，表示汉字实非洋人所能精通。但陈受颐岭南世家，翻译《世说新语》里一句话，"张季鹰纵任不拘，时人号为江东步兵"，竟把最后四字直译（未加注释）为"The foot soldier from east river"❷，显然不知"步兵"在这里指阮籍，也同样大闹笑话。英国汉学家霍克斯（David Hawkes）为《美国亚洲学报》写书评，特举此为例，表示中国学者学问不过如此，也等于为他受业师韦理报仇。当然"江东"译成"east river"，也表示陈老先生实在糊涂，与他汉学程度无关。

……翌年若愚出版的《中国诗学》，虽然篇幅不多（正文百五十多页），而且显然是专为不懂、不太懂中文的英语读者而写的，但内行诗家一翻此书即知道作者不仅对诗词、诗话真有领会；他对西洋诗学也很有研究，不得不予之佳评。……陈受颐的《文学史》惨遭围攻之际，美国汉学界出了夏、刘二员新人，都是英文系出身，西洋文学读得比一般欧美汉学家多，英文也比他们写得漂亮，的确大受同行注意，从此也不再有人胆敢忽视、小视华裔学人了。❸

事实的确如此，西方有意识地以比较为研究重点，研究

---

❶ 红腿神。

❷ 从江东来的步兵。

❸ 夏志清："东夏悼西刘——兼怀许芥昱"，见夏志清：《岁除的哀伤》，江苏文艺出版社 2006 年版，第 137~138 页。

中西文学关系主要是在第二次世界大战以后才开始的，而且这种研究还主要集中于现代文学领域，对中国古代文学诗学的研究由于语言的难度更停留在起步阶段。"对于那种由于语言障碍而在很大程度上使西方人望而却步的中国古代文学，情形又如何呢？中国文学作品翻译成英文的实在少得可怜。尽管颇具代表性的经典哲学著作文选已经问世，而且《道德经》的译本似乎还嫌多了一点。然而，那些明确无误的文学资料被译成差强人意的英文者，在整个中国文学传统中不过一鳞半爪而已，况且这一点译作也很难说具有代表性。在人们读这些译本时，谁要是想见到如像乔叟或弥尔顿作品的现代版本那样的既介绍了知识，同时又表达了评注者看法的精彩评注，也是很不容易的。"❶

不但严肃意义上的研究极为匮乏，在美国主流文化界还流传着许多关于中国文化和语言的错误观念。1933 年，美国出版了一部畅销书《中国人的性格》。❷ 在书中，作者美国传教士明恩溥（Arthur H. Smith）描述了他对汉语的困惑和思考，兹节选一段如下：

---

❶ 余国藩："中西文学关系的问题和前景"，载《比较文学与一般文学年鉴》1974 年第 23 期，第 42～53 页。中译文见李达三、罗钢编：《中外比较文学的里程碑》，林必果、刘声武、谢伟民译，人民文学出版社 1997 年版，第 13 页。

❷ "阿瑟·史密斯的《中国人的性格》一书的内容 1890 年曾在上海的英文版报纸《华北每日新闻》发表，轰动一时，在纽约由弗莱明出版公司结集出版，又被抢购一空。《中国人的性格》可能是最后一部西方传教士写的、在西方与东方都有影响的有关中国的书，作者是美国传教士，在中国生活过 22 年。该书是西方人介绍与研究中国民族性格的最有影响的著作，被认为真实公允。"载 http：//hi. baidu. com/bofoomen/blog/category/% D6% D0% B9% FA% C8% CB% B5% C4% D0% D4% B8% F1. 另阿瑟·史密斯的中文名为明恩溥。

汉语的名词是没有格的变化的，它们既没有"性"，也没有"格"。汉语的形容词没有比较级。汉语的动词也不受任何"语态"、"语气"、"时态"、"单复数"和"人称"的限制。名词、形容词和动词之间没有明显的区别，任何汉字只要能用的，都可以通用，不会有什么问题。……这种语言结构，正像夏天的酷热自然要引起午睡一样，会招致"思绪含混"。❶

在这本畅销书中，明恩溥认为汉语的种种缺陷与他所认为的中国人性格中的缺点如不珍惜时间、思绪含混密切相关。了解了这些背景，也许就会原谅《中国诗学》中冗长而毫无诗意的第一章了。对中国诗歌、诗学的主要媒介——汉语的全面分析，作为该书的第一章，不仅是全书的根基，而且也是面向西方讲述中国古代文学、诗学时必须要跨越的第一道障碍。而鉴于西方 20 世纪以来的语言学转向，可以明白正确理解一个民族的语言对正确理解该民族的文化意义何其重大。

---

❶ ［美］明恩溥："中国人的性格"，周宁译，载 http://hi. baidu. com/bofoomen/blog/cattegor//% D6% .

第一节　在英语世界为"汉语"辩护

"文化从各个方面说都是语言"❶，要想进行中西文化文学的比较，语言无疑是登堂入室的第一步。刘若愚本人对此也深有体会，他指出"严肃的文学批评必须讨论到语言的各个方面，正如严肃的绘画评论必须讨论颜色、线条、形状一样。"❷《中国诗学》针对西方盛行的各种对汉语的种种误解，展开了对汉语本质和特征的介绍。

一、汉语——是否"自然天成"？

汉语在西方长期被认为是一种与表音文字相对的自然天成的语言，而汉字也常被视为完全来自对自然之物的直接模仿或是对自然过程的速写。弗诺罗萨（Ernest Fenollosa，1853~1908）在其论文《汉字作为诗歌媒介》（The Chinese Written Character as a Media for Poetry）中认为："中国文字的结构大都是象形，最接近自然。象形字一旦连贯起来，便成为一系列活动的图画……如太阳低伏在苗壮成长的草木之下就是'春'，'田'加上'力'耕耘就是'男'……与汉字相比较，西方的拼音文字在本质上偏于抽象性，字母的组合

---

❶　［美］A. 杰弗逊、D. 罗比等：《现代西方文艺理论流派》李广成译，北京大学出版社 1992 年版，第 109~110 页。

❷　James J. Y. Liu：*The Art of Chinese Poetry*，Chicago and London：The University of Chicago Press，1962，p. ix.

是约定俗成的，和具体事物无直接关联。"❶ 他进而认定汉字具有形象性、动态感和隐喻性，字与字之间相互关联烘托，是一种很好的诗歌语言。正是"从弗诺罗萨对中国表意文字的分析中，庞德（Ezra Pound，1885~1972）不仅发现了他对具体细节新信念的依据，而且发现了一种通过并置将意象扩展到更大规模的方法"，❷ 并开创了英美现代主义诗歌流派之一——意象派。不论弗诺罗萨和庞德本意如何，汉语以这种面目流行于西方都可以令国人啼笑皆非，更令刘若愚寝食难安。

为了让西方读者对汉语有一个准确的认识，从源头上拨开笼罩在中国文化和文学之上的神秘面纱，刘若愚《中国诗学》中对汉语进行了细致的分析和讨论。他指出，中国的造字法（传统的六书）有六种，"象形"只是其中的一种造字方法而已。

汉字有六种造字法：第一种是"象形"（simple pictograms 或 imitating the form），这种字是其所代指的物的物象（icon），而非"物"的声音；第二种是"指事"（pointing at the thing 或 simple idoegrams），指事字既可看做是一种物象（icons），又可看做是一种标志（index）；第三种是"会意"（understanding the meaning 或 composite ideograms），以两个或多个象形字、指事字组合成一个具有不同意义的新的字；第四种是"形声"（harmonizing the sound 或 composite phono-

---

❶ 转引自宋柏年：《中国古典文学在国外》，北京语言学院出版社 1994 年版，第 242 页。

❷ ［美］埃默里·埃利奥特：《哥伦比亚美国文学史》，朱通伯等译，四川辞书出版社 1994 年版，第 795 页。

gram)，通常由一半表音（phonetic，P），一半表意（signifi-cant，S），表音和表意的可以是象形字，也可以是指事字、形声字；第五种是"转注"（mutually defining），它与同义字的用法有关；第六种是"假借"（borrowing），是同音字的借用。六种造字法中，后两种是已有字的拓展运用，并没有形成新的方法，所以，实际上汉字只有前面四种主要的造字法。象形字和指事字在汉字的总体中只占极小的比例，因为它只能表现最常见的物（日、月、树）和最基本的观念（上、下、中、数）等。而且，在长期使用中，这部分字也已经失去了其最初产生时的图像特质。至此，弗诺罗萨、庞德及其追随者的谬见不攻自破了。❶

但西方关于汉语的谬见并不单单是由误解造成的，还有更深层的历史和文化原因。一些学者即使了解汉语的造字法，也依然把汉语解释为一种自然天成的产物。美国哈佛大学教授宇文所安（Stephen Owen）就在他的《中国传统诗歌与诗学：世界的征兆》（*Traditional Chinese Poetry and Poetics：Omen of the World*，1985）对中国传统文学和文字作了如下解读：

　　不仅文学的某一独特例子是世界的某一方面与人类某一意识结合而产生的，而且，这种结合得以显示的书写语言（文）本身亦是自然天成的……文字并非是由任意的符号所形成的，由历史演进或神圣权威所创造的，而是从观察这个

❶　James J. Y. Liu：*The Art of Chinese Poetry*，Chicago and London：The University of Chicago Press，1962，p. 6.

世界而得来的。❶

　　显然，在这里，汉字不再是抽象的符号，而是从观察这个世界得到的自然天成的符号，这和中国古代文学主要被看做一种非虚构的文学有着某种一致性。这种误解一方面来自对中西哲学、艺术观基本差异的认识不足，另一方面还在于部分西方学者无法摆脱"简单地将中西哲学观的基本差异理解为一元与二元的对立，中西艺术观的差异则来自与虚构与非虚构的对立"❷这一认识误区，有人甚至因此推断汉民族是缺乏抽象概括能力和创造精神的人种。这与中西交流之初由于西方中心主义而形成的中西对立思维模式紧密相关："不少西方学者，包括一些汉学家，都过分强调东西方文化之间的差异，把中国视为与西方全然不同的他者。这种把不同民族语言和文化作二项对立的思路在西方有很深的传统，早在古代就已表现在犹太教和基督教的对立之中，在近代则更有东方与西方的对立。"❸显然，无论是客观原因，还是主观原因，这种对汉字的误解和中西对立的强调都不可能给中西文化交流带来真正卓有成效的结果，也有悖于西方中国文学研究和比较文学学术研究的初衷。

　　二、汉语——是否"发育不全"？

　　西方读者常因为汉语缺少格、性、态、数等因素的变化

---

　　❶ Stephen Owen：*Traditional Chinese Poetry and Poetics*：*Omen of the World*，1985，p. 20.

　　❷ 王晓路：《中西诗学对话》，巴蜀书社 2000 年版，第 95 页。

　　❸ ［美］张隆溪：《道与逻各斯》，冯川译，四川人民出版社 1998 年版，第 9～10 页。

而认定汉语是一种发育不全的语言。19 世纪黑格尔就"以他那众所周知的轻蔑眼光看待汉语"，宣称汉语是一种发育不全的语言的经典例证。❶ 作为中西比较文学的先行者，刘若愚必须对此作出回答。事实上，东西方比较的任何尝试，都不能不首先对黑格尔的挑战作出回应。

　　在对诗的结构语言分析的方法上，刘若愚深受英美"新批评"的影响。正如赵毅衡所说："新批评与中国现代学术的关系，实际上是一个非常重要至今没有得到充分研究的课题：瑞恰兹（I. A. Richards, 1893～1979）数次留在中国执教，对中国情有独钟；燕卜荪（William Empson, 1906～1984）在西南联大与中国师生共同坚持抗战，戎马倥偬中，靠记忆背出莎剧，作为英语系教材，成为中国教育史上的一则传奇。"❷ 而在燕卜荪来中国讲学时，刘若愚就已入室聆训，新批评也的确在刘若愚的学术道路上留下了深深的印记。在早期研究汉语时，他以瑞恰兹对科学语言和文学语言的区分为依据，强调汉语作为一种文学语言在多义、含混、柔韧、灵活、微妙方面具备的优势，也秉承燕卜荪在《复义七型》中对"含混"（ambiguity）的激赏。虽然伴随个人学术思想的发展，刘若愚后来更多地受到其他当代西方诗学如"现象学"文论的影响，使他对"新批评"的态度有所改变，但这并不影响他在具体分析文学作品时对"细读"的厚爱。

----

❶　［美］张隆溪：《道与逻各斯》，冯川译，四川人民出版社 1998 年版，第 62 页。

❷　赵毅衡："新批评与当代批判理论"载《英美文学研究论丛》2009 年第 2 期。

　　他直接采用燕卜荪的方法对汉字丰富的语义层进行了结构性探索。他以燕卜荪的"型"（symbols）A/1，2，3……对汉字语义层进行了详细划分，如将"孝"字意义分层为：孝/爱父母，尊敬，服从……并通过分析字、词的暗含意（implications）和联想意（associations），证明汉字语义层的丰富及其能在中国文学中如鱼得水地应用。

　　在字、词的暗含意（implications）方面，他指出汉字、词常有三种意义，即原始意（original meaning），指字、词被发明时所赋予的意义；常用意（usual meaning），经常用到的意义；主导意（predominant meaning），与燕卜荪的首要意（chief meaning）相等。比如木，其原始意是：树木，常用意是：木、木材；主导意则是：木讷、麻木。此外，汉字、词的还有其独特的联想意（associations）：如观念联想（notional associations），通常由风俗、信仰、神话传说引起，如"柳"与分别联系，因唐时有折柳赠别的习俗。听觉联想（auditory associations），由字、词的读音引起，通常利用谐音造成意的相联或暗示，如"东边日出西边雨，道是无晴却有晴"（晴与情谐音）。文本联想（contextual associations），由一些读者熟悉的经典文学文本引起，如"窈窕"与"淑女"的联系来自《诗经》"窈窕淑女，君子好逑"，两词之间本无任何联系。

　　对汉字丰富语义层的证实无疑可以使人确信，作为一种诗性表述的媒介——汉语是相当成功的，而历代中国文人在自己的创作中也大量利用字、词语义的丰富性和暗示性使汉诗具有更为丰富复杂的内涵。但遗憾的是，汉语的这些意义的联想只在有着相似的教育背景、阅读经验和鉴赏力的读者群中才是有效的。因此，作为一名汉学家、翻译家、批评家，刘若愚认为自己有义务预先告诉英语读者汉语字、词在意义层面的上述特征，否则，对他们而言，这一切优点便不存在。

　　汉语不但词性灵活、意义丰富，而且在听觉上有长短升降的曲折变化，对于挑剔的英语读者的耳朵而言，汉语完全能胜任使汉语作品（诗）富于乐感的任务。汉语基本上是单音节的，每个字的声调固定，有平、上、去、入四个声调。音调也有长短轻重之别，汉语中还有大量的象声词。为了增强诗文的乐感，中国古代诗人讲究用韵、押韵，而且会利用双声、叠韵、叠字等多种技巧。使用汉语完全能表现情绪的变化、音韵的谐和铿锵。事实上，汉诗的适于吟诵正是中国诗人和读者对其情有独钟的原因之一。只不过，"读翻译的诗更像隔着面罩欣赏佳人"❶，在翻译的过程中，汉诗音韵、节律的丢失不应该成为英语读者认为汉诗毫无乐感的理由。

　　总之，汉语虽然缺乏英语一样的数、性、时态等的变化，但并不妨碍中国人用它来交流、沟通、描述、写成文学作品表现人类永恒的情感和普遍的经验。刘若愚引用亚里士多德（Aristotle）的观点：诗人应该表现一般而非特殊，而中国人恰恰是这样做的。中国诗人集中注意力于情景的"神"而不是偶然的细节。汉诗可以只写花、鸟、山、水，而不必指其颜色、数量、时间、地点。如王维的"月出惊山鸟，时鸣春涧中"，就以简洁的语言表现了一种似乎永恒静

---

❶　James J. Y Liu: *The Art of Chinese Poetry*, Chicago: University of Chicago Press, 1962, p. 20.

止的画面，透过这一画面，人类的经验、情感得到了真正的表达和交流。同时，汉语的句子没有要求必须有动词，词性也可灵活变动，这就使得它作为一种诗的语言用起来更加得心应手。如马致远的"枯藤老树昏鸦，小桥流水人家"中，名词的序列使读者的注意力从一事物移向另一事物，仿若欣赏一幅旨趣幽远的山水画。"竹喧归浣女，莲动下渔舟"中，动词不但可省略，还可随意错位以满足押韵的需要。此外，词性的改变不但可满足押韵，还激起人的听觉、视觉、联想上的美感。如"国破山河在，城春草木深"中"春"的名词动用。另外，花红柳绿、桃李东风等富于色彩和感染力的习语也极大地增强了汉语的美感。因此，刘若愚认定："正是由于汉语的这些特征，中国古代诗歌赢得了一种非个人的普遍的特质，寥寥数语即可反映巨大的历史事件，微妙深切的人类情感，完全能以'一粒沙看世界'（see a world in a grain of sand）。"❶

欧阳桢（Eugene Chen Eoyang）也认识到这一点："很少有人会拒绝这一事实，中国汉语，尤其是文学语言是更为文本化的语言，较之其他语言它更为简练，更有寓意，因而它可以被视为一种更为深奥的语言。"❷

三、汉语——"语音中心主义"还是"文字中心主义"？

东方（中国）作为西方镜象里的"他者"，常是西方人想象的投射。这种欧洲中心主义的偏见要么以"他者"为异

---

❶ James J. Y. Liu: *The Art of Chinese Poetry*. Chicago：University of Chicago Press，1962，p. 47.

❷ 转引自王晓路：《中西诗学对话》，巴蜀书社 2000 年版，第 47 页。

己，要么视"他者"为类同。汉字在现代语言学之父索绪尔（Saussure）那里就走向了另一个极端，它被一视同仁地看做是声音的符号，是对口语的模仿。"西方哲学家，以其逻各斯中心主义的偏见（logocentric bias），通常视汉字为一种任意的符号，即使是索绪尔，在认识到汉字并非拼音文字后，仍然认为每个字都是口语的表现。"❶

于是，在遗著《语言与诗》中，刘若愚不得不在功能层之外，从哲学和本体论层面对中西语言观的差异进行了再次的思索。他提出了与索绪尔完全相反的意见："西方批评家一般拥有语言摹仿观，而受到道家和佛家影响的中国语言观则是直指观（deictic conception），前者将语言视为表现现实的，而后者将语言视为直指现实的，这是诗学语言观的基本差异。"❷

西方语言的模仿观与艺术的模仿观同时产生，二者都受到西方逻各斯中心主义（logocentrism）哲学和存在玄学的影响。逻各斯中心主义伴随存在玄学，从前苏格拉底（pre-Socratics）直到海德格尔（Heidegger），一直占据整个西方哲学传统的支配地位。这一哲学传统使得柏拉图（Plato）及其后继者相信，文字是对口语不完美的模仿或再现，正如现象世界是对完美理念世界的不完美模仿一样，艺术是对现象世界的不完美模仿。因此，传统逻各斯中心主义认为意义、口语、书面语三者具有等级关系：意义是中心，口语是意义的

❶ James J. Y. Liu：*Language － Paradox － Poetics：A Chinese Perspectiv.* Ed. Richard John Lynn. Princeton：Princeton University Press，1988，p. 17.
❷ James. J. Y. Liu：*Language － Paradox － Poetics：A Chinese，Perspective,* Princeton：Princeton University Press. 1988. p. xi.

表征，而书面语则只是口语的记录。正因为如此，西方从古希腊开始就形成一种以言语压制文字的传统，将口语看做最接近思想的媒介，将文字仅看成声音的“形象”和模拟。索绪尔对能指与所指关系的确定正是基于文字是“符号的符号”，是语言（声音）的“表现”或“形相”（sound-image），明显是逻各斯中心主义的产物。德里达则据此肯定逻各斯中心主义实际上是语音中心主义（phonocentrism 或 phonologism）的同义语。[1]

而中国没有西方意义上的逻各斯中心主义哲学观，中国文化也缺少以言语压制文字的传统。汉字的起源与形成过程均能证明汉字不是对口语（声音）的摹仿和表现，而是以某种约定俗成的象征符号——字来直接指物。汉字并非“任意的象征”（arbitrary symbols），而是一种“惯例的象征”（conventional symbols）。汉字不是一种中介，不是对口语的模仿，而是直接与世界建立了联系。“关心语言本质的西方思想家们持有文字是口头语言的模仿观，文字遂被构想为世界与人的中介，（而受到道家佛教影响的）中国人在文字与世界之间见出一种直接关系，没有口语的必然中介”。[2] 这种直指的语言观使得中国人更信任书面语言，认为它比口语更加精确、更富于表现力。比如扬雄就认为：“惟圣人得言之解，得书之体。白日以照之，江河以涤之，灏灏乎其莫之御也。面相之，辞相适，捈中心之所欲，通诸人之嚍嚍者，莫

[1] James. J. Y. Liu: *Language - Paradox - Pŏetics: A Chinese Perspective* Princeton: Princeton University Press, 1988, p. 15.

[2] James. J. Y. Liu: *Language - Paradox - Poetics: A Chinese Perspective*. Princeton: Princeton University Press, 1988, p. 18.

如言；弥纶天下之事，记久明远，著古昔之吻吻，传千里之忞忞者，莫如书。"❶普通中国人普遍信任书面文字胜过口头语言，刘若愚进而认为中国人的语言观是"文字中心主义"（graphocentrism）的，它与语音中心主义相反，不迷信声音而尊崇文字。

因此刘若愚大胆提出"文字中心"的汉语应该成为——西方逻各斯中心主义的对衬（counterweight）！❷还因此改口说在这一点上我们应该宽恕德里达、费诺罗萨、庞德对汉语的误解："请宽恕德里达，他以明显的赞同谈到弗诺罗萨和庞德。我认为公平地说，他们可能直觉到汉字为西方逻各斯中心主义提供了一种可能的选择，但他们对中国诗歌语言的阐释更多应归功于其想象而非真正的汉语语源学知识。"❸

汉语是否真正可以成为逻各斯中心主义之外的一种"有用对衬"呢？著名学者张隆溪就反对刘若愚的这种观点，他指出汉语也有语音中心主义中的言、意、物的等级关系。尽管中国古人确实极为重视"立言"，但中国古代文本中确有很多对此三者无法圆满对应的描述，如《易经·系辞传》中的"书不尽言，言不尽意"，以及陆机的"恒患意不称物，文不逮意"。❹

那么到底该如何理解这种争议呢？首先，汉字如前所证

---

❶　扬雄：《法言》（第4卷）。

❷　James J. Y. Liu: *Language – Paradox – Poetics: A Chinese Perspective*. Princeton: Princeton University Press, 1988, p. 21.

❸　James J. Y. Liu: *Language – Paradox – Poetics: A Chinese Perspective*. Princeton: Princeton University Press, 1988, p. 20.

❹　[美] 张隆溪："中国传统阐释意识的探讨——评刘若愚著《语言与诗》"，载 http://wyg. sunchina. net/sixiang/reading/198912/24. htm.

的确不是声音的模拟和表现，不是符号的"符号"，中国文化也没有以口说语言压制书面语言的传统。传统文本中关于言、意、物的等级关系探讨和认识其实是刘若愚探讨的语言工具的局限性问题（他称之为"语言的悖论"）。语言与思想之间、口说语言与书面文字之间常无法一一对等，传达的过程也是意义不断丢失的过程，这是语言工具的局限性，而不是逻各斯中心主义规定下的言、意、物的等级关系。其次，逻各斯中心主义有其独特的哲学背景，如前所证，逻各斯作为一种神学用语，对应于西方文化中超验的理式或者人格化的造物主——上帝，而中国的哲学文化语境中没有这样一个人格化的造物主，也缺少一个绝对超验的本体。所以，汉字不是逻各斯中心主义也不是语音中心主义的。难怪，刘若愚肯定自己在《语言与诗》中对中西语言文字差异的阐释与《道与逻各斯》中的张隆溪在目的上是一致的。

那么刘若愚以汉语作为逻各斯中心主义之外的一种"有用对衬"是不是在避免欧洲中心主义的同时又落入其窠臼了呢？当他用西方的语言、术语和体系解说汉语的时候，是否正在向西方传统回归呢？作为一名学者，刘若愚并非生活在真空中，他的思维及研究方法都必然受到西方主流文化意识和学界方法的影响，但他对中西文字差异的强调从主观上与某些西方人的刻意曲解夸大是有差别的。前者出于爱护和珍视，而后者则或是出于欧洲中心主义的对异文化的蔑视，或是出于习惯性强调中西二元对立。更何况，刘若愚的意见通常立足于汉语的实际情况，而不是为着某种目的的刻意扭曲："以上分析与我多年前在《中国诗学》（*The Art of Chinese Poetry*）中反对弗诺罗萨（Ernest Fenollosa）和埃兹拉·

庞德（Ezra Pound）对汉字的误解并无矛盾，只是由于情势改变相应转移了重点，此一时，彼一时也。那时，我强调并不是所有汉字都是象形文字或表意文字，大多数汉字含有声音成分；现在，我强调并非所有汉字都只含声音成分，人们可以不知道汉字的读音而理解其意义。"❶

或许可以这样揣测，在早期致力于保护汉字，为汉语正本清源，属防卫阶段的刘若愚，在后期开始了为汉语突围。他希望通过汉语与西方逻各斯中心主义影响下的语音中心主义的文字的对立来扭转汉语乃至整个中国传统哲学、诗学在异文化语境中的不利地位。又或者身处中西文化交汇处的刘若愚不过想借助一种类似于"中国中心主义"的观点让学界将目光转向中国，注意到古老的中国文明正是处于地球之另一极的且可以与西方文化分庭抗礼的高峰！刘若愚的这种情结也许源于他的华裔身份和他对中国文化抱有的深厚感情，也就与德里达在解构西方逻各斯中心主义时，从庞德和弗诺罗萨对汉语的错误认识出发，认为中国文化是独立于西方文化而发展出的另一文明殊途同归了。

随着中西交流的日益频繁，一些西方学者也开始认同中国文化。李约瑟（Joseph Terence Montgomery Needham）认识到："还有其他一些文学可以与欧洲文学媲美的，中国文学就是一例，可是绝大部分欧洲人对此却是一字不识。"❷ 此外，两次世界大战后西方一度陷入精神危机，有将目光投向

---

❶ James. J. Y. Liu: *Language – Paradox – Poetics*: *A Chinese Perspective*. Princeton: Princeton University Press，1988，pp. 19～20.

❷ ［英］李约瑟：《四海之内》，劳陇译，三联书店1992年版，第9页。

东方、寻找精神出路的倾向，黑塞（Hermann Hesse）等著名现代派作家在作品中流露的这种情绪很能说明这点。

第二节　刘若愚诗学语言论评析

进入 21 世纪，汉语作为外语的教学正在世界各地蓬勃开展。也许有的中国读者会觉得刘若愚在 20 世纪六七十年代对汉语的分析和辩难显得幼稚而矫情，但绝不应当忘记庞德领导的意象运动是在 1914 年开始"流行"于美国文坛，而他的《国泰集》（*Gathay*）的成功"并非他或他的读者对中国知之甚多，而恰恰因为他们都同样知之极微"。❶ 罗素（Berirand Russell）也在他的《西方哲学史》中这样描述文字的发展："文字的发明在埃及大约是在公元前 4000 年左右，在巴比伦也晚不了太多。两国的文字都是从象形的图画开始的。这些图画很快地就约定俗成，因而语词是用会意文字来表示的，就象中国目前所仍然通行的那样。在几千年的过程中，这种繁复的体系发展成了拼音的文字。"❷ 明恩溥的《中国人的性格》也是 1933 年在美国成为畅销书的，这一切都表明西方人对汉语的误解不仅仅出于无知和陌生，更是由于

---

❶ George Steiner: *After Babel: Aspects of Language and Translation*, Oxford: Oxford University Press, 1975, p. 359.

❷ ［英］罗素：《西方哲学史》，何兆武、李约瑟译，商务印书馆 2004 年版，第 25 页。

它"吻合并加强了西方人眼中的中国形象，即休·肯纳（Hugh Kenner）所谓西方人'发明的中国'"。❶很显然，两种语言间的转换问题绝不仅仅只是语言，而是有更深层的原因，这一点必须从西方对中国的"发明"开始追溯。遥远神秘的东方在许多世纪里一直是西方幻想的源泉之一，而这种幻想多半是扭曲的、不真实的。这种不真实不论用何种语言来形容，出于何种目的，都不利于中西真正的交流和文化互识。

中世纪的马可·波罗（Marco Polo）在他的游记里为西方人描述了一个比西方更富庶和更文明的中国，由此开启了欧洲人此后几个世纪的东方情结，尽管至今他是否真的到过中国仍然时有争议。17～18世纪到中国的欧洲传教士也开始在自己的著述中为西方描述中国，继续着西方人对中国的"发明"。中西文化的差异很快就爆发了著名的"礼仪之争"——焦点之一就是中文是否能传达基督教神的精神观念。有些西方教士批评利玛窦（Matteo Ricci）和其他耶稣会教士在中国儒家经典里寻找符合基督教观念的成分，他们认为天主、上帝等中文字根本不可能表达基督教神的精神观念。❷中国人在他们眼里是异教徒，"中国人从未认识到不同于物质的精神实体……所以他们也从未认识上帝、天使或理性的灵魂"。❸

---

❶　张隆溪："自然、文字与西方的中国诗研究"，见王晓路：《西方汉学界的中国文论研究》，巴蜀书社2003年版，第11页。

❷　李天纲：《中国礼仪之争》，上海古籍出版社1998年版。

❸　Jacques Gernet：*China and the Christian Impact：A Conflict of Cultures*，trans. Janet Lloyd，Cambridge：Cambridge University Press，1985，p. 203.

"此外，中文里没有一个字可以表达存在的意思，没有任何词汇可以传达存在或本质的概念……因此，存在的概念，那种超越现象而永恒不变的实在意义上的存在，也许在中国人就是比较难以构想的。"❶ 而西方关于语言和文化的看法，常紧密相关：

近代西方学术注重语言问题，在哲学和文化研究中也有所谓语言学的转向。西方汉学或中国研究也往往把中西思想文化的差异归结到语言和思维的差异，影响其对中国语言、文字及文学的看法，而此类看法又反过来论证中西传统之根本差别。❷

因此，可以毫不夸张地说，对语言的看法从根本上影响对该语言相关的文化的态度。西方人正是从上述关于汉语的认识出发，衍生了一系列关于语言、思维模式、哲学和文学的中西对立，且简单表示如下：

中文无法传达基督教神的精神观——→中文在表达抽象概念以及超越性和精神性范畴极困难，无语法——→中国思维模式缺乏超越和精神的范畴，缺少逻辑——→中国哲学缺少本体存在的观念——→中国文学没有超越性❸

---

❶ Jacques Gernet: *China and the Christian Impact*, Cambridge: Cambridge University Press, 1985, p. 241.

❷ 张隆溪："自然、文字与西方的中国诗研究"，见王晓路：《西方汉学界的中国文论研究》，巴蜀书社 2003 年版，第 1 页。

❸ 此处根据张隆溪论文观点整理。［美］张隆溪："自然、文字与西方的中国诗研究"，见王晓路：《西方汉学界的中国文论研究》，巴蜀书社 2003 版。

　　只需稍加整理，不难发现其背后已经隐藏着今天流行于西方的各种中西对立模式：

　　中文"自然"——→中国哲学只有物质的"一元"——→中国文学写实、具体——→中国传统文论没有在字面意义之外另找出一层暗含的象征意义的讽喻性解释
　　西文"抽象"——→西方哲学有物质与精神"二元"——→西方文学虚构、普遍——→西方诗学有讽喻性解释

　　至此，问题的成因已经非常清楚，源于中西语言的差异，被想象和放大后，基本上已经成为中国人和中国文学在本质上劣等于西方同类的"例证"，成为中西二元对立和文化相对主义模式的根源。更为可怕的是，这样的歪曲和误解并不只存在于普通的对中国文化了解极少的民众，而且存在于对中国文字和文化有一定了解的汉学家的视界中；不是已经过去，而是正在进行，且不知何时才能停止。正如张隆溪所言：

　　……这种模式使跨文化沟通变得完全不可能，甚至使任何学术追求失去意义。从这一具体事例出发，我希望我们的这些汉学家和亚洲学家们能采取一种自省的态度，反思一下我们学术研究中普遍和根本的问题，以及我们应该如何去探讨这类问题。❶

---

　　❶　［美］张隆溪："自然、文字与西方的中国诗研究"，见王晓路：《西方汉学界的中国文论研究》，巴蜀书社2003年版，第31页。

　　刘若愚正是为数极少的愿意正视并面对这一问题的海外中国文学研究者之一。他对汉字从起源，到造字规则、语法特征、句法结构、声调音节诸方面的分析起到了为汉语正本清源的效果，而他将汉语的文字中心主义与西方语音中心主义对立更是清楚地表明了中西不同语言观所根源的中西哲学观和文学艺术观的不同。只不过，这种不同在刘若愚看来并不是中国文化和语言的劣势，反而是其优势所在——中国文化和语言可以成为西方文化和语言的有效对称物。最为重要的是，这种平等的态度无疑也为今后更好地开展中西文化各方面的比较铺平了道路。事实上，因为《中国诗学》本身用英语写成，在诞生以后的几十年里一直是美国研究中国文学学生的入门书籍。因此，可以相信，假以时日，它在学界的影响无疑会和其他华裔学者的英文作品与汉语的相关著作一起纠正部分西方主流文化界关于汉语及中国文化的偏见和误解。

第二章

刘若愚中国文学鉴赏论

在自然科学及生产技术方面，李约瑟先生的《中国科学技术史》，率先从东方宝库中勘探了丰硕成果。刘若愚先生关于中国诗学的研究，则从文化领域里连续探索出一系列珍品。李约瑟的著作与刘若愚的著作可以说是中国古代科学文化出现于西方世界的双璧。❶

——王振铎

刘若愚将自己定义为英语读者的关于中国古代文学、诗学的阐释者（interpreter）❷ 和批评家（critic），这既是他的自白，也可从他为自己每本著述预设的读者对象见出。一般而言，刘若愚预设的潜在读者是英语世界的普通读者（the general reader）、学习中国文学的学生（students of Chinese literature）、汉学家以及比较文学和文学理论研究领域的对中国文学及诗学感兴趣的老师和学生。正由于读者对象在学术层次上的差异，刘若愚不得不作出一些技术上的调整，他的八部著作都极为短小精湛，需要在极简的篇幅里包容许多的内容。《中国文学理论》全书197页❸，《中国文学艺术精华》全书150页，《中国之侠》全书242页，最长的《李商隐诗》284页。因此，他一般尽力在正文中保持连贯有趣、简洁清楚的写作风格，而把专业性、学术性极强的讨论及资料出处置于脚注、附注、中西文参考书目当中，供有志于进一步研

---

❶ 王振铎："中国传统诗学的现代阐释——评《中国诗学》"载《文艺报》1991年9月28日。

❷ ［美］刘若愚："中西文学理论综合初探"，见刘若愚：《中国文学理论》，杜国清译，江苏教育出版社2006年版，第211页。

❸ 均为32开本。

究的读者参考。

例如,《中国诗学》写道:"虽然本书主要地是为一般读者而写的,研究中国文学的学生也可能觉得它是有用的,因此,一部分也是为了他们而附有汉字。为了他们更进一步的方便,我准备了一份参考书目,以及中国人名与书名的索引。"❶《中国之侠》中,刘若愚这样介绍自己预设的读者群:

我在写书的过程中,始终把以下几类读者牢记在心:学习中国历史和文学的学生,学习比较文学的学生,以及喜欢猎奇的普通读者,这类读者虽然列在最后,但决非最不重要……为了避免众多的脚注把文章弄得支离破碎,我把绝大部分书目,尤其是中文书目,放在书末的"出处和资料"以及"参考书目"中去(专家们是需要这些的),脚注主要是供解释或者互相参照用。但是,有些西方著作的书目资料,普通读者也许是要参阅的,就放在脚注里。技术性较强的讨论,主要是汉学家感兴趣的问题,放在"附注"里。❷

《李商隐诗》,"本书的主要目的是为李商隐的批评性研究作出贡献。李商隐是最有吸引力的中国诗人之一。按道理,我觉得一个中国诗歌的中国批评家应该用他自己的语言写作,如同我过去曾有机会做的那样。但我生活在一个讲英语的国家,并且给西方学生教授中国文学,这一事实使我渴

---

❶ [美]刘若愚:《中国诗学》,幼狮文化事业公司1981年版,第4页。
❷ [美]刘若愚:《中国之侠》,周清霖、唐发铙译,三联书店1991年版,第1~3页。该书中译本保留了原著包括正文在内的全部注释、附注及参考书目等项,译本质量较高。

望中国诗与我的学生，以及其他对中国文学感兴趣而不懂中文的读者之间能更亲近一些……但我希望说我已经尽力使该书远离技术上的讨论以便不懂中文的读者能读懂。与此同时，也有主要为专家而设的附注、文献及参考书目"。❶ 这些介绍十分零碎，引用的目的只是帮助读者意识到，在以英语阐释和评价中国古代文学时，由于语境和读者对象的变迁，刘若愚的阐释对象和方法也不得不随之作出相应的改变。那么，核心问题就是面对英语世界，应该如何有效地阐释和评价中国传统文学。刘若愚从阐释对象、英译方法、评价标准三个角度回答了上述问题。

首先看阐释对象："中国古代文化有两面，有人文、儒雅、智慧、纯朴、自然、超脱的一面，同时又有残忍、愚昧、虚伪、庸俗、封闭、停滞的一面，可以说是精华与糟粕并存。"❷ 作为中国文学、文论的现代英语阐释者，刘若愚选择的正是中国古代文学文论之精华作为自己的阐释对象。他对古代文论的研究将在本书第三章论述，本章集中讨论他在中国古代文学尤其是诗词阐释方面的成就，这方面的成就主要体现为《中国诗学》《中国之侠》《李商隐诗》《北宋主要词人》《中国文学艺术精华》等学术专著及部分论文中。❸ 为凸显刘若愚阐释中国古代文学选择对象的

---

❶　James J. Y. Liu：*The Poetry of Li Shang-yin*：*Ninth-Century Baroque Chinese Poet*. Chicago：University of Chicago Press，1967，p. vi.

❷　童庆炳：《现代学术视野中的中华古代文论》，北京出版社 2002 年版，第 6 页。

❸　在刘若愚著作中的"诗"（poetry）特指中国古代的一些文学样式，包括古体诗、近体诗、律诗、绝句、词、曲、散曲、骚、乐府、赋等文类。因此，本节探讨所有刘若愚对汉诗的翻译和评价也都包括上述诸文类。

思路，笔者将简略勾勒上述著作的主要内容作为进一步分析其独特性的根基。

《中国诗学》分上、中、下三篇。上篇介绍汉语的结构、字词的暗含义及联想意、中文的听觉效果和诗律、诗的语法特征、中国人的一些诗歌主题和思想感觉的方式。中篇介绍四种中国古代诗论：道学主义、个人主义、技巧主义、妙悟主义。下篇提出他在综合的基础上得出的诗论——"作为语言与境界之探索的诗"，并分析中国诗歌中的意象、象征、典故、引用、化用、对偶。

《中国之侠》共五章，第一章：游侠的历史——介绍游侠出现的社会和文化背景，并以历史顺序简略介绍从战国一直到明朝的历史上有名的游侠，以及清朝时期游侠的凋零衰微和在"侠"在文学艺术中的改头换面的出现。第二章：诗歌中的游侠——介绍37首描写游侠和评论史籍所载游侠的诗歌，这些诗歌如《少年行》："新丰美酒斗十千/咸阳游侠多少年/相逢意气为君饮/系马高楼垂柳边。"《剑客》："十年磨一剑/霜刃未曾试/今日把示君/谁有不平事？"全都表现乐游侠的潇洒、自由、豪放、风流、义气！中国古诗中也有许多诗作，表达了后世诗人对这些游侠的看法，比如陶潜《咏荆轲》、骆宾王《于易水送人》。第三章：从史实到小说——介绍中国古代从早期的文言侠客小说，到唐代的侠客小说、讲唱故事和唱词中侠客、宋代从说话到长篇小说《水浒传》、晚期的侠义公案、侠义爱情、飞仙剑侠，直到技击小说。第四章：舞台上的游侠——介绍中国古代戏剧的特点、流派（宋元南戏、元代北戏、明清传奇、京剧），以及各派有关游侠的戏剧，如北戏中的《李逵负荆》，明代的《易水寒》。第五章：结论和比较——系统地分析游侠的特点、游侠文学与社会历史之间的关系，然后比较中国游侠与西方中世纪的骑士之间的异同。

《李商隐诗》第一部分"导论"——提供为充分理解李商隐诗所必需的历史和传记信息，讨论阐释李商隐诗的各种传统流派，以及李诗的英译问题。第二部分由 100 首李商隐诗组成。每首诗有英译、注释及评论。他所选择的李商隐诗以能代表李诗整体面貌为原则，其中 2/3 从未被译成英文。❶第三部分"批评性研究"——介绍自己的诗论，并用于实践分析李商隐诗歌的多种境界以及对语言的探索，最后将李商隐与西方巴洛克诗人并比，指出李商隐诗对现代西方读者的魅力所在。

《北宋主要词人》选择北宋 6 位词人的 28 首词进行批评阐释，并以此为纲，勾勒词的发展过程及北宋词的精神境界和艺术成就，全书总共五章。"导论"简单介绍词的发展以及自己用于解读词的观念和方法，第一章"善感而敏感（sentiment and sensibility）——晏殊和欧阳修"，分析晏殊与欧阳修的词，第二章"情感写实（emotional realism）与风格创新（stylistic innovations）——柳永和秦观"，第三章"理智风趣（intellectuality and wit）——苏轼"，第四章"微妙精炼（subtlety and sophistication）——周邦彦"，第五章"余论"，以 6 位词人为代表勾勒出中国词的发展过程，并补充讨论了双声、叠韵、叠字等技巧在词中的运用，也简略介绍了北宋以后词的发展概况。

《中国文学艺术精华》原是应出版社之邀而写作的常识介绍

---

❶ James J. Y. Liu. *The Poetry of Li Shang - yin*, Chicago：University of Chicago Press, 1969, p. ix.

性书籍，作为"亚洲文明丛书"之一出版。全书共五章，前有前言、导论，后有参考书目及附录。"前言"主要介绍该书的写作目的、读者对象及一些技术性问题。"导论"再次重申自己的文学观念，说明它将被用于后文的分析当中。第一章"古典诗歌"，首先整体介绍中国诗歌的普遍特征，接着分析中国诗的世界（自然世界、超自然世界、人类世界）和中国古代诗歌的语言（措辞、意象、用典、句法、诗律）。第二章"古典散文"，包括叙事性散文（非虚构）、描写性散文、寓言。第三章"古典小说"，包括文言小说（超自然现象故事、说教故事、侠义故事）及其艺术分析、白话短篇小说（与文言题材相同的小说、讲史小说、公案小说、家庭与社会小说）及其艺术分析、古典长篇小说及其艺术分析。第四章"古典戏剧"，涉及戏剧的特点、内容、类别，包括对传奇《牡丹亭》和《桃花扇》的介绍。第五章"现代文学（1919～1949）"，简短介绍"五四"以来现代文学在思想内容、题材、文体方面的特点，例如，内容上对社会的关心、偶像的破坏、民族意识、国际主义出现。白话文出现，小说、散文、诗歌呈现出多种风格，对1949年以后大陆文学也有简介，并用附录形式以很少的篇幅介绍了中国台湾地区的文学发展概况。

从上面的介绍可以看出，刘若愚对中国文学的涉猎范围之广泛在当时英语学界几乎无人能及。而以英语阐释中国古代文学，语言及其背后的文化指涉之间的差异给刘若愚带来了极大的困难。因此，在这些著述中，他不得不努力克服这种困难，力图以简洁流畅的英语准确地把中国古代文学的精华、独特的"他性"（otherness）告诉他的英语读者："如果中世纪欧洲文学对现代西方读者似乎是'他者'，古代中国诗歌世界就更是了。然而，尽管有这种'他性'，中国诗对现代西方读者也可以是有意义和意味深长的，这正是语际批评家作为阐释者的任务。"❶ 同时，为了加深英语读者对中国古代文学的理解和体会，他还凭借自己高深的中西文学修养，在两种文学中寻找例证相互阐发、印证，让他的读者意识到中国文学相对于西方文学，不但有"他性"，更有"共性"！因此，在以英语阐释上述中国文学的过程中，刘若愚的独特贡献主要在于以下两点：第一，突破中西二元对立的简单思维模式，在中西并举中凸显中国文学精华；第二，以中西结合的阐释方法，为中国古代文学的现代阐释注入新的活力。

第一节　内容——在中西并举中凸显中国文学精华

西方汉学家在很长一段时间内，对于博大精深的中国古代文学的研究始终处于盲人摸象的阶段。他们在选择研究对象时，往往由于个人兴趣或者限于眼界，不能真正把中国古代文学的精华传达给西方读者。许多人穷尽一生之力研究的却是中国古代文学中的二流乃至末流作品，这无论对学者个人还是对中西文化交流而言，都不能不说是一件憾事。身处西方学界，刘若愚当然清楚地看到了这一点，在《中国之侠》中，他以18世纪以来就在西方颇受欢迎的中国《侠义风月传》（又名《好逑传》，似乎歌德曾读过译本）的翻译

---

❶ James J. Y. Liu: *The Interlingual Critic*: *Interpreting Chinese Poetry*, Bloomington: Indiana University Press, 1982, p. 57.

和流传为例证明了这一现象的存在。《侠义风月传》在 18 世纪早期就由詹姆斯·威尔金森（James Wilkinson）用英语翻译了小说的前三部分，最后一部分用葡萄牙文翻译。接着，毕晓普·珀西（Bishop Percy）把最后一部分从葡萄牙文转译成英文，并校订了威尔金森的原稿全文，以《好逑传，或愉快的往事》（*Hau Kiou Choaan, or the Pleasing History*）为书名在 1761 年出版。从那以后，该书共有英语、法语、德语等 10 多种版本相继出现，有的直接译自中文，有的是从另一种欧洲语言转译而成。直到 1926 年，还有英语改编本《月光下的微风》（*The Breeze in the Moonlight*, 1926）出版，是贝德福德－琼斯（H. Bedford-Jones）从乔治·苏利耶·德·莫朗（George Soulié de Morant）的 1925 年的法语本《风月》（*La brise au clair de lune*, 1925）改编而来：

　　第二流的作品在西方竟会如此流行，只要想起欧洲 18 世纪掀起的时髦的"中国热"，就不会感到惊讶了。无独有偶，反过来的情形也是有的：当西方文学刚开始译成中文时，哈格德（H. R. Haggard）的作品和狄更斯、司各特的作品平起平坐，许多读者通过中文熟悉了莫泊桑的小说，但从未听说过莱辛，更不要说那些读过王尔德而没有读过莎士比亚的人了。❶

　　显然，中西文明的真正互相熟识需要一个过程，而由于中国古代文学的博大精深、中西语言与文化的巨大差异，要

---

❶　[美] 刘若愚：《中国之侠》，周清霖、唐发铙译，三联书店 1991 年版，第 122～123 页。

想依靠母语非汉语的西方学者独立发掘出中国古代文学的精华，则需要很长的历史时间。更何况，20世纪前半叶的中国在西方被视为野蛮与落后的代表。美国的情形也相差无几，"排华法案"❶的通过以及"黄祸"论的流行，无疑是整个主

---

❶　1870年，旧金山参议会通过市政条例，禁止行人在人行道用扁担搬运货物（当时只有华人才有这种习惯）。

1873年，旧金山参议会通过条例，向不用马车搬运衣服的洗衣馆每季征收15美元（当时华人经营的洗衣馆一般都不用马车搬运衣服），却只向用马车搬运衣服的洗衣馆每年征收1美元。

1882年，美国国会通过禁止华工入境10年的"排华法案"，只有外交人员、教师、学生、商人与游客五类才有资格进入美国。此"法案"同时规定不容许外籍华人取得美国国籍。

1888年，美国国会通过法令禁止华工重进美国，除非他们有家庭或具备价值1 000美元的财产。3个星期后，通过Scott Act，禁止暂时离境的华工重返美国，把2万名暂离美国回中国探亲的华人斥于美国门外。

1892年，Geary Act把"排华法案"延续10年，并规定美国的华工必须注册才能获得居留权。

1892年，美国国务院的"领事馆工作规则"明确规定，美国有关入籍归化的法律，只允许白人、非洲土著、非洲人后裔，以及印第安保留地的民众加入美国国籍。华人、其他蒙古人，以及除了上述提到之外的人之入籍，都是没有被允许而且无效的，领事馆官员将不理睬这些人的入籍证明。

1902年，"排华法案"延长10年。1904年，继续延长"排华法案"的有效期。

1924年，美国国会通过法案禁止美国公民的外国出生之太太进入美国。1931年，国会对此法案作出修改，允许1924年以前与美国公民结婚的华人妇女进入美国。

1943年，美国加入第二次世界大战，与中国成为盟军，因此废除"排华法案"，以改善中国人民对美国的印象，避免日本利用美国的"排华法案"进行煽动。排华时期对华人的其他限制还包括：美国法律规定只有公民才能拥有房地产，华人没有资格成为公民，因而华人不能拥有房地产。此外，根据1855年的法律，只有那些本身能够归化的外国妇女在同美国公民结婚后，才有资格归化。由于"排华法案"禁止华人入籍，因此即使华人妇女同美国公民结婚，她们也不能成为公民。

资料来源：美国《星岛日报》，载 http：//www.chinanews.com.cn/news/2004/2004 - 12 - 17/26/517916.shtml。

流社会敌视华裔的铁证。刘若愚是两次世界大战后才开始在英、美的学习和生活，当时的情况虽已略有改观，但总的说来依然不尽如人意。这一时期，即使是以中文为母语的西方汉学家，在现代西方中心主义的冲击和当时中国政治、经济的双重劣势下，也偶尔会流露出一种自卑或者软弱的心态，仿佛一事不如人，事事不如人。他们在研究中国古代文学现象时，对黑暗面的宣扬、否定往往过多，有时甚至遮盖了光明面，这显然不利于中国古代文学精华在西方文化界的传播。而刘若愚在阐释中国古典文学时，不但广泛涉及中国古代文学的众多方面，更特别注意凸显中国古代文学艺术中的精华部分，这一点对鼓励中西文学的平等交流无疑具有非常重要的影响。上述著作中，除《中国文学艺术精华》❶ 系应邀之作，其余每一部著作都可以说是蕴涵了刘若愚独特的学术旨趣和追求——在中西并举中凸显中国古代文学精华的情结！即使所有对象都在西方参照系之下，在中西并举之中展开论述，但目的都只是凸显中国古代文学艺术的精华！下文以他对中国古代诗歌的主题、类别等在西方诗歌的参照下得出的一些新见解为例，考察刘若愚在阐释中国古代文学时的独特旨趣。

一、中西诗歌之"自然"主题

许多中外学者就中西关于自然诗之间的异同发表过自己的看法，但和早期学者相比，刘若愚的研究更加成熟，有时候甚至可以说已经超越了自己以往和前期学者在中西自然诗

---

❶ 书名中"essentials"，既有精华，也有本质之意，译为"精华"，的确恰当地反映了刘若愚选择、阐释的目的。

比较中的简单化及二元对立倾向。刘若愚对中国诗自然主题的分析最早体现在他的《中国诗学》一书中。他在该书中肯定自然与人生的关系在中西诗歌中都得到了表现，但除开那些直接描写自然美、抒发对自然的喜爱之情的诗之外，中国诗歌中的"自然"与西方诗的"自然"含义并不完全等同。中国诗人如陶潜、王维作品中的自然与英国自然诗人（nature poets），尤其华兹华斯（William Wordsworth,）所领悟的"自然"就颇为不同："自然"对这些中国诗人来说，不像对于华兹华斯那样，是造物主形而下的显示（a physical manifestation of its Creator），而只是其本身（what it is by virtue of itself），"nature"的中译可以是"大自然"（nature），或"自—然"（self-thus）。中国人心中也似乎满足于把"自然"当做一个事实加以接受，而不去探求"第十天"（primum mobile）。❶刘若愚认为中国古人的这种"自然观"某种程度上类似于哈代（Thomas Hardy）的"内在意志"（immanent will）❷，但却没有哈代那种暗含的阴暗和悲观，由此引申出来的观念是"自然"对人既无仁慈也无敌意，人并不被认为永远与"自然"作斗争，而是构成"自然"的一部分。

因此，中国诗人们不以某一特定时间中个别人的视角来观察自然，而是把"自然"当做永远如此的东西来进行观察。于是，中国诗人的存在不是隐蔽不见，就是谨慎地隐没在自然的画面当中，如王维《鸟鸣涧》。但并非所有中国古

---

❶　"第十天"指托勒密天文学假想的围绕地球的最外层天，是整个天界宇宙运行的原动力。

❷　托马斯·哈代是英国维多利亚时期著名自然主义和批判现实主义小说家和诗人，"内在意志"（immanent will）指支配宇宙的某种盲目力量。

代诗人都能达到这种观照的无我境界,更多时候,中国古代诗人经常感叹"自然"的万古常新与人生的短暂无常。与此相反,在西方诗如古希腊悲剧及浪漫派的诗中,悲剧的产生往往是由于"人"与"自然"的冲突,人为了克服自然的限制而努力奋争所带来的那种深刻的挫败感。

　　但在后期对同一问题的探索中,刘若愚逐渐超越了自己,他对中国古代诗词中的"自然"作出了丰富深刻的探讨。《北宋主要词人》以极为丰富的例证表明中国古代诗人对"自然"的感受和表现具有相当的差异。柳永描写无家流浪的诗词往往都与"自然"相关,"但柳永对待自然的态度与王维和谢灵运不同,他不把自然当做哲思静观的对象,或精神慰藉的源泉,而只是人类上演感情戏的背景。而在秦观的许多词中,自然世界与人的世界不可分割地融合在一起,自然涂上了人类世界的感情色彩。如《好事近·梦中作》已经超越了个体的情感境界,用比柳永更敏锐的眼光观察到自然的细微之处,而很少去表现自然的壮丽。苏轼的词不但自然的永恒与人生短暂的相对,更引入了第三个因素——历史"。❶ 这一切表明"自然"对中国古代诗人而言并不总是一致的。

　　《中国文学艺术精华》以中国古代诗中对"自然"世界的探讨为主题,对这一问题进行了更为深入的探讨。刘若愚指出,"自然"在中国诗歌中其实扮演着非常复杂的角色,它有可能被当做人生的同类物,自然的节奏与人生的节奏相平

---

　　❶ James J. Y. Liu: *Major Lyricists of the Northern Song*, Princeton: Princeton University Press. 1974.

行，如《豳风·七月》中"七月流火，九月授衣。一之日觱
发，二之日栗烈。无衣无褐，何以卒岁。三之日于耜，四之
日举趾。同我妇子，馌彼南亩，田畯至喜"；"自然"也可能
是人生的对照，以自己的永恒对照人生的短暂，如《古诗十
九首》中的"青青陵上柏，磊磊涧中石。人生天地间，忽如
远行客"；"自然"还可能是人情的分享者，类似拉斯金
（John Ruskin，1819～1900）的"感情误置"（pathetic falla-
cy）❶，如："林花谢了春红，太匆匆。无奈朝来寒雨，晚来
风。胭脂泪，留人醉，几时重。自是人生长恨，水长东。"
总之，"自然"既可作为一种感情的间接表达方式，在表面
纯描写"自然"时暗含感情，也可以作为单独的美学沉思对
象，成为象征等。

　　这一时期，刘若愚特别强调中国古代诗词中也有对超自
然世界和神的描写，否定了那种认为"中国诗中没有艾卡茹
斯（Icaruses），也没有浮士德（Fausts）"❷的观点（包括早
期的刘若愚自己）。相反，"诚如大卫·哈克斯指出的那样，
虽然超自然现象在中国诗歌中不像在传统的西方诗歌中那样
突出，但也并非完全没有"。❸刘若愚进一步举例证明自己的

---

　　❶　这个词由 J. 拉斯金在其《现代画家》（第 3 卷，1856）一书中引入，
用来指称这样一种误置，即将人类的感情、意向、脾气和思想投射到或归到无
生命的东西上，仿佛它们真的能够具有这些品性似的。例如，如果一个人说：
"天气友善"或"大海愤怒"，就犯了这种误置的错误。一般说来，这种误置就
意味着这样一种人类倾向，它将我们由外物引起的主观感情投射到了外物本身
上面。载 http：//baike. qiji. cn/Detailed/13810. html.
　　❷　James J. Y. Liu：*The Art of Chinese Poetry*，pp. 49～50.
　　❸　［美］刘若愚：《中国文学艺术精华》王镇远译，黄山书社 1989 年版，
第 11 页。这部分内容请参见该书第 3～16 页。

观点，把中国古诗中描写"神"与"天"、神仙的诗都归入此类，如《诗经》中的"荡荡上帝，下民之辟。疾威上帝，其命多辟"及《离骚》中众多的自然神。这样一来，"自然"在中国诗歌中丰富复杂的样态就得到了全面的展示。既然"自然"在中国古代诗词中扮演着如此多样的角色，那么把中国古诗中的"自然"观简单化，并将其与西方诗歌中的"自然"完全对立起来显然是不对的。而刘若愚之所以注意到这些异同，无疑是因为他的写作被置于西方文学及其"自然观"的参照系之下。有了这一参照对象，中国古诗"自然世界"的丰富性与独特性无疑更为清楚地传达出来，即使是中文学界的学生、学者仔细阅读了这些讨论，也会更为深入地理解中国古诗中的"自然"。如果把刘若愚对中西诗歌在"自然"主题上的阐发比较与朱光潜在《诗论》"中西诗在情趣上的比较"一节"次说自然"部分加以对比分析的话，就能更为清楚地见出刘若愚的研究的确是在前人的基础上进了一步，这为证明中西诗学比较走向纵深，无疑提供了一个有效的例证。

作为学贯中西的大家，朱光潜和刘若愚都意识到，中西文化地理的巨大差异导致了中西诗面对"自然"的不同态度，"自然"在中西诗歌中起着不同的作用，扮演着不同的角色。朱光潜指出：从起源看，中国自然诗源于六朝，比西方直到 18 世纪浪漫运动初期自然诗才兴起，要早 1 300 年左右；从风格看，中国诗虽然自身有刚柔之分，但相较西方诗，则西诗偏于刚，中诗偏于柔。西方诗人爱好的自然是大海，狂风暴雨等壮丽的自然，中国诗人爱好的自然是明溪疏柳、微风细雨等柔美的自然。朱光潜认为中外诗人对"自然"的态度无非三种：第一种是"感官主义"，诗主要抒发"自然"带来的感官舒适；第二种是"情趣的默契忻合"，如"相看两不厌，只有敬亭山"；第三种是"泛神主义"，"把大自然全体看作神灵的表现，在其中看出不可思议的妙谛，觉到超于人而时时在支配人的力量"。❶朱光潜认为中国诗人对"自然"的态度主要属于第二种，而西方诗人对"自然"的态度则更多属第三种。他解释着可能是由于中国诗人宗教和哲学情操淡薄，在"自然"中通常只见到"自然"，西方诗人由于宗教和哲学的原因，在"自然"中往往能见出一种超出自然之上的神秘巨大的力量。❷

朱光潜和刘若愚两位学界名宿对中西诗"自然"主题的阐释都表现出极高的中西文学素养，具体分析时，两人也都能经常准确地引用中西诗歌加以对比分析论证。从最终的结论看，两人都将中西并举，并无厚此薄彼。但如果一定要深究的话，还是可以从上述简短的对比中见出一些差异来。在措辞上，朱光潜用了一些来自西方的词语概念如浪漫派、感官主义、泛神主义，而刘若愚却十分小心地避免采用西方名词。对于中西皆有的表达对"自然"的喜爱之情的诗，朱光潜用"感官主义"形容，而刘若愚则直接解释说："在中国诗中，正像在别种语言的诗中一样，有无数的作品描写'自然'的美以及表现对'自然'的喜悦。"❸朱光潜用"浪漫时期"来形容六朝诗："就这几层说，六朝可以说是中国诗

---

❶　朱光潜：《诗论》安徽教育出版社 2006 年版，第 67 页。

❷　同上。

❸　James J. Y. Liu：*The Art of Chinese Poetry*, p. 4. 中译见刘若愚：《中国诗学》，杜国清译，幼狮文化事业公司 1981 年版，第 76 页。

的浪漫时期，它对于中国诗的重要亦正不亚于浪漫运动之于西方诗。"❶ 而刘若愚只是指出陶渊明与王维观照"自然"的态度与华兹华斯对"自然"的歌颂不可同日而语，因为对华兹华斯来说，"自然"是造物主的形而下的显示；刘若愚也没有用"浪漫时期""浪漫主义"等术语来指代陶渊明等人对"自然"的态度。

究其原因，则朱光潜的中西自然诗比较主要面对中文学界的读者，共有的文化背景使读者能很快理解这些术语在中文语境下意味着什么，他不用过分担心西方术语所引发的错误联想。而且朱光潜的《诗论》诞生于 20 世纪 40 年代，故在西学中用，中西比较时虽能准确的把握其异同，但不时难免有简单将二者对立的倾向，这和 20 世纪 60 年代初期刘若愚早期中西比较十分相似。但后期的刘若愚对这一问题的探讨则超越了二元对立的简单模式，可以说是推进了由朱光潜等人所开启的这一比较领域。同时，因为身在异域，面对英语世界的读者，刘若愚很早就表现出对随意套用西方术语的警惕。因为西方术语有不同的文化语境和指涉，在以英语阐释中国古代诗歌的时候，必须十分小心才可以避免由于不恰当地使用西方术语可能给英语读者带来的错误联想，所以他往往刻意避免采用西方术语如"浪漫主义""自然诗人"等词语，只用一种纯学理性的解释探讨中西自然诗歌的异同。无怪乎，1988 年，上海社会科学院徐培均在通读《中国诗学》中译本后发表了如下感言：

---

❶ 朱光潜：《诗论》，安徽教育出版社 2006 年版，第 66 页。

在通读全书之后，我还惊讶地发现，他所用的诗学理论方面的术语，几乎全是中国式的，或中国传统式的，如概括各种诗歌的内容风格时，他用"乡愁"、"爱"、"醉"、"自然"和"闲适"等等，而看不到时下中国古典文学界所流行的翻译名词，如"机制"、"纵深"、"全方位"等等。他宁可用"想象"、"联想"、"象征"等为中国读者所熟知的词汇，也不用诸如"象征主义"、"印象主义"等西方学者的概念。❶

不过，在 20 世纪内忧外患的前半叶，国人对祖国文化传统的态度尚举棋不定，犹疑不决，朱光潜就明确肯定："中国自然诗和西方自然诗相比，也像爱情诗一样，一个以委婉、微妙、简隽胜，一个以直率、深刻、铺陈胜。"❷ 这种中西并举，绝无妄自菲薄的态度，表现出一代学术大师的睿智和唯真理是从的学术责任心。在此意义上，朱光潜和刘若愚可以说都继承了作为中国脊梁的炎黄子孙情怀，他们坚持真理，坚守文化之根而不随波逐流，值得后学永远景仰！

二、中西诗歌之"爱情"主题

中西文化的根本不同导致了中西诗歌对人类社会的描述呈现出巨大差异，这是中西比较一开始，文人学者们就已经意识到的问题。尤其在"爱情"这一永恒的主题上，中西诗所表现的异同更是引人注目：

---

❶ 刘若愚：《中国诗学》（徐培均序），韩铁椿、蒋小雯译，长江文艺出版社 1991 年版。

❷ 朱光潜：《诗论》，安徽教育出版社 2006 年版，第 66 页。

西方关于人伦的诗大半以恋爱为中心。中国诗言爱情的虽然很多，但是没有让爱情把其他人伦抹煞。朋友的交情和君臣的恩谊在西方诗中不甚重要，而在中国诗中则几与爱情占同等重要的位置……西方诗人要在恋爱中实现人生，中国诗人往往只求在恋爱中消遣人生。中国诗人脚踏实地，爱情只是爱情；西方诗人比较能高瞻远瞩，爱情之中都有几分人生哲学和宗教情操。❶

刘若愚虽然也肯定中西文学对待爱情有差异，但他不愿意过分强调这种差别："有些西洋的翻译者似乎过分强调中国诗中男人之间友情的重要性，而相应地对男女间爱的重要性给予过低的评价。"❷而事实上，从中国古代的《诗经》开始，一直到汉代、六朝的乐府，都充满了直率的恋歌。后世众多诗人如李商隐、温庭筠、柳永、黄庭坚等，更以众多篇幅讴歌了男女之间缠绵悱恻的爱情。即使元代、明清的戏曲也充满了对爱的歌颂：

爱是中国诗中不可避免的主题，正像在西洋诗中一样。可是中国人对爱的概念与欧洲人的（或者至少是欧洲浪漫派的）概念不同的地方是：前者并不把爱赞扬为像某种绝对的东西（something absolute）而使恋爱中的人完全不受道义责任的约束。爱通常也不像有些形而上诗人那样（the meta-

---

❶ 朱光潜：《诗论》，安徽教育出版社 2006 年版，第 64 ~ 65 页。
❷ ［美］刘若愚：《中国诗学》，杜国清译，幼狮文化事业公司 1981 年版，第 94 页。

physical poets），认为是灵之结合的一种外在标记。中国人对
爱的态度是合理而实际的：爱作为一种必要的、有价值的经
验而在人生中给予合适的位置，但不将它提升到一切之上。
中国诗以形形色色的样相歌咏爱：初次邂逅的兴奋，对恋人
的渴思，怀疑的苦闷，如愿的狂喜，离别的伤心，被遗弃的
羞辱和怨恨，死别的最后绝望等等。❶

　　他后来还在《李商隐诗》《北宋主要词人》中翻译阐释
了大量相关诗词，证明爱情在中国诗中的悠久和重要！李商
隐情诗的缠绵悱恻、柳永和周邦彦的风流蕴藉，都借他之笔
一一传递出来，给予英语读者有关中国人的"爱情"更为直
观丰富的认识，弥补了前期中西比较在这一主题上的开拓不
足、举例太少的缺陷。在翻译阐释李商隐诗的时候，刘若愚
就更愿意通过分析诗的语言、结构直接照字面义解释为
情诗。
　　如李商隐的《无题二首·凤尾香罗薄几重》，根据冯浩
《笺注》：这两首诗都是为"将赴东川，往别令狐，留宿而有
悲歌之作也"。著名学者周振甫也根据前人的注疏，把这首
诗作了如下的阐释：李商隐在此诗中把自己比做待嫁的小
姑，正在替自己做嫁妆，听到想望的人坐车的声音，自己难
掩娇羞，未通一语。只好在房里坐着，一直等到蜡烛烧完，
烛花已暗，还没有好消息。那就只好走了，准备了马匹，寄
托在柳姓的身上，听从西南来的好风了。第二首把自己比做

---

❶　［美］刘若愚：《中国诗学》，韩铁椿，蒋小雯译，安徽教育出版社
2006年版，第94～95页。

重帏深下的姑娘，长夜无眠在细细思量。自己的想望像神女一梦，还没有找到合适的对象。自己像菱枝那样柔弱，怎么经得起风波？但在早年，是谁让月中露水的滋润使桂花香呢？不是令狐绹的帮助让我蟾宫折桂中进士吗？为了对你的感激，虽说相思无益，不妨终报痴情。❶ 刘若愚虽然并不直接否定这些隐喻性的阐释，但认为不妨把这两首诗都当做为爱所困的姑娘在描写自己的情绪。《无题二首·昨夜星辰昨夜风》《重过圣女祠》《圣女祠·杳蔼逢仙迹》《风·撩钗盘孔雀》均被刘若愚按照字面意义解释为爱情诗。他肯定这些诗可以被认为是描写主人公与道姑等人的秘密恋爱，但不一定非要把诗中的主人公等同于李商隐，❷ 并且认为无论诗人是否被当做诗中的爱人，对诗的意义来说没什么不同。❸

《北宋主要词人》同样如此，对蔑视儒家道德、留恋于花街柳巷的柳永，刘若愚强调他对于情感的写实（emotional realism）态度，并从这一角度肯定他那些描写男女欢爱、别离相思的词作，赋予其情爱词更高的意味。他肯定柳永敢于突破儒家道德规范的限制，同时不把爱情理想化或者夸张爱情的伟大：

　　总之，柳永词以情感写实著名，他以主观和感性的态度

---

　　❶ 李商隐：《李商隐选集》，周振甫注，江苏教育出版社 2006 年版，第 238 页。

　　❷ James J. Y. Liu：*The Poetry of Li Shang – yin：Ninth-Century Baroque Chinese Poet*，Chicago：University of Chicago Press，1969，p. 94.

　　❸ James J. Y. Liu：*The Poetry of Li Shang – yin：Ninth-Century Baroque Chinese Poet*，Chicago：University of Chicago Press，1969，p. 98.

看待生活。抒发的情感写实而坦率，词中的主人公（perso-
na）是有正常欲望和喜好的人，他纵情享受人生的欢乐，也
抱怨它无法摆脱的痛苦！他既不为自己身上有的人性弱点而
羞愧，也不去追求比普通幸福更高层次的生活！他的感受敏
锐而不古奥，他的思想甚少创新，同时也不够深刻。但是，
这种情感的写实却赋予他的词一种真实，从而脱离了平庸。
正因为柳永以普通人的立场写作，既不附庸风雅，也不超然
出世，他的词才得以广泛流传，所以，柳永是他那个时代最
好的词人。❶

　　刘若愚注意到中国古代词人在爱情上的多面性。例如，
苏轼的词有关爱情的，就不仅有温柔的夫妇之爱，也有对美
丽歌女的轻佻之爱。周邦彦《玉楼春·桃溪不作从容住》
《瑞龙吟·章台路》《六丑·蔷薇谢后作》《满庭芳·夏日溧
水无想山作》不但主要抒发男女两性之间的爱情，更专注于
词在形式上的优美。周邦彦"他的词通常流露的不是原初的
情绪，而是'平静之中回忆起的情感'（emotion recollected in
tranquility），尽管他尚未达到将情感哲理化的超然境界，他
在无助中把情感作为人类不可避免的弱点加以接受"。❷
　　上述丰富的例证以及《中国文学艺术精华》中对中国古
代爱情小说、爱情戏剧的阐释和分析，中国古人有关"爱"
的丰富复杂的世界就完全呈现出来了。这对于当时普遍认为

---

❶　James J. Y. Liu: *Major Lyricists of the Northern Song*, Princeton：Princeton
University Press, 1974.

❷　James J. Y. Liu: *Major Lyricists of the Northern Song*, Princeton：Princeton
University Press, 1974, pp. 187～188.

中国人缺乏丰富复杂的内心世界的看法无疑是一个巨大的挑战，同时，中国人对爱情的态度也因此不言而自明！爱情是人类社会最美丽最复杂的情感，它对任何种族、任何时代的人来说都是至关重要、透彻心扉的！

三、中国诗歌中某些独特主题

刘若愚中西诗中常见的共同主题，如"自然""爱情"的分析，一方面强调出二者的差异，另一方面也强调其相同，强调的重点往往依欧美主流文化界对中国古代文化或者说中国人的态度而定，往往以修正流行的偏见为主要目的。与西方诗相比，下面几个主题的选定和强调则特别突出中国古代诗词的"他性"——不同于西方诗之处。

首先是"时间"主题：中西诗对待时间与历史的态度是有很大差异的，在儒、道、释三家都不能为人的必死命运提供足够安慰的情况下，中国诗人对于时间的一去不复返比西方诗人表现出更多的介怀："中国诗时常比西洋诗通常描写的，更明确地点明季节和早晚的时间。哀悼春去秋来或者忧惧老之将至的中国诗不可胜数。春天的落花、秋天的枯叶、夕阳的余晖——这些无不使敏感的中国诗人联想到'时间的飞车'（time's winged chariot），而且引起对自己的青春不再以及老年和死之来临的忧伤。"❶ 中国诗人不仅在时间的长河中哀叹个体生命的短暂，也从时间中看到了历史。而这种对待历史的感觉方式又与中国古代诗人对待个体生命的感觉十分相似——他们为古代战场和死去的美人流泪，常把朝代的

---

❶ 刘若愚：《中国诗学》，杜国清译，幼狮文化事业公司1981年版，第78页。

兴亡与永久不变的自然相对，感慨英雄功绩和王者伟业的徒劳，某种程度上类似于维庸（Francois Villon，1431～1484）在《昔日女子歌谣》（*Ballad of Old-Time Ladies*）中为往昔的美人，"去年之雪"（lesneiges dantan）而流泪。❶ 和中国诗人对待时间与历史的态度不同，西方诗人更乐于把人类丰功伟业的脆弱与神的永恒力量对比，借以表现道德教训，只有少数无神论者如雪莱（Percy Bysshe Shelley）的《奥西曼提斯》❷，还有豪斯曼（Housman）的《温洛克山脊》的结尾："如今罗马人及其困苦，在幽利腔下都已成灰。"（To-day the Roman and his trouble，Are ashes under Uricon）" 这表现出与

---

❶ 刘若愚：《中国诗学》，杜国清译，幼狮文化事业公司1981年版，第83页。法国诗人维庸（Francois Villon，1431～1484），中世纪法国最重要的抒情诗人。"去年之雪"出自《昔日女子歌谣》（*Ballad of Old-Time Ladies*，*Ballade des dames du temps jadis*），在该诗中，维庸列举了许多贵妇美女的名字，她们生前享不尽的荣华富贵，但到头来仍化为一堆尸骨。

❷ "Ozymandias"：I met a traveller from an antique land/Who said：Two vast and trunkless legs of stone/Stand in the desert. Near them，on the sand，/Half sunk，a shattered visage lies，whose frown，/And wrinkled lip，and sneer of cold command，/Tell that its sculptor well those passions read/Which yet survive，stamped on these lifeless things，/The hand that mocked them，and the heart that fed；/And on the pedestal these words appear：/ "My name is Ozymandias，king of kings：/Look on my works，ye Mighty，and despair!" /Nothing beside remains. Round the decay/Of that colossal wreck，boundless and bare/The lone and level sands stretch far away.

"奥西曼提斯"：客自海外归，曾见沙漠古国/ 有石像半毁，唯余巨腿/蹲立沙砾间。像头旁落，/半遭沙埋，但人面依然可畏，/那冷笑，那发号施令的高傲，/足见雕匠看透了主人的心，/才把那石头刻得神情惟肖，/而刻像的手和像主的心/早成灰烬。像座上大字在目："吾乃万王之王是也，/盖世功业，敢叫天公折服!"/此外无一物，但见废墟周围，/寂寞平沙空莽莽，/伸向荒凉的四方。

此诗为王佐良译。奥西曼提斯即公元前13世纪的埃及王雷米西斯二世。他的坟墓在底比斯地方，形如一庞大的狮身人面像。

中国的怀古诗如李白《越中览古》"越王勾践破吴归，战士还家尽锦衣。宫女如花满春殿，只今惟有鹧鸪飞"相似的态度！

"乡愁"（nostalgia）作为中国古代诗常见的传统主题，在西方诗史上却并不多见，对被称为"轮子上的民族"——喜欢迁徙的美国人来说，想必同样不可思议。"凡读过一些中国诗的人，即使在翻译时也不可能不注意到其中有许多写乡愁的诗。中国诗人似乎永远悲叹流浪及希望还乡。这对于西洋读者来说，可能显得太感伤了。"[1]刘若愚严肃地解释了中国古人如此偏爱抒发"乡愁"的原因：中国古人是农耕民族，中国宗法制社会对家特别依恋，中国地域辽阔而交通又十分不便，主要城市高度文明的生活与穷乡僻壤的恶劣环境之间存在巨大差异。

刘若愚还分析了中国诗中另一些常见的，但同时又常为西方学者误解的主题："闲适"（leisure）与"醉"（rapture with wine）等。他强调"闲适"主要指那些表现脱离世俗，心平气和与自然和谐共处的心境，它可以是王维"寂寥天地暮，心与广川闲"富含哲理的"闲"，也可以是冯延巳《蝶恋花·谁道闲情抛弃久》那种富有教养的贵族气的"闲"，抒发的是一种淡泊、慵懒的情怀。后者与西方"有闲贵妇"（a lady of leisure）的"闲"在社会和文化上的暗含义十分相近，而它所独有的淡淡哀伤又与西方"歌唱空虚日子的闲歌手"（idle singer of an empty day）那种轻浮十分不同。"醉"

---

[1] ［美］刘若愚：《中国诗学》，杜国清译，幼狮文化事业公司1981年版，第83页。

常被英译为"drunk"，但其实"醉"与西方意义上的"喝醉"（drunk）、"迷醉"（intoxicated）或者"酒醉"（inebriated）有着不同的暗含义和联想义。中国古代诗词中的"醉"，不完全等于英文"drank"（adj，喝醉的，n，贬义，醉鬼，酒鬼），也与欧洲的饮酒歌暗含的欢乐和高兴劲不太相同，中国的"醉"已经脱离了感官享乐的味道，而与"为胜利陶醉"（drunk with success），"为美貌所迷"（intoxicated with beauty）中的迷和醉，与"rapt with wine"中的"rapt"（专心的，全神贯注的）相似。❶它是一种精神上脱离了关心日常琐事的状态，是"众人皆醉我独醒"（The whole world is "drunk", but I alone am sober）那种"醉"！

　　前文的讨论和分析主要是针对刘若愚对中国古代诗词的英语阐释和译介而言，刘若愚的分析并非泛泛而谈，而有着极强的针对性："这些诗的选择，虽然多少有点受个人趣味甚至个人记忆的影响……但也不是完全没有计划的，而是为了纠正某些说英语的读者似乎对中国诗多少有点偏见的观念。"❷正因为如此，在《中国诗学》一书的末尾，他宣布中国古代诗词同西方诗相比毫不逊色，应该在世界文学史上占据重要的一席之地：

　　中国诗大体上并不比西洋诗在范围上更窄或者在思想和感情上较不深刻。虽然我们在中国诗中可能很难举出一部

---

❶　参见刘若愚《中国诗学》《李商隐诗》对"醉"的相关解释。

❷　James. J. Y. Liu：*The Art of Chinese Literature*，Chicago：University of Chicago Press，1962，p. 151.

《伊利亚德》（*Iliad*）、《神曲》（*Divine Comedy*）、《伊底帕斯》（*Oedipus*）或《哈姆雷特》（*Hamlet*），但中国诗整体正像任何其他语文的诗一样，表现出丰富的多彩多姿的人生全景。中国诗也许在概念的宏大与感情的强烈上比不上西洋诗，但是在知觉的敏锐、感情的细致以及表现的微妙上时常凌驾西洋诗。作为人生的探索，中国诗能够把人引到西洋读者所不知道或者不熟悉的世界；作为语言的探索，它以独特的音乐迷人地展开语言表现上的灵活性；这种音乐西洋人的耳朵听起来可能有点奇异，可是对于听惯了的人自有它的魅力。在中国，诗对音乐和绘画发挥了比在西方更大的影响；这点可以从许多中国的歌和绘画在概念上是诗的而不是音乐的或绘画的这个事实中看出来。认为中国诗是中国文化的主要精华之一也是中国精神的最高成就之一并非夸大其辞。❶

四、《中国之侠》——中国文学主题史研究的创新

中国古代社会在 20 世纪前半叶的西方人看来，完全是儒家文化统治之下的因循守旧的社会整体，它的落后、保守是西方革新、进步的对立面。正像汉语被打上种种标签作为劣势文化的例证一样，中国古代社会的各个方面，甚至包括中国人的精神、性格都被视为劣等民族的经典例证。这对深深眷恋中华文化之根的刘若愚来说无疑十分愤慨。他从 1961

---

❶ ［美］刘若愚：《中国诗学》，杜国清译，幼狮文化事业公司 1981 年版，第 256 页。

年开始就有展开对中国古代"侠"文化的探讨，❶ 主要目的
正是要揭示中国古代社会在精神文化层面的复杂多样。他选
择具有反叛性、追求自由、在法律之外快意恩仇的"游侠"
证明中国古代文化和世界上任何其他文明一样具有内在的矛
盾和不一致性："我希望这些关于历史和文学上的游侠的论
述和讨论，可使鲜为西方读者所知的中华文明的一个侧面得
以清楚地显示，我着重展现的是游侠们颇有魅力、离奇莫
测、个性突出的品质，这些品质，普通读者一般是不会把它
们和中国人挂上钩的。"❷

　　1. 刘若愚对中国文化史上"游侠"主题的全面梳理

　　《中国之侠》首先结合冯友兰、劳干、增渊龙夫、陶希
圣、杨联升等人的研究，进一步对"游侠"产生的社会渊
源、游侠的个性气质作了研究。刘若愚认为，游侠不像陶希
圣和杨联升所认为的那样是一个特殊的社会集团，是介于贵

---

　　❶　参见刘若愚在该书的序中对于本书缘起及写作过程的交代："因循守旧
的中国社会是铁板一块，每个人都依照刻板的儒家礼教行事，上述看法曾颇为
流行。近来，西方学者已认为这样的看法根据不足。好几篇发表的文章和论文
都谈到了中国社会的不一致性的各种表现，如牟复礼（F. W. Mote）教授的关于
儒家隐士的论文，戴维·尼维森（David Nivison）教授的论文《传统的反抗和
反抗的传统》。中国的反传统、不一致的另一重要例证，便是游侠。1961 年 1
月，我在一次演讲中首次谈到游侠，这篇演讲后来发表在《皇家亚洲学会香港
分会学报》的 1961 年第一期中。1963 年 3 月，在费城举行的亚洲研究学会第
十五届年会上，我宣读了《古代中国游侠的爱憎观》（The ideological affinities
and antipathies of the knights-errant in ancient China），这篇论文把我在 1961 年的演
讲中勾画出的概括性要点具体化了，其具体内容，如今已充实在本书的第一章
里。写这本书的目的，是想对公元前 4 世纪至现代出现在中国历史和文学上的
游侠作一综合的研究。"［美］刘若愚：《中国之侠》，周清霖、唐发铙译，三联
书店 1991 年版，第 1 页。

　　❷　［美］刘若愚：《中国之侠》，周清霖、唐发铙译，三联书店 1991 年
版，第 2 页。

族和农奴之间的新的阶级，而是如同增渊龙夫所指出的那样——游侠不是西方中世纪骑士一样的阶级，也不以此为职业，而只是一些具有侠客气质的人。他们追求公正、自由、助人为乐、爱护名誉、慷慨轻财、信守然诺、忠于知己。与儒家的道德观相比，游侠表现出一种平民的道德观。游侠的仁爱、正义和道德同样施与亲人与陌生人，不像儒家的仁、爱、忠、孝有强烈的等级之分；与法家相比，游侠的正义感建在人类的同情心之上，而不是建在抽象的法律概念之上，游侠强调个人尊严，反对国家权威；与墨家相比，游侠不是有组织的群体，而只是好战的个体，而墨家在本质上是厌战的，主张要"兼爱""非攻"；与道家相比，二者都追求个性，反抗清规戒律，但道家推崇无为，追求精神的自由，游侠追求有所作为，寻找社会自由。"概言之，游侠和诸子百家都有点瓜葛，但不属于任何一家，他们既非知识分子，也非政治家，只是一些意志坚强、恪守信义、愿为自己的信念而出生入死的人"。❶

　　随后，刘若愚结合《史记》《汉书》等历史资料，简略介绍了一些中国古代历史上真实存在过的侠士：信陵君、侯嬴、朱亥、荆轲、田光、高渐离、朱家、季布、剧孟、郭解、萬章等人，用实例证明游侠的精神实质，也同时证明游侠来自不同的社会阶级，他们的共同点是都具有侠义精神。实有其人的游侠不但以其行动在历史上书写了狂放的章节，更以其独特的勇敢、仁义成为历代诗人、文人讴歌的对象！

----

❶　［美］刘若愚：《中国之侠》，周清霖、唐发铙译，三联书店 1991 年版，第 13 页。

伴随时代的变迁，不同时代的社会文化下，文人们对游侠的态度不尽相同——诗人们有时强调游侠的勇敢无畏和乐于助人，有时则强调其追求自由快乐的生活方式。唐代诗人李白非常热衷于吟咏游侠；而宋代由于理学流行，大诗人中除陆游之外，就很少有人写作赞颂侠客的诗；元代由于蒙古统治者的高压政策，诗人们对侠客诗同样很漠然；明代诗人如高启、徐渭等写作了侠客诗。

　　游侠颇具戏剧性的生活和多姿多彩的个性很容易产生与之相关的传闻，于是"侠"渐渐从历史走向文学：纯属虚构、情节离奇的侠客小说与以历史题材为基础的侠客小说同时出现，共同表现游侠的勇猛、机智、正义和义气。中国古代一些著名的侠客小说，唐代传奇、讲唱故事和唱词中涉及的游侠故事，宋代的说话、长篇小说以及戏剧舞台上出现的游侠在《中国之侠》中逐一得到介绍，涉及的有小说《燕丹子》《越女》《虬髯客传》《义侠》《水浒传》《三侠五义》《儿女英雄传》以及戏剧《李逵负荆》《易水寒》等。刘若愚以简短的语言概略介绍了这些小说、戏剧的主要内容。西方读者读之无疑大感惊奇，与此同时，刘若愚大范围的历史梳理不但证实了反叛社会、追求自由和正义的游侠在中国古代社会的普遍，更证明中国普通民众精神上的"英雄情结"。"游侠"作为中国古代文学创作的重大母题，给各个时代的普通人民提供了精神上的快慰和鼓励："少不读《水浒》，老不读《三国》"侧面证明了"侠"对中国古代儒家道德礼教的全面冲击。

　　更为重要的是，刘若愚对中国古代文化史上"游侠"主题的全面梳理，即使在当时的中文学界也是首创性的，而他对某些具体问题的分析也推进了中国学者的相关研究。例如，他注意到不同的时代，比如唐代和宋代，由于不同的思想文化政治，文人们对游侠的不同态度，这对认识游侠的本质及其与社会的冲突无疑有极大的启发意义。对游走于历史与文学之间侠客小说的本质，刘若愚通过侠客小说与历史题材通俗化的小说《三国演义》、神话小说《西游记》《封神演义》的区分作出了较为科学的阐释。他指出，侠客小说与历史题材之通俗化的小说如《三国演义》相比，在题材上可能有重合之处，但二者强调的重点却有根本的不同：侠客小说中的游侠独来独往，单枪匹马，主要表现侠客的个人之勇和义气；而历史小说重点描写战场上的将领、战争和策略。侠客小说与神话小说相比的话，则侠客小说主要是关心正义与报复，它可能也有神奇的成分，但往往活灵活现，与对侠客的描写融为一体，读者往往会"自愿终止怀疑"，信以为真地加以接受；而神话小说与事实相隔甚远，在主题上也与侠客小说不同："总之，侠客小说介于历史小说和神话小说之间，在事实和幻想，寻常和出格的边远地区徘徊。"❶

在评价《水浒传》时，刘若愚和夏志清的差异也是在此值得提及的。刘若愚否定夏志清在此前的研究中认为《水浒传》是伪历史而不是纯文学，《水浒传》宣扬的是一种"帮派道德"，犯有性虐待狂和厌恶女性的毛病，《水浒传》中的好汉们在人性的深度和广度上，没有一个人比得上《金瓶

---

❶ ［美］刘若愚：《中国之侠》，周清霖、唐发铙译，三联书店 1991 年版，第 85 页。

梅》中的西门庆等意见，刘若愚肯定《水浒传》只是一部小说，而从来都不是什么历史"演义"。对于夏志清所指责的"帮派道德"，刘若愚认为古今中外的任何小说都不可能摆脱当时当地的一些观念和偏见的影响，但在后世或者异域鉴赏时，大可只欣赏其文学性而不必同意其道德观，正像我们可以欣赏弥尔顿的作品而不必同意其清教徒的道德那样。如果非要按照同样的标准，那么读者也可以谴责埃斯库罗斯是宿命论者和复仇狂，谴责莎士比亚的《驯悍记》和莫里哀的《恨世者》的极端厌恶女性。刘若愚举林冲对其妻的情深义重反驳夏志清并结论说："我认为《水浒传》是最好的小说之一，是中国侠客小说中的杰作。"❶《中国之侠》直到1986年到刘若愚逝世为止，在美国已于1979年、1986年两次再版，并最终被论定为一个开创性的尝试，在文学主题史研究方面当时无人能及，可以想见英语读者通过认真阅读该书，对中国古代精神文化这一层面的认识无疑会上升到一个更高的层次！

　　而正如前文所述，刘若愚对中国历史、文学上的"游侠"如此系统详细的分析阐释，即使在20世纪60年代的中文学界也极富创造性。《中国之侠》中译者之一罗立群谈到1987年他准备写作有关武侠小说的硕士论文时这样评价："在搜集资料的过程中，我发现不少研究文章都引述了美籍华裔学者刘若愚的《中国游侠》一书中的观点……它内容丰赡，自成体系，通俗易懂，见解独到，很值得一读。尤为难

❶ ［美］刘若愚：《中国之侠》，周清霖、唐发铙译，三联书店1991年版，第115页。

得的是，这部书为海内外第一部系统研究中国侠文化的学术著作。"❶ 罗立群后来写作了 30 万字的学术专著《中国武侠小说史》（辽宁出版社，1990 年 10 月），一定曾受到刘若愚《中国之侠》一书的影响。《中国之侠》对国内学界的启发意义不仅在于对"侠"的主题史研究，更在于他在此过程中对文学研究的相关因素处理的态度对国内学界可能产生的启发意义，比如，这一态度对于历史与文学之间关系的认识就颇有启发。中国人尊重历史，"人以铜为镜，可以正衣冠；以古为镜，可以见兴替，以人为镜，可以知得失"。文学理论家对于历史题材文学影视的评价也常常受到其是否等于历史真实的困扰，普通读者在阅读历史题材小说、观赏历史题材电影电视时，则往往将其预设为历史真实，这种真真假假在很长一段历史时期一直是专家学者与普通受众之间纠葛之处。直至 21 世纪初，童庆炳发表系列文章及专著《在历史与人文之间徘徊》，对历史与文学之间的关系作出了深入的清理，将历史分为历史 1、历史 2、历史 3，才算是厘清了两者之间的关系，对于新时期如何正确评价历史题材的文学影视作出了科学的指导。❷

最后，有关汉语文学中为何缺少西方意义上的史诗和悲剧的问题，刘若愚不但在《中国诗学》中曾给出简短回答，更在《中国之侠》中通过中西侠客文学的文类比较，对这一问题给出了富于启发意义的另类阐释，这是该书学术价值的

---

❶ ［美］刘若愚：《中国游侠与西方骑士》，罗立群译，中国和平出版社 1994 年版，第 173 页。

❷ 童庆炳："'历史 3'——历史题材文学创作的历史真实"，载《人文杂志》2005 年第 5 期。

另一重要部分，下文详细分析。

2. 中西之侠的比较

《中国之侠》对中西比较而言，最有价值的部分无疑中西之"侠"（中国游侠与欧洲中世纪的骑士）的比较，这一比较在历史与文学两种类别上展开。首先看历史上的中西之侠：刘若愚指出中西之"侠"的不同在于欧洲中世纪的骑士已经形成一个特定的阶级，只与社会地位相同的人礼尚往来，奉行骑士等级制，有强烈的休戚与共之感，有共同的基督教信仰，是基督教的护卫者。欧洲骑士效忠于国王或者封建领主，是封建社会的支柱，他们在个人行为方面一般来说是稳健节制的，讲究风度，对爱情也较为殷勤。理想的骑士常是理想的情人。与之相反，中国游侠来自不同的社会阶级，他们不分等级，也不信仰任何宗教，或者说不对宗教或者任何社会组织负特别的责任，只要按照侠客的观念行事，这就是侠客。中国侠客行事自由，无拘无束，不讲究风度，认为爱恋女人非男子汉所为，故多半对爱情抱无所谓的态度，视女人为玩物而不是倾慕的对象。与欧洲骑士是封建社会的支柱不同，中国侠客常是中国封建社会各种礼教和等级制度的破坏力量。

但中国游侠与西方骑士同样有许多相似之处：两者都主张助人为乐，都爱打抱不平，都愿意保护贫穷或弱小者；此外，二者都勇猛刚强、忠诚于效忠的对象，都信守然诺、爱护名誉、粪土金钱。所以，"中国、欧洲之侠共有的这些观念信条代表了人类共同的渴望，它们超越了空间、时间，克服了两者的差异，形成了思想的沟通。本书把中国侠客和欧

洲骑士统称为中国、欧洲之侠不是没有道理的"。❶

《中国之侠》对中国历史与文学上游侠的详细阐释和分析无疑完全可以实现该书的写作目的——展示出中国古代文化中儒家之外的另一侧面。陈平原就看到这一点:"刘若愚著《中国的侠》(*The Chinese Knight-errant*) 评价中国史书、诗文、戏曲及小说中的侠,主要考虑的是中国文化中'侠'这一精神侧面。"❷ 而凸显这一精神侧面对于西方有关中国古代文化和中国人精神气质的僵化印象无疑造成了巨大冲击。中国人和西方人一样,对于社会的公正正义有着一致的追求,尽管诉诸的方法和手段有时不太一样。中国古代文化与西方文化一样,是一个复杂多样的统一体,其内部本身就含有冲击发展改变的因素,并非如同某些西方学者相信的那样,古老的中国是直到 20 世纪初叶才在西方列强的剧烈冲击下开始了缓慢的蜕变。❸

而本书要强调刘若愚在《中国之侠》中的探索远不只是展示历史层面的中西之侠在精神气质上的异同,作为一部文学主题史研究的创新之作,该书疏离了不同文类中同一主题的变迁,对理解不同文类对同一题材处理手法的变迁和差异有重要的价值。而这种文类的梳理不仅只是在中国古代文化

---

❶ [美] 刘若愚:《中国之侠》,周清霖、唐发铙译,三联书店 1991 年版,第 195 页。

❷ 陈平原:"小说的类型研究——兼谈作为一种小说类型的武侠小说",载《上海文学》1991 年第 5 期。

❸ 如同柯文(Paul A. Cohen)归纳的"冲击—回应模式"。参见 [美] 柯文:《在中国发现历史:中国中心观在美国的兴起》(*Discovering History in China：American History Writting on the Recent China Past*),林同奇译,中华书局 1984 年版。

内，同时也有助于加深对中西相应文类的理解。例如，中国侠客诗与西方英雄诗和骑士诗的比较、中西侠客小说的比较以及中西戏剧中的侠客的比较都是颇具开创性的。

中国侠客诗和西方英雄诗及骑士诗相比较的话，第一，中国侠客诗一般篇幅较短，只对侠客作简短的描写或评论，其中一些还可能有以古喻今的倾向，如陶潜借咏荆轲表露他在王朝交替时的心情。第二，中国侠客诗一般不提及女人，即使提及也是"醇酒妇人"的态度，如李白的"蕙兰相随喧妓女""笑入胡姬酒肆中"。中国侠客诗与西方英雄诗与骑士诗相比的第三个不同是，中国侠客诗多是文人为文人而写，因此诗中的侠客多半是欢快的、乐天的。西方英雄诗和骑士诗一般是长篇叙事诗，既写骑士的英雄业绩，也歌咏他们缠绵悱恻的爱情。骑士故事和骑士史诗中充满了基督教寓言，诗人们惯于用寓言来表达心声。如斯宾赛（Spenser）用寓言暗示当代人物，所以西方诗歌中的骑士显得拘谨，令人望而生畏。尽管如此，中西诗人所想象的侠客与骑士还是有诸多相同之处。如乔叟想象完美的骑士应是：

> 有一位骑士，是一个高贵的人物，
> 自从他乘骑出行以来，
> 始终酷爱骑士精神，
> 以忠实为上，推崇正义，通晓礼仪。
> 为他的主子作战，他十分英勇，
> 参加过许多次战役，行迹比谁都辽远，
> 不论是在基督教国境内或在异教区域，

到处受人尊敬。❶

这个骑士与曹植笔下的侠客"少小去乡邑,扬声沙漠垂","长驱蹈匈奴,左顾陵鲜卑"多么相似,只不过一个为基督教信仰而战,一个为保卫中国文明而战。此外,斯宾赛的诗行:没有比做骑士更光荣的了/没有比成为一个勇敢的骑士更好的了/保护贫者的权利/驱除世间的不平和压迫。此诗与贾岛诗中的剑客"十年磨一剑,霜刃未曾试。今日把示君,谁有不平事"十分相似。

如果把中国白话侠客小说与西方英雄诗相比的话,则二者还表现出一些写作技巧和风格上的相似,例如一些"套语"的运用,都偏爱描写比武等壮观场面,都极其重视对人物外貌和服饰的描写。

中西侠客小说比较中,刘若愚认为西方文学中关于罗宾汉和他快乐伙伴的谣曲与中国侠客小说在本质上极为相似。罗宾汉被称为游荡的骑士,和中国的梁山好汉一样都不受法律约束,都劫富济贫。罗宾汉可以看做是晁盖和花荣的合并。中国侠客小说中关于男女飞仙剑侠的小说也与西方骑士传奇有很多相似之处,二者都是脱离现实的,都提供了逃避现实的陷阱。中西侠客小说的主要不同:第一,二者对待爱情的不同态度。爱情是西方骑士们所作所为的主要动力,而在中国侠客小说中,浪漫爱情与侠客本身通常没有直接关系,尽管他们乐于帮助年轻的情人结合或者团圆。西方小说中受到赞美的骑士爱情如郎斯

---

❶ 〔美〕刘若愚:《中国之侠》,周清霖、唐发铙译,三联书店1991年版,第197~198页。

洛对耶尼爱佛的爱情，特利斯坦对绮瑟的爱情在中国小说里无疑会受到谴责。第二，中国侠客小说如《济公活佛》常大量运用幽默，而西方骑士传奇则较少幽默。

最后，刘若愚还就中西戏剧中有关侠与骑士的戏剧作了简短的比较。他首先介绍了中国传统戏剧的本质特点及其与西方歌剧、伊丽莎白时代的戏剧的异同，接着指出西方戏剧对骑士题材的明显缺乏兴趣。欧洲中世纪只有奇迹剧和神秘剧，没有关于骑士的戏剧。最有名的关于骑士的亚瑟王故事是很晚才在瓦格纳的音乐剧里得到表现，但音乐剧注重的是音乐而非语言，和中国戏剧没有相同之处。伊丽莎白时代和詹姆士一世时代的戏剧对骑士题材全无兴趣，虽然莎士比亚的戏剧里所描写的一些人物有任侠仗义之事，却不足为观，而中国古代戏剧中表现"侠"的相对较多。

总之，刘若愚对中国古代侠客文学的细分，并将其与西方同类题材的文学相比较，对中英读者来说都极有启发意义。他不但揭示了侠与骑士的异同所反映出的中西社会文化精神差异，还包括不同文类对骑士题材的处理之中西差异。因为刘若愚的引导，中英读者注意到，西方用英雄诗（包括《荷马史诗》）和骑士传奇所承载的东西，中国古代可能已用白话小说加以承载了。这个问题明显是刘若愚早期在《中国诗学》中对汉语圈何以缺少史诗和悲剧问题的进一步思考。

中国古代文学与西方文学一旦相遇，一个绕不开的问题就是在类别上中国文学何以没有西方意义上的史诗和悲剧？刘若愚在《中国诗学》中曾花了极大的篇幅证明中文诗的伟大，因此他也不得不回答西方读者的困惑——为什么对西方文学来说最为重要的文学类型史诗和悲剧在中文中却付之阙如呢？这一问题许多中西比较诗学的先驱都曾思考过，刘若愚以各种形式对它作出了回答。他最初的答案主要是以下几个方面：第一，这是由中文本身的性质决定的，汉语里充满了单音节词和双音节词，连同其固定的声调和节奏使之不容易构成长篇诗作。第二，中国人精神的流动性，中国人在哲学观世界观上普遍都是实用主义的折中调和论者，自孔子开始就没有将知识见解体系化的倾向，对所有经验都不愿硬加上先入之见的模式。这不同于亚里士多德或康德企图构建一种对人类所有的知识和经验都适用的综合体系。中国人在思维方法上，其兴趣往往集中于事物或经验的本质而非其细节，中国诗人热衷于捕捉景色、情绪、境界的神韵，而不热衷于描绘五花八门的现象。第三，虽然英雄主义传统在中国并没有绝迹，但中国文人对崇拜个人的勇猛和体力上的英武大体上是抱谴责态度的，对这一传统的歌颂往往出现在通俗文学而非高雅文学之中。❶ 第四，中国文学缺少悲剧在于中国戏剧在起源上首先是为了世俗娱乐，戏剧自始至终是一种娱乐形式。第五，中国古代哲学最重要的三家中，儒家的中庸之道，道家的无为顺从，禅宗的静思冥想、因果轮回都不主张冲突。而没有冲突，就不可能有亚里士多德观念中的悲剧。因此，中文缺乏西方意义上的史诗和悲剧并不影响汉诗的伟大，"虽然我们在中国诗中可能很难举出一部《伊利亚

---

❶ ［美］刘若愚：《中国诗学》，杜国清译，幼狮文化事业公司 1981 年版，第 251～256 页。另外，刘若愚《中国文学中的侠客》针对西方认为中国文明普遍敌视个人主义和英雄精神的观点，专门谈到这一方面的问题。《中国之侠》无疑此时已埋下伏笔。见《皇家亚洲协会香港分会杂志》1961 年第 1期。

德》（*Iliad*）、《神曲》（*Divine Comedy*）、《伊底帕斯》（*Oedipus*）或《哈姆雷特》（*Hamlet*），但中国诗整体正像任何其他语文的诗一样，表现出丰富的多彩多姿的人生全景"。❶ 这就是早期《中国诗学》对该问题的回答。而《中国之侠》则通过侠客诗与侠客小说、侠客戏剧的文类比较，得出白话侠客小说承担了侠客诗所无法承担的任务，在功能上类同于西方的史诗：

　　前面的概述还说明了另一个事实，不同的文学体裁对同一人物和事件的不同处理，相应地也产生了每种文学体裁自己的人物个性，各有长处和短处。有严格韵律和简明语言的古典诗歌，擅长于对历史上的侠客作简短精辟的评论，擅长于对侠客的生平作生动简洁的介绍。由于长篇叙述诗易犯单调乏味的毛病，故没有产生英雄史诗。通俗文学作家是想写英雄史诗的，但只写出了一些韵文唱词（如《季布骂阵词文》之类）。产生史诗般作品的任务便落在了白话小说身上，如《水浒传》。白话，特别是口语，运用起来比较自由，能用生动的叙述、逼真的对话创造出鲜明的人物。但是，白话小说中的人物仅从外部来表现，是通过言语行为而不是思想感情来揭示内心世界的。与此相反，富有诗意的戏剧，展现的倒是人物的内心世界，因此，戏剧同白话小说相比，人物虽较少特性，但在人生经验上却更具代表性。❷

---

　　❶ ［美］刘若愚：《中国诗学》，杜国清译，幼狮文化事业公司1981年版，第256页。
　　❷ ［美］刘若愚：《中国之侠》，周清霖、唐发铙译，三联书店1991年版，第192~193页。

　　这一解释即使今天看来都极有启发意义。另外，如果把伊丽莎白时代的戏剧与中国戏剧比较，中西戏剧对"侠"的不同处理也从另一个角度证明了中国古代虽然缺少西方意义上的悲剧，只是由于中西戏剧起源不同、戏剧观念不同，这并不意味中国戏剧不能表达西方戏剧中那些属于人民的喜怒哀乐之情。

　　总之，在以英语阐释中国古代文学的过程中，刘若愚始终独出心裁地选择着自己的阐释对象，他从不隐晦自己对中国古代文学和诗学中某些部分的偏爱，并曾引用杜夫海纳（Mikel Dufrenne）对"taste"和"tastes"的区分来为自己的选择辩护。杜夫海纳认为"taste"意味着有能力在偏见和派性之外作出判断，"tastes"意味着武断的偏爱，"有判断力即为没有武断的偏爱"（Have taste is to have no tastes）。但刘若愚认为不妨把"taste" = "辨别"（discrimination），"tastes" = "偏爱"（preferences），有"taste"意味着能区别同一种事物中何者为好，何者为次；有"tastes"则意味着比较之下更偏爱某物。进而他肯定一个批评家应该有"taste"，但不妨碍他有个人的"tastes"。❶也就是说，批评家应该有鉴别力，但这并不妨碍他可以有个人的偏爱。综合前述刘若愚的阐释对象，则刘若愚所偏爱的正是中国古代文学的精华部分，他同时偏爱将其与西方类似文学现象加以比较，并借此证明中国古代文学的伟大！唐诗宋词在中国古代文学史上的崇高地位毋庸置疑，而《中国诗学》《李商隐诗》和《北宋主要词人》所分析的部分诗词无疑是其中翘楚。有些读者或许对刘若愚以李商隐为重点加以研究不以为然，而

---

❶ James J. Y. Liu：*The Interlingual Critic*：*Interpreting Chinese poetry*，Bloomington：Indiana University Press，1982，p. 67.

事实上，李商隐复杂精微的艺术风格在"新批评"盛行时期的美国学界无疑极具诱惑力，这和韩愈在美国的流行实有异曲同工之妙。倪豪士（William H. Nienhauser）在《试论美国对韩愈的接受（1936～1992）》中指出："韩愈的诗被公认为难解，他的散文的说教方式也使西方读者感到陌生。可是出于某种原因，在过去 50 多年中，在美国，韩愈却似乎成了人们最热衷的研究对象。本书即试图纵览这一研究的发展过程，并对其作出评价。"❶ 他给出了很多原因解释韩愈的流行，例如韩愈不合常规的用词，韩愈在精神上游离于儒家传统的反叛性，韩愈是"巴洛克"诗人，他和李商隐、李贺一起以"怪"吸引西方读者。"虽然还不可能确定出一条韩愈在美国汉学家中享有盛名的理由，但是，有一点是可以被认可的，即我们发现，他是一位——出于各种原因——在美国文化中更易找到归宿的人物"。❷ 而正是与《李商隐诗》同时或稍后，巴洛克（Baroque）一词被广泛用于描述韩愈等中国诗人的诗歌。❸

　　或许，韩愈诗的流行同样可以解释李商隐诗在美国的流行，它证明李商隐同样是一位在美国文化中容易找到归宿的人物。对于英语世界的读者来说，李商隐诗的独特魅力首先

---

　　❶　〔美〕倪豪士（William H. Nienhauser, Jr.）："试论美国对韩愈的接受（1936～1992）"，罗琳摘译，见阎纯德：《汉学研究》（第一集），中国和平出版社 1996 年版，第 324 页。倪豪士，美国威斯康星州大学东亚语言文学系教授，汉学家。

　　❷　同上书，第 335 页。

　　❸　1968 年，美国出现有关韩愈的专论。杰瑞·斯密特（Jerry Schmidt）的硕士论文《韩愈与他的古诗》，对韩愈诗歌用语的不合常规作了分析。20 世纪 70 年代末罗素·麦克罗德（Russell Mcleod）的论文，认为韩愈是"巴洛克"诗人。倪豪士："试论美国对韩愈的接受（1936～1992）"，罗琳摘译，见阎纯德：《汉学研究》（第一集），中国和平出版社 1996 年版，第 330 页。

在于其诗歌境界的吸引力、他多姿多彩的恋爱生涯、虽然颠沛流离却纵情生活的态度，以及诗中呈现的多种角色：父亲、情人、丈夫、下僚等。这些对西方读者了解中国古代诗人的思想情感和命运际遇的丰富性都无疑是最佳例证：

为什么李商隐对现代西方读者具有特殊魅力呢？这主要是由于他对生活的复杂态度，与他同样复杂精微的诗歌表达形式一样适合西方人的脾性。李商隐对人生的信念使李商隐诗中的"境界"比之陶潜、王维的超脱、淡泊更可亲近，他探索人生的种种经验，并用一种满含激情或者反讽的眼光看待它们，这又使得李商隐诗比李白的自我中心，或者白居易的耽于说教更令人惬意。他对神秘或想象之境的探索，可能会拨动对"非理性"、"荒谬"感兴趣的读者内心敏感琴弦。与此同时，在他李商隐诗展现的境界中——慵懒的美人、充满异域情调的芬芳、神奇的丸药、刺绣、珠宝、音乐及舞蹈，都是一种波德莱尔式的往事回想。它们在不同层次上展现了物质的享乐、肉欲的放纵、道德的颓唐，这一切或许正可以被称为中国9世纪的《美好生活》（*La Dole Vita*）。❶

除开李商隐诗中"境界"所呈现的独特魅力之外，李诗在艺术技巧上的多重魅力，同样是李商隐在美国流行的原因。刘若愚提到李商隐诗在中国古代诗歌史上以晦涩著称，他因此相信自己对李商隐诗的现代阐释，即使对中文读者来

❶ James J. Y. Liu: *The poetry of Li shang—yin*, Chicago：University of Chicago Press, 1969, p. 251.

说也是极有裨益的。刘若愚早期深受"新批评"的影响，而"新批评"所重视的诗的复杂、含混之美，在中国古代诗人中，最能体现者就是李商隐。刘若愚曾表示自己并不热衷于给诗人排序，而更愿意去评价其诗歌境界所涉及的范围的深度、强度、复杂度，以及诗人对于作为诗的媒介——语言使用的变化和丰富程度。但他肯定，若从这两个方面来看，则李商隐应该是第一流的诗人，尤其是在语言探索方面，其成就几等于杜甫。通过对李商隐诗歌语言、意象、典故的分析，刘若愚以词语分析方法证明了李商隐诗有丰富的包孕了含混（ambiguity）、冲突（conflict）、张力（tention）的审美质素。但刘若愚并不是完全在燕卜荪等新批评家的意义上使用这些词语，而是以自己的理解和李商隐诗的实际在一定程度上修正了这些西方术语。他认为燕卜荪的"含混"（ambiguity）根据燕卜荪自己的解释，是基于逻辑混乱、刻意的理解和心理的错综复杂，而这些都显得微妙而难以处理，因此"含混"的七种类型中的任意两类均难以真正有所区别。刘若愚认为"含混"主要来自诗在所指上的含混，诗人本身态度的含混、中文语法或者意象、象征、用典所带来的含混："除'含混'之外，李商隐诗还表现出众多特点——冲突而非平静，灵与肉之间的张力，华丽雕琢与刻意求工的倾向，这些特点无疑可以被称做'巴洛克'，如果他是一位西方诗人的话。"❶

---

❶ James J. Y. Liu: *The poetry of Li shang-yin*, Chicago: Univerity of Chicago Press, 1969, pp. 252~253. 刘若愚认为在此用"巴洛克"一词比用"浪漫主义"（romanticism）、"唯美主义"（aestheticism）引起的误导可能要少一些。

　　当然，刘若愚选择北宋六位词人来勾勒词的发展，可能源于王国维对五代以及北宋词的推崇，认为北宋词胜过后来的词。刘若愚认为这六位有代表性的词人可以在某种程度上体现出中国词的发展及最高成就，这与刘若愚在阐释中国文学中的精华原则是一致的。总之，在阐释中国文学时，刘若愚始终坚持为英语读者介绍中国古代文学中最精华的部分，这种阐释不仅对于英语读者吸收中国古代文学精华，就是对于国内读者继承古代文化的精华也是大有裨益的。在中西交流的最初，双方都有文化上深刻的隔阂，对于各自文学传统的掌握不可能迅即达到很高的程度。这种一国文学中的二流乃至末流作家作品由于翻译而在另一国文学中赢得一流作家作品的声誉，在世界各国文学交流史上都是存在的。这类文化现象有的是由于异国批评家或文学家摆脱了本国文学批评家的定势思维，能够发现确有价值的作家作品，比如法国诗人马拉美对美国诗人爱伦·坡的发现，迫使美国文学界也不得不重新为被忽略的爱伦·坡定位。但另有一些作品，类似刘若愚前面指出的《侠义风月传》在西方的流行的确受制于中西语言和文化上的重大隔阂。这是中西交流的早期，以西方语言为母语的汉学家一时难以把握中国文学中真正的精华而出现的特殊现象。从这个意义上讲，刘若愚面对英语世界，以英语勾勒出中国古代文学精华的大致范围，并以身作则，选择其中对西方读者认识中国古代文化整体极有价值和意义者加以介绍，在当时乃至现在都功不可没！因为，伟大的文学是人类最宝贵的精神财富之一。更何况，刘若愚的阐释始终建立在对中英两种文学传统深入理解的基础上，那些遍布其著述的中西并举的阐发例证，更是于无声处证明了中西两种文学在诗心、文心上的共通之处，为进一步平等、深入的中西文化交流作出了表率！这对于扭转西方主流文化界对中国古代文明的歧视无疑也有极为重要的作用，而他对中国古代文学文类及其主题功能的多方面译介也可能会使西方读者意识到不同民族文化有自己不同的思维方式和表达习惯，不能以西方作为惟一标尺衡量非西方文学的文学类型和文学理论。

第二节　方法——寻求跨越中西历史文化差异的鉴赏论

1982 年的《语际批评家》被视为刘若愚对自己学术生涯的回顾和总结。❶ 在这本书中，他不但对自己的人生经历和教育背景作了自传性交代，更对许多个人一直在思索的问题尝试性地给出了结论性的回答，标志着刘若愚在学术思想和方法上的成熟。

刘若愚首先回顾了自 20 世纪 60 年代以来，英语世界对

---

❶ "James J. Y. Liu has devoted more than twenty years to the critical interpretation and evaluation of Chinese poetry for English-speaking readers. The Interlingual Critic is a short summary of his present views on the role of such a critic and also gives examples of Liu's own methods in practical criticism." Russell McLeod：语际批评家书评，载 *World Literature Today*, Vol. 58, No. 1, Varia Issue（Winter, 1984），p. 164. Published by：University of Oklahoma.

中国古代文学进行批评研究的书、学位论文以及期刊论文数量的大幅增长。然后问道："写这些书的是谁（who）？他们为什么要写（why）？又是为谁而写（for whom）？"他个人也尝试着进行了回答。首先，他认为主要有两种用英文阐释中国古代诗的批评家：一种是以汉语为母语者，在中国出生和受教育，但现在英语国家生活，或至少在学术机构工作，该机构的官方语言为英语的学者；另一种是以英语或其他欧洲语言为母语者，他们以中国文学为学术对象，专职研究或教授中国文学。其次，这些批评家为什么要写？这些人都是学者，他们希望写作和出版，但除开实用因素，大多数学者仍然希望完成某种对自己和读者有启智意义的作品，尽管这种智识目标不总是能够得到清晰的界定。再次，他们为谁而写？学者们既为其他专家而写，也为不懂中文的普通读者而写。所有这些在西方研究批评中国古代文学的学者，都被刘若愚统称为"语际批评家"。语际批评家的任务一方面是阐释，另一方面则必然是评价。在刘若愚看来，所有批评家，甚至新批评家在阐释的同时也无法避免评价。因此，这就对语际批评家提出了更高的要求，语际批评家在从事语际批评、阐释时，比"语内批评家"更需要有个人对于诗的看法，因为他无法轻易借鉴某一种语言内部的评价标准，更何况语际批评家还必须同时面对时代、种族文化的差异。与此同时，在美国用英语研究中国古代文学的事实，也使得所有这一类语际批评家同时成为中西比较学者。

根据刘若愚对语际批评家所作的分类，他本人应属于以汉语为母语的第一种语际批评家。因此，可以预期刘若愚的研究与母语为非汉语的西方汉学家相比肯定有差别。母语非汉语的汉学家的研究多半出于个人对中国古代文化的兴趣，他们能在研究中不受研究对象所属文化传统的束缚，有可能就某些司空见惯的文学现象得出个人独立的见解，为中国古代文学的现代阐释注入新奇的视点。而母语为汉语的西方中国文学研究者，在耳濡目染中继承了前人对经典和传统的认定，往往很难在传统之外形成自己个人独立的有关传统或经典的意见，但他们对中国古代文学的整体把握上明显是优于母语为西方语言的汉学家的。加之他们常年身处西方，必然受到西方文化与思潮的影响，因此像刘若愚这样的母语为汉语的汉学家对中国古代文学的阐释与纯粹的国内学者相比也有一定差异。前述的两种语际批评家无论哪一种，只要从事的是严肃而认真的学术研究，其研究成果对我们可能都十分有借鉴价值和启发意义。前文的论述就已经或多或少表明，刘若愚在选择研究主题和对象时，就既出于个人兴趣，也是针对西方学界对中国古代文学的研究状况（主要是误解，或者填补空白）作出的现实反应。在对中国古代诗词等阐释与评价的方法方面，他更多地体现出语际批评家的特色，首先是中国古诗的英译问题。

一、翻译——归化（naturalization）还是异化（barbarization）？

弗罗斯特（Robert Frost，1874～1963）❶曾说过："诗在翻译中消失。"用英语阐释中国古代诗词，翻译是不可避免的前提。如何才能保证中国古诗在被译成英语时能够更多地保留原诗的美与特质呢？这是刘若愚作为翻译者—批评家

_____

❶ 20 世纪美国著名诗人。

(the critic as translator) 一直在思考的问题。《语际批评家》对刘若愚时代中诗英译的不同方法、译者身份作了划分，实际上也是刘若愚表达个人对中国古诗英译所产生的种种问题的看法。

刘若愚指出，从事中诗英译的主要有两类人：第一类是作为诗人的译者 (the poet as translator) ——如庞德 (Pound, 1885～1972)、艾米·洛威尔 (Amy Lowell, 1874～1925)、威特·宾纳 (Witter Bynner, 1881～1968)❶ 和王红公 (Kenneth Rexroth, 1905～1982) 等人。❷ 他们本身是诗人，但又不太懂中文，需要借助学者的研究成果来帮助自己的理解翻译。他们的目的是译出好的英文诗歌，使读者读起来感觉像诗，但事实上有可能离真正的中国古诗已经有了一定距离。翻译方法与这些诗人—译者类似的还有老一辈汉学家如理雅各 (James Legge, 1815～1897)、翟理斯 (H. A. Giles, 1845～1935)、韦利 (Arthur Waley, 1889～1966)、霍克思 (David Hawkes, 1923～2009)、葛瑞汉 (A. C. Graham, 1919～1991)、华兹生 (Burton Watson, 1925～)、查维斯 (Jonathan Chaves) 等人，这些汉学家本人并不是有名的诗人，但他们自己能读懂汉语，在英译中国古诗时，其共同倾向是喜爱采用"归化" (naturalization) 的翻译方法，强调译文应该不像译文，翻译的主要目的是要写出中国诗的有诗味

---

❶ 威特·宾纳 (Harold Witter Bynner, 1881～1968)，美国诗人，曾在中国学过中文，后发表很多中文译作。

❷ 王红公 (Kenneth Rexroth, 1905～1982)，美国诗人，被誉为"垮掉派教父"，发表过很多英译中国诗，喜爱杜甫和李白的诗歌。1956年出版译作《中国诗歌一百首》，1970年出版《爱与历史的转折岁月：中国诗百首》。

英语版本。第二类译者是批评家—译者（the critic as transla-tor），如傅汉思（Hans H. Frankel, 1916~2003）、宇文所安（Stephen Owen, 1946~）以及刘若愚自己。批评家—译者的翻译共同倾向是"异化"（barbarization），即认为译文应像译文，英译版本中应该保留尽可能多地保留中国古诗的原始感（original feeling）。批评家—译者的主要目的是为英语读者阐明中国古代诗词的某些特色和特质，并进而作为自己批评性研究的一部分，而不是为了通过英译为读者提供优美的英文诗。当然，理想的中诗英译者应该是诗人—译者和批评家—译者的完美结合，他们必须既是中国诗的合格批评家，又是优秀的英语诗人。❶

很明显，庞德的走红、韦利的成功证明了"归化"英译汉诗有极大的市场。而且在其他语言译成英语的翻译史上，大多数成功的外译英者从查普曼（George Chapman）到德莱顿（John Dryden），从蒲伯（Alexander Pope）到菲茨·杰拉德（Fitz Gerald）都是采取的"归化英译"策略。但是，刘若愚相信庞德和韦利的英译虽然成功地将汉诗引入英语读者的世界中，但他们的翻译对于英语读者接近汉诗的原汁原味，可能是失败的。外译英历史上也有以"异化英译"而成功的，最著名的就是詹姆士一世的钦定版《圣经》（King James Version of *the Bible*, 1611）。因此，英译中国古代诗词到底是采用"归化英译"还是"异化英译"更好呢？刘若愚更重视"异化英译"，但也并不完全反对"归化"译法：

---

❶ 事实上这样的译者极少，刘若愚认为加里·斯奈德（Gary Snyder, 1930~）可算惟一类似的人，但他也难免犯错。

但问题是在"归化"中国诗的过程中,可以走多远,以其不同的语言结构、不同的思考和情感模式、不同的表达方式。我们应该把陌生的概念和态度、异国情调的意象、鲜为人知的典故和模糊句法变成熟悉且容易理解的诗句吗?把静女译为"Nymph"[希腊罗马神话中居于山林水泽的仙女,或(诗)中的少女,少妇],把君子译为"牧羊人"(shepherd)显然走得太远了。同样,译者也不应该用玫瑰代替莲花,用"金色长发"(golden tresses)代替"云鬓",用狄安娜(Diana)代替"嫦娥"。难道希望读者通过阅读英译的中诗去了解原诗意象的象征、价值、情感联想、典故意义是期望过高吗?如果读者们都想要熟悉的常规英语诗,又何必自找麻烦去阅读英译的中国诗呢?❶

文化的交流意义不仅仅在于求同,更在于寻求相异性而构成的互补,他山之石,可以攻玉也。西方诗人—译者并不都持"归化"译论,他们也支持"异化"的翻译。这种"异化"的英译,一方面,可以给英语语言注入活力,有助于形成一种新的诗歌和诗学;另一方面,惟有"异化"才可以保留中国古诗的真实特质,提供给英语读者更多有关中国古诗的原汁原味。

作为中国古诗的批评家—译者,刘若愚特别强调"异化英译"在第二个方面的效用,他肯定在英译中国古诗时,一定要尽量传达出中文原诗中字、词层面的暗含义、意象,传

---

❶ James J. Y. Liu: *The Interlingual Critic*, Bloomington, Indiana University Press, 1982, p. 41.

达出诗中典故所包孕的独具中国特色的质素，某些情况下甚至应该保留原诗在语法上的某些独具匠心之处。例如，如果把"青青河畔草"译为"The grass by the river is very green"（河边草是绿色）就显然大失原诗水准，而译为"Green，green，the riverside grass"（绿，绿，河边草）可能就能很好地传达原诗独特句式给读者的视觉所带来的冲击，它强调了绿色。为在英译时保持中国古诗的原始感，除了保留一些独特的原始意象，在注释中说明"典故"的含义，在字词及句法上作出相应的调整之外，刘若愚还特别强调体现汉诗原有的形式整饬、音韵铿锵。这成为刘若愚中国古诗英译理论中的重要原则。

《中国诗学》有专节分析中国古代诗词在听觉方面的特殊效果，他的英译往往由中文原诗、韦德 - 贾尔罗马拼音标注、逐字英译、意译、标注韵律节奏、阐释五个部分组成。这样做的目的正是将中国古代诗词的特质，尤其是音乐特质完整地传达给他的英语读者。试将他对韦庄《菩萨蛮·人人尽说江南好》的处理列举如下：

菩萨蛮

人人尽说江南好，

游人只合江南老。

春水碧于天，

画船听雨眠。

垆边人似月，

皓腕凝霜雪。

未老莫还乡，

还乡须断肠。

拼音标注加逐字英译:

Jen-jen chin shuo Chiang-nan hao

Man-man all say River-south good

Yu jen chih ho Chiang-nan lao

Wandering man only fit River-south old

Ch'un shuei pi yü t'ien

Spring water bluer than sky

Hua ch'uan t'ing yü mien

Painted boat hear rain sleep

Lu pien jen ssŭ yueh

Wine-jar side person like moon

Hao wan ning shuang hsŭeh

Bright wrist frozen frost snow

Wei lao mo huan hsiang

Not-yet old do-not return home

Huan hsiang hsŭ tuan ch'ang

Return home must break bowels

意译:

Everyone is full of praise for the beauty of the South.

What can I do but end my days an exile in the South?

The spring river is bluer than the sky;

As it rains, in a painted barge I lie.

Bright as the moon is she who serves the wine;

Like frost or frozen snow her white wrists shine.

I'm not old yet: let me no depart!

For going home will surely break my heart!

韵律模式："－"指平声，"＋"代仄，"/"代停顿，刘若愚建议英语读者以长音、升调读"－"，短音、降调读"＋"，在"/"处稍停顿，于是，该词韵律大致如下：

－　－　/　＋　＋　/　－　－　＋　A

－　－　/　＋　＋　/　－　－　＋　A

－　＋　/　＋　－　－　B

＋　－　/　－　＋　－　B

－　－　/　－　＋　＋　C

＋　＋　/　－　－　＋　C

＋　＋　/　＋　－　－　D

－　－　/　＋　＋　－　D❶

他不但在自己的英译中试图通过上述方式传达中国古诗的音韵之美，更明确强调中国古诗"作为语言的探索，它以独特的音乐迷人地展开语言表现上的巧妙与灵活性；这种音乐，西洋人的耳朵听起来可能有点奇异，可是对于听惯了的

---

❶　James J. Y. Liu: *The Art of Chinese Poetry*, Chicago and London: The University of Chicago Press, 1962, pp. 31 ~ 32.

人自有它的魅力"。● 但遗憾的是，对他在该书中力求以韵文英译中国诗以及标注韵脚的方式，一些母语非汉语的西方汉学家却并不领情，认为当他用韵文翻译中国诗时显得奇怪，不用韵则译得很美。而上文"－－＋＋"的标注也同样无法得到一些西方汉学家的理解，以为还不如用音乐中的"do do so so do do so"表示。❷

对于如何在译诗中保留中文诗歌原始韵律及特点，刘若愚自己也在不断思考，在《李商隐诗》中，他只在"导论"中对中国古诗的韵律模式作了介绍。并以"相见时难别亦难"等英译为例"It is hard for us to meet /and also hard to part"表明自己在英译时力图在声音和意义上接近原诗。❸ 而正文英译的 100 首李商隐诗都不再附带原文、逐字音译和标注韵脚，而直接给出个人英译诗，❹ 似乎暂时放弃了尽可能接近原诗并传递音韵的打算。当时他强调每首诗都是一个独特的词语象征，有自己的音调结构、意义和意象，"译诗是设法重建（reproduce）原诗的词语结构，以便于译文的读者

● James J. Y. Liu：*The Art of Chinese Poetry*，Chicago and London：1962，pp. 155 ~ 156. 另见刘若愚：《中国诗学》，杜国清译，幼狮文化事业公司 1981 年版，第 256 页。

❷ David Hawke：Review The Art of Chinese Poetry by James J. Y. Liu，in *Bulletin of the School of Oriental and African Studies*，University of London，Vol. 26，No. 3，1963，pp. 672 ~ 673.

❸ James J. Y. Liu：*The Poetry of Li Shang – yin*：*Ninth-Century Baroque Chinese Poet*，1969，p. 43.

❹ 他说："我曾想过，但又决定不提供原诗，拼音化，或逐字译。除了篇幅和费用的考虑外，其用处也被质疑。有兴趣的人可以从参考书目中找到原文，也能从词典中找到每个字的意思，对那些不读中文的人来说，逐字译和拼音化似乎只是 baffling。"James J. Y. Liu：*The Poetry of Li Shang – yin*，Chicago：University of Chicago Press，1969，p. ix.

会尽可能以译者对原诗反映的同一方式对译文加以反映，进而在某种诗人原创的范围内加以再创造（re-creating）"。❶

但在《北宋主要词人》中，对词的英译又重新回到《中国诗学》中的方式：提供中文原词，拼音、逐字译、在句末出现尾韵的地方增添了以括号注明的韵脚等，似乎要把"异化"的英译，即尽力传达原诗音义的努力持续下去。"最终，我要说在翻译词时我已尽力保持它的某些简洁和含混的特征，同时没有破坏英语语法和风格。特别要申明，由于中国诗主语常不定，我有时增加代词作为主语，部分是因为这样避免了洋泾浜英语，也部分由于词通常有作为叙事者的人，不像某些中国诗本质上是非个人的……相似地，我也常增加一些本来没有的连词……至于一些意象，结构特征等，我相信我在翻译中都完整保留了"。❷ 这明显是一种既尽力保持原词的特质，又努力译出好的有韵味英语诗的双重努力。

《语际批评家》中，刘若愚最终明确将自己定位为以汉语为母语的中英语际批评家，在翻译时是批评家—译者，因此，他的英译更主要是为了阐释和评价。因此，他不再追求完美流畅的韵式英译，而是在翻译时强调原诗的种种特色，并在英译中尽力接近原诗的境界，指导读者如何更好地赏析中国古代诗歌：

批评家—译者担当起作者（对他的读者而言）和读者

---

❶　James J. Y. Liu：*The Poetry of Li Shang - yin*，Chicago：University of Chicago Press，1969，p. 34.

❷　James J. Y. Liu：*Major Lyricists of the Northern Song*，Princeton：Princeton University Press，1974. p. 16.

（对原诗的作者）的双重角色，其任务就是在诗的世界和读者的世界的鸿沟间架起桥梁。描述、再现原诗语言结构所体现的诗的境界。批评家—译者的读者从他那里获取的是知识，而不只是娱乐，对批评家—译者而言，指导比取悦更重要。译诗不是终结而是阐释过程的一部分，犹如没有惟一的阐释一样，没有惟一的翻译。❶

他在此书中对中文诗的阐释依然保留了原文、拼音、逐字英译、意译的模式，而取消了标注韵脚，可视为对自己批评家—译者身份的确认和肯定❷，也可以视为在中诗英译中到底"归化"还是"异化"的最终回答。显然，批评家—译者为更好地显示出中国古代诗歌异于英语文学的"他性"，保留原始感，而采用"异化"的英译是必需的，但诗人—译者则不受此限制，他们可以基于不同的目的和需求自由选择个人青睐的英译方式。

二、阐释——象征解读（symbolic reading）还是讽喻解读（allegorical reading）？

中国古代文学要么是作者的自传，要么是作者对社会的讽刺、美谏，这在很长一段时间里一直被认为是中国古诗惟一的阐释模式，而这种阐释模式又进一步被认为与西方的象征性阐释和讽喻阐释形成相反的对比，从另一个角度成为中

---

❶ James J. Y. Liu：*The Interlingual Critic：Interpreting Chinese Poetry*，Bloomington：Indiana University Press，1982，p. 49.

❷ James. J. Y. Liu：*The Interlingual Critic：Interpreting Chinese Poetry*（第3章"The Critic as Translator"），Bloomington：Indiana University Press，1982，pp. 37~49.

国古代文学、哲学都缺少超验性的例证。针对上述的偏见，刘若愚在自己的著述中，就特别强调了中国古代诗学阐释模式的多样性，在具体批评实践中，他也以自己对中国古代诗词的阐释实践为例，证明中国古代诗词原本可以用多种模式加以阐释。中国诗词的意义并不是单一的，而是可以同时包含多重所指。而这种阐释模式主要是一种象征阐释模式，而不是西方学界认定的，中国古人经常采用的那种历史—传记—道德隐喻式阐释模式——该模式主要是把文学作品都当成自传性的或者讽喻性的。

刘若愚一直努力用作品本身或者作家的系列作品作为依据解释评价作品，而不是从作家的人生经历入手寻找旁证去阐释和评价文本。以他对《李商隐诗》的阐释评价为例，刘若愚首先指明了在他之前阐释李商隐诗、极有影响的三个流派：第一派以冯浩（1719～1801）《玉溪生诗笺注》（1780）、张采田《玉溪生年谱会笺》（1917）为代表，通常把李诗解释为对令狐绹热切的爱，或者自伤因为与王茂元女儿的婚姻而失去了令狐家族的照顾。第二派以苏雪林的《李义山恋爱事迹考》（1927）为代表，认为李诗多是描写自己与公主、道姑、飞鸾和青凤两姐妹的恋爱情愫。第三派以顾翊群《李商隐评论》（1958）为代表，认为李商隐的模糊诗多半是对朝廷和政党的政治讽刺。这三种阐释模式多半基于李商隐的生平和中国文学史而提出，因此并不完全可信。李商隐的诗可能有写给令狐绹的，但不可能全部都是。苏雪林的立论又主要基于她对李诗的自我解读，没有独立的外部事实作为支撑，而事实上写爱情诗与实际恋爱仍然有差别。第三派则把李商隐所有的诗都读为政治寓言或写给妻子的爱情诗显然过分囿于道德局面："三种学派显然都犯了意图谬误（intentional fallacy）"，"诗人的外部意图或动机不必等于诗的艺术意图，前者是促使他写的原因，后者是组成诗歌的指导原则。作为批评家，我们关心后者而不是前者"。❶

除了这三种学派之外，还有人主张不用深入理解李商隐的诗，只满足于享受李商隐诗歌之美就行，他们是冯班、梁启超等人。这种观点影响到当代学者，使这些人用"唯美主义"一词来形容李商隐的诗。这种观念在刘若愚看来同样是不对的，因为李商隐毕竟不是一个为艺术而艺术的唯美主义者，也不是一个终身寻找完美之爱的浪漫主义者。相较之下，通过对诗歌本身的细读来发掘诗所包孕的丰富复杂内涵无疑更为可靠。

具体批评中，刘若愚对李商隐著名的《锦瑟》一诗进行阐释、评价时，就逐一否定了前人悼亡、自伤、寄托诸说，而将其视为古今中外都有的"人生若梦"（life is a dream）主题的表达：《锦瑟》就像济慈在《夜莺颂》（Ode to a Nithtingale）中的"这是个幻觉，还是梦寐？那歌声去了：——我是睡？是醒"？❷《回中牡丹为雨所拜二首》在刘若愚看来同样既可以根据字面义解释，也可视为对美人迟暮、怀才不遇的感叹。但不必真的像张采田一样认为是表达在博学宏词科考试失败的感伤，或者像冯浩所认为的那样是诗人因为令

---

❶ James J. Y. Liu: *The Poetry of Li Shang - yin*, Chicago: University of Chicago Press, 1969, p.31.

❷ James J. Y. Liu: *The Poetry of Li Shang - yin*. Chicago: University of Chicago Press, 1969, pp.56 ~ 57.

狐绹对他个人婚姻的不满而备感遗憾。❶ 这三种解释也许没有谁一定对，谁一定错，无论诗人借此诗要表达的是什么，这首诗都让人感觉到某种珍贵、美好的事物被毁灭的悲剧感，使人为之遗憾。因此：牡丹就成为被毁坏的美、挥霍的青春、士之不遇等的混合象征，让人想起纪尧姆·阿波利奈尔（Guillaume Apollinaire）❷ 的 "O ma jeunesse abandonee/Comme une guirlande fanée"❸。刘若愚对《燕台诗四首》的解读也没有采纳传统诸家，如纪昀云"以'燕台'为题，知为幕府脱意之作，非艳词也"，张采田云"四诗为杨嗣复作也"，冯浩《笺注》："首篇细状其春情怨思，次篇追叙旧时夜会，三篇彼又远去之叹，四篇我尚羁留之恨。"刘若愚同意劳干的意见，认为不必花大力气去考查诗中所指的女主人公到底是谁，而宁愿仔细分析这组爱情诗，而不满足于诗中丰富的意象和神秘氛围所营造的模糊印象。他认为：第一首诗是从女恋人的角度写对爱的渴望和无望的寻找；第二首则以男性恋人的语调写他对前诗中女主角的爱恋而不得的痛楚，但他仍抱有希望；第三首表达了两人相互的思恋；最后一首以绝望的语调描写了她心已死，他终夜悲叹。《日射》多被中国古代批评家解释为"思妇咏。独居寂寞，怨而不怒，颇有贞静自守之意。以之自喻"。而刘若愚通过详细分

---

❶ 周振甫：《李商隐选集——周振甫译注别集》，江苏教育出版社 2006 年版，第 147 页。

❷ 纪尧姆·阿波利奈尔（Guillaume Apollinaire，1880～1918），法国著名诗人、小说家、剧作家和文艺评论家，被认为是超现实主义流派的先驱。

❸ James J. Y. Liu: *The Poetry of Li Shang-yin*. Chicago：University of Chicago Press，1969，pp. 57～61. 此句译文为："哦！我被遗弃的少女啊/犹如枯萎的花环。"感谢博士后合作导师张汉良教授特为本书翻译之。

析文本，认为它其实只是表达了"诗人自己的孤独和失望"。❶

《圣女祠·杳蔼逢仙迹》据考证作于公元837年，李商隐这年春已考中进士，想再通过一次考试，就可以入朝为官。周振甫解释为："这首诗善用双关写法，透露他当时的心情，一方面迫切希望有人援引，一方面想入朝为官。所以他接着就进入王茂元幕府，一生以不能进入朝廷为恨事。"❷而刘若愚认为三首与圣女祠有关的诗都可以解释为是描写主人公与道姑的秘密恋爱，但不必把诗中的主人公等同于李商隐❸，和《风·撩钗盘孔雀》一样，而且无论诗人是否被当做诗中的爱人，对诗的意义来说都没什么不同。❹

上述的例证充分表明刘若愚在阐释中国古代诗词时所采取的主要是"新批评"的细读，及主要通过文本分析意义的做法。他很少把这些诗当成李商隐的自传或隐射之作，但这并不是说他就否定历代注家全部的解释，只是强调一首诗完全可以有不同层次上的多种所指，而作为现代批评家：

我宁愿对诗作象征性的解读（symbolic reading）而不是讽喻解读（allegorical reading），不把诗当成其自传，而是把它戏剧化，根据诗本身提供的线索设法重建语境的戏剧情

---

❶ James J. Y. Liu：*The Poetry of Li Shang - yin*，Chicago：University of Chicago Press，1969，p. 81.

❷ 周振甫：《李商隐选集》，江苏教育出版社2006年版，第107~108页。

❸ James J. Y. Liu：*The Poetry of Li Shang - yin*，Chicago：University of Chicago Press，1969，p. 94.

❹ James J. Y. Liu：*The Poetry of Li Shang - yin*，Chicago：University of Chicago Press，1969，p. 98.

节。诗可能产生不止一种意义，对那些清楚表明所指的诗，就根据原来的所指解读，应该尽可能不因为对其人的印象曲解其诗。诗的写作背景或许有助于理解，但与批评判断诗的艺术价值无关。❶

　　因此，刘若愚的解读和阐释也提到李商隐所生活的社会历史文化背景，但他更强调是李商隐本人的天才而不是其他因素使李商隐成为李商隐。在《北宋主要词人》中，他同样坚持："对诗的批评性研究不是文化历史的或传记式的。我自己主要考虑词的本质特征，最小限度地提及历史的、传记的信息，这些信息不一定能提高我们对词的理解或欣赏。"❷这种对中国古代诗词的阐释态度明显不同于古代传统学者和部分现代西方学者，为中国古代诗词焕发新义注入了新的活力。另外，在他坚持以西方词语分析方法通过细读阐释诗词的同时，并未彻底否定其他阐释模式。这种宽容和开放的态度，既证明了中国古代诗词内涵的丰富性，又使之在异文化语境下焕发出别样的魅力。

❶　James J. Y. Liu：*The Poetry of Li Shang - yin*，Chicago：University of Chicago Press，1969，pp. 32～33.

❷　James J. Y. Liu：*Major Lyricists of the Northern Song*，Princeton：Princeton University Press，1974. p. 6.

第三节　评价——尝试建构世界性诗论的刘若愚诗论

虽然翻译已经意味着一种阐释，但对批评家 – 译者而言，翻译只是阐释的一部分，而不是最终的目的，因为真正的阐释同时往往意味着评价（evaluation）。所有的批评家包括新批评派都无法避免价值判断。❶ 那么，语际批评家评价一首中国诗时应根据什么标准和谁的标准呢？是凭作者自己的吗（如果知道的话）？凭作者同时代人的吗？凭后来中国批评家的吗（凭谁呢）？凭我们当代中国批评家的吗？凭当代西方批评学派吗？哪一派呢？❷ 他认为对这一问题的回答，佛克玛（D. W. Fokkema）的文化相对主义（cultural relativism）也许值得考虑："根据文化相对主义，人们可以理解在某一文化区域内阐释某一时期的文学 – 历史现象，并在此基础上提出评价的方法；同时，它也超越该时期和文化区域的背景，进而比较不同时期和文化区域内在的不同价值体系。"❸ 但 20 世纪以英语阐释中国古代文学，不仅有文化的

---

❶ 韦勒克说："我们及我个人都无法避免评价"，参见 Wellek，*Concepts of Criticism*，New Haren and London：Yale University Press，1963，p. 17.

❷ James J. Y. Liu：*The Interlingual Critic*：*Interpreting Chinese Poetry*，Bloomington：Indiana University Press，1982，p. 65.

❸ Fokkema：Cultural Relativism and Comparative Literature，*Tamkang Review*，3. No. 2 (1972)，59 – 71. p. 65.

差异，更有历史的距离。

因此，刘若愚提出语际批评家在阐释中国古代文学尤其是诗歌时，应追求超越历史和文化的评价标准："我相信，目标是跨文化和跨历史的评价，这并不意味着确立和采用任一单一的、普遍的、绝对不变的一个标准或一套标准，而是寻找不限于任一特殊语言、文化和时期的诗的价值特征（poetically valuable qualities）。"❶ 而刘若愚所追求的这一跨越历史文化的评价标准实际上正是刘若愚在自己的学术生涯中不断发展修正并加以实践的刘若愚个人诗论，该诗论力图回答的核心问题是诗是什么？诗的功用到底如何？评价诗的标准是什么？他期待通过对上述问题答案的寻求，找到可以广泛地用于阐释和评价诗的普遍标准。刘若愚诗论在美国中国文学研究界已被视为他个人标志性的理论（夏志清称它为刘若愚"自成一家言"的理论），它贯穿了刘若愚个人整个学术生涯，并被广泛用于他对中国古代文学的批评实践，因此，理解刘若愚诗论对于我们理解刘若愚的学术思想、方法至关重要。

刘若愚的诗论从 20 世纪 60 年代初提出，直到 80 年代趋于稳定和成熟，期间发生的种种变化，既与他所受到的当代西方各种文学理论流派的影响有关，也与他自己对中国古代文学进行阐释评价的批评实践密切相关。刘若愚诗论是他作为批评家对自己采用的种种方法及理论的双重思考和探索，理解清楚这一理论，掌握该诗论的发展变化过程，也就厘清

---

❶　James J. Y. Liu：*The Interlingual Critic*：*Interpreting Chinese Poetry*，Bloomington：Indiana University Press，1982，p. 66.

了刘若愚综合中西文论而提出的可在异文化语境下阐释中国古代文学的各种方法及其理论依据。

刘若愚诗论初期的定义是："诗是语言与境界的双重探索。"（Poetry is a double exploration of worlds and of language.）成熟期的定义是："诗是语言结构和艺术功能的复合体。"（Poetry is the overlapping of linguistic structure and artistic function.）但基本上是要从"语言"与"境界"两个方面入手去探寻诗的本质、评价诗的标准。因此全面掌握"语言""境界""探索"等词语的确切含义极为重要，同时还必须将这一理论带回到刘若愚自己应用这一理论所进行的对中国古代文学的批评实践之中，才可以清楚地了解该诗论的准确内涵，以及它所具有的重要学术价值和意义。

刘若愚诗论最早出现于 1962 年《中国诗学》的下篇"走向一个综合的理论"（Towards a Synthesis）第一章——"诗是语言和境界的探索"。1966 年，他发表《中国诗论试探》（Towards a Chinese Theory of Poetry）对这一理论作出进一步的澄清和发展❶，文中提到柯林伍德、韦勒克、奈特（G. Wilson Knight）、韦姆萨特（W. K. Wimsatt）等人的某些相关理论。1969 年，《中国诗论试探》略作修改后出现于《李商隐诗》第三部分"批评性研究"第一节——"中国诗论试探"（Toward a Chinese Theory of Poetry），并被用作批评李商隐诗的理论依据和准绳。❷ 1974 年《北宋主要词人》

---

❶ James J. Y. Liu：Towards a Chinese Theory of Poetry，in *Yearbook of Comparative and General Literature*，Bloomington，1966.

❷ James J. Y. Liu：*The Poetry of Li Shang-yin*：*Ninth-Century Baroque Chinese Poet*，Chicago：University of Chicago Press. 1969，pp. 200~206.

"导论"重申"诗是语言与境界的双重探索",并将其作为批评"词"的标准加以应用。❶ 1975 年前后,刘若愚在准备《中国文学理论》的写作时接触到杜夫海纳和英伽登的现象学文学理论,进一步丰富了个人诗论。1977 年,他发表《中西文学理论综合初探》(Towards a Synthesis of Chinese and Western Theories of Literature)❷,提出"文学是语言结构与艺术功能的复合体"❸,并在与杜夫海纳、英伽登相关理论的对比分析中进一步确定了自己诗论的内涵,标志着刘若愚诗论逐渐走向成熟。1982 年《语际批评家:阐释中国诗歌》对该诗论有进一步阐释,但基本内容再无重大改变,依然重申"诗是语言结构和艺术功能的复合体"。(Poetry is the overlapping of linguistic structure and artistic function.)❹

　　根据该理论的实际发展情况,也为了论述的方便,笔者将刘若愚诗论的发展过程分为三个阶段:第一个阶段指 1962 年该理论的出现,称为萌芽期;第二个阶段 1963～1974 年,是刘若愚诗论的发展期;第三个阶段 1975～1982 年,是刘

---

❶ James J. Y. Liu: *Major Lyricists of the Northern Song*, Princeton: Princeton University Press. 1974 , pp. 8～9.

❷ James J. Y. Liu: "Towards a Synthesis of Chinese and Western Theories of Literature". *Journal of Chinese Philosophy*, 4 (1977), pp. 1～24. 中译文作为附录载《中国文学理论》,杜国清译,江苏教育出版社 2006 年版,第 210～234 页。

❸ 杜国清将 overlapping 译为"交搭","文学可以定义为艺术功用与语言结构的交搭"。参见刘若愚:《中国文学理论》,杜国清译,江苏教育出版社 2006 年版,第 218 页。莫砺锋译为"复合体"。刘若愚:《中国诗歌中的时间、空间和自我》,见莫砺锋译:《古代文学理论研究》(四),上海古籍出版社 1981 年版,第 156 页。笔者也以为译成"复合体"更佳。

❹ James J. Y. Liu: *The Interlingual Critic*: *Interpreting Chinese Poetry*, 1982, pp. 3～4.

若愚诗论的成熟期。三个阶段中其诗论概念的外延和内涵都是不同的，在此基础上引申出的评价诗的标准也不尽相同，但也有核心不变之处，那就是对普遍意义的诗的本质的界定和鉴赏标准的追求，且这种界定往往围绕诗的语言、诗中的境界、诗的艺术功能三大板块进行。

一、刘若愚诗论的萌芽期

在萌芽期中，刘若愚从逐一评判他所归纳的中国古代四种诗论入手，得出了自己的诗论❶——作为境界和语言之探索的诗（poetry as exploration of worlds and of language），评价诗的标准是："这首诗是否探索它独有的境界？是的话，那是什么境界？在语言的使用上它是否开创新的局面？"❷

"境界""语言"因此是萌芽期刘若愚诗论的核心词汇，但这两个词，尤其是"境界"一词的理解却一直有争议。杜国清译《中国诗学》《中西文学理论综合初探》，均将

---

❶ James J. Y. Liu：*The Art of Chinese Poetry*，1962，p. 94. 刘若愚：《中国诗学》，杜国清译，幼狮文化事业公司1981年版，第145页。在该节中，刘若愚首先逐一评价了他自己所归纳的四种中国古代诗论：说教观也译为道学主义者的观点（诗为道德说教和社会评论的工具）、个性主义诗观也译为个人主义者的观点（诗是自我表达的工具，强调在诗歌中个人性情的抒发和表现）、技巧主义诗观也译为技巧主义者的观点（诗是文学训练，诗歌创作在此被看成是一种表现个人学识、教养、风雅的手段）、妙悟主义诗观也译为妙悟主义者的观点（诗是沉思，诗被视为一种诗人对自己和世界凝思的方式）。他认为说教观的错误在于把非艺术的标准用到了艺术作品之上，个性主义过分强调感情而忽视语言的重要性，技巧主义过于关心怎样说，而忘记了要说什么，唯有妙悟主义最有趣，但沉溺于神秘主义和蒙昧主义，但仍有待完善。最后，他说："以上考察了各派的批评家之后，现在我想进而展开我自己的诗观，它的内涵要素，一部分引自以上所讨论的一些批评家，一部分来自我自己的思索。"刘若愚：《中国诗学》，杜国清译，幼狮文化事业公司1981年版，第141页。

❷ James J. Y. Liu：*The Art of Chinese Poetry*，1962，p. 98.［美］刘若愚：《中国诗学》，杜国清译，幼狮文化事业公司1981年版，第147页。

"world"译为"境界"，韩铁椿、蒋小雯译《中国诗学》将"world"译为"境界"，赵帆声等译《中国诗学》时也将其译作"境界"；但王贵苓译《北宋六大词家》就将该诗论中的"world"译为"世界"，莫砺锋也在中译时将刘若愚诗论中"world"译为"世界"。❶李金星注意到这一点，但他并没进一步分析"世界"与"境界"的不同翻译对于理解刘若愚诗论时可能产生的困惑，而是简单地认为"世界"与"境界"在刘若愚诗论中是可以通用的概念："杜国清翻译《中国诗学》成中文时，将书中的'world'译为'境界'，而不译为'世界'，显然和王贵苓译《北宋六大词家》的用法不同。可知世界有时又叫做境界，是可以通用的概念。"❷而事实上，"世界"与"境界"在中文中有着完全不同的外延与内涵，简单地认为二者可以通用，显然是无助于深入理解刘若愚诗论的。更何况，刘若愚诗论中的"境界"（world）一词的内涵也在不断地发展变化之中，直到其诗论的成熟期，他才找到"创境"（created world）一词将自己诗论中的这一核心概念界定清楚。因此，厘清萌芽期中的"境界"（world）到底所指为何，弄清楚它与中国古代文论固有的"境界"一词到底有何关系，对于理解刘若愚诗论的根源、本质无疑十分重要。

杜国清和韩铁椿等学者之所以将"world"译为境界，直接依据是刘若愚在《中国诗学》中将王国维"境界"一词译

---

❶　刘若愚："中国诗歌中的时间、空间和自我"，见莫砺锋译：《古代文学理论研究（四）》，上海古籍出版社1981年版，第156～177页。

❷　李金星："词学研究方法和文学理论的思考——以胡适刘若愚为例"，载东吴中文线上学术论文2009年第7期，第14页。

为"world"。这表明，"world"在英语中虽然指"世界"，但把刘若愚诗论中的"world"译为"境界"是有一定道理的。那么，刘若愚诗论中的这个"境界"能否完全等于王国维理论中的"境界"呢？如果相等，则刘若愚个人诗论并无任何创新之处，因为王国维的"境界"说已经集前代之大成，而且同样涉及对诗歌语言的探求。为此，必须先弄清楚王国维"境界"说中"境界"与刘若愚诗论中"境界"一词在内涵上有无差别。可参考童庆炳教授的意见理解王国维的"境界"：

王国维"境界"说是王国维文艺思想的中心范畴，也是他的艺术理想论。就王国维文艺思想的体系内容来看，他的"独立"说、"慰藉"说、"天才"说、"古雅"说都与"境界"说有着密切的关系。王国维的"境界"说既是对中国古文论相关理论的总结，又融入他所推崇的西方的生命哲学。如何来理解他的"境界"说，已有好几种意见：意见一，认为意境或境界是一种"艺术形象"；意见二，认为意境或境界是情与景的交融；意见三，认为意境或境界是"读者欣赏时的心理状态"；意见四，认为意境或境界是"具体而真切的意象的感受"。这些意见都有各自的合理之处，但我以为都未抓住境界说的本质和精髓。

"境"原为"竟"，《说文》："乐曲尽为竟。"段注："曲之所止也。引申之凡事之所止，土地之所止皆曰竟。"这就是说，境，原义是指乐曲终止之处，后引申为时间、空间终止之处，如今天我们仍然说"入境"、"国境"、"边境"。后来人们又进一步把这种物理上的"境"，引申为心理上的

"境"，如心境、情境、意境。心境就是心之境，情境就是情之境，意境就是意之境，意境不是"意"与"境"的相加，是指人的生命活动所展示的具体的有意趣的具有真理的诗意空间，我认为王国维正是从这个意义上来界说"境界"说的。❶

　　在随后的分析中，童教授还进一步分析了王国维"境界"说多重审美内涵：第一，境界所达的范围是"言外之味，弦外之响"的无限广阔、具有极强张力的诗意空间。第二，这一辽阔的诗意空间被人的生命活动所产生的"喜怒哀乐"的"真感情"所填满。第三，所有的情绪、意趣，都是以人的生命的鲜血书写出来的，是人的生命力的颤动，人的生命力开辟了一个无限宽阔的诗意空间——境界。他因此结论说："如果我们把王国维的境界说理解为人的生命力活跃所产生的诗意的空间，那么王国维的一些看似不可解的论述，也就迎刃而解了。"❷

　　因此，王国维的"境界"是一种人的生命力活跃而产生的无限广阔辽远的诗意空间，是极难获得的艺术至境，是诗人们都在追求实现的文学理想。王国维本人正是这样使用"境界"一词的："词以境界为最上。有境界则自成高格，自有名句。五代北宋之词所以独绝者在此。"❸"故能写真景物、

---

　　❶　童庆炳：《中国古代文论的现代意义》，北京师范大学出版社 2001 年版，第 294 页。

　　❷　同上书，第 294～295 页。

　　❸　况周颐、王国维：《蕙风词话　人间词话》，王幼安校订，徐调孚、周振甫注，人民文学出版社 1960 年版，第 191 页。

真感情者，谓之有境界。否则谓之无境界"❶，这表明"境界"是一种艺术理想，不但需要生命力灌注的真感情，还需要高超语言及各种艺术技巧，并不是人人可得的。

　　而刘若愚诗论中的"境界"呢，其实刘若愚诗论的最初形态与王国维的"境界"说密切相关："这个理论一部分来自我那时称为'妙悟派（intutionalists）'的一些批评家——严羽、王夫之、王士禛以及王国维——一部分来自象征主义以及象征主义后的西洋诗人批评家，像马拉美和艾略特。"❷那么，刘若愚是如何评价"妙悟派"诗论，如何看待王国维的"境界"呢？刘若愚把严羽、王夫之、王士禛、王国维等批评家统称为"妙悟主义者"（intutionalists），直译"直觉主义者"❸，因为在他看来，这几位中国批评家都特别强调直觉、顿悟及灵感，他们把诗看做诗人对世界和他自己心灵默察的体现。（Poetry is an embodiment of the poet's contemplation of the world and of his own mind.）在严羽、王夫之、王士禛、王国维眼里，诗不是道德教化的工具，也不是一种附庸风雅的文字游戏，不是诗人个体的自我表现，而是诗人对世界观照的呈现，是通过诗人的意识所反映的世界。这几位批评家在作诗的方法上都强调灵感和直觉的领悟，主张用暗示而不是直接的陈述来写诗，还主张伟大的诗应该是"言有尽而意

---

❶　况周颐、王国维：《蕙风词话　人间词话》，王幼安校订，徐调孚、周振甫注，人民文学出版社1960年版，第193页。

❷　［美］刘若愚："中西文学理论综合初探"见刘若愚：《中国文学理论》，杜国清译，江苏教育出版社2006年版，第211页。

❸　因为通行既久，故笔者依然采用"妙悟派""妙悟主义"的中译。但事实上，笔者以为"直觉主义者"也有合理一面。

无穷”的诗。

例如，严羽就认为诗人应该像禅宗的信徒一样，追求一种心灵上静思默察的境界，惟有抵达这一境界，才有望在诗中获得生命和自然界的“神”。“诗之极致有一，曰入神。诗而入神，至矣，尽矣，蔑以加矣！”（The ultimate excellence of poetry lies in one thing: entering the spirit. If poetry can succeed in doing this, it will have reached the limit and cannot be surpassed.）❶ 刘若愚把严羽的入神理解为“在想象中进入事物的生命，并在诗中呈现事物的本质和精神。换句话说，诗人不应该坚持他自己的个性，而应该采取‘消极能力’（济慈的‘Negative Capability’），以使自己和默察的对象合为一体”。❷ 因此，严羽才承认诗与感情相关，但反对过分显露感情：“其末流甚者，叫噪怒张，殊乖忠厚之风，殆以骂詈为诗。诗而至此，可谓一厄也。”❸ 对严羽而言，理想的诗是世界的一个反映，一个意象，呈现出的是摆脱了个人情感和人为雕琢痕迹的自然，它像“空中之音，水中之月，镜中之象”（echoes in the air, reflection of the moon in water, or an image in the mirror），与道德、学识无关：“夫诗有别材，非关书也；诗有别趣，非关理也。”（Poetry involves a different kind of talent, which is not concerned with books; it involves a

---

❶ 严羽：《沧浪诗话校释》，郭绍虞校释，人民文学出版社 1983 年版，第 8 页。

❷ James J. Y. Liu: *The Art of Chinese Poetry*, Chicago: University of Chicago Press, 1962, p. 82.

❸ 严羽：《沧浪诗话校释》，郭绍虞校释，人民文学出版社 1983 年版，第 26 页。

different kind of meaning, which is not concerned with principles.)❶ 严羽因此指责"近代诸公……以文字为诗,以才学为诗,以议论为诗。夫岂不公,终非古人之诗也。盖于一唱三叹之音,有所歉焉。且其作多务使事,不问兴致;用字必有来历,押韵必有出处,读之反复终篇,不知着到何在"。❷

"显然,上述的引证表明,严羽既没有把诗视为道德教化,也没有视为写作练习,甚至也没有视诗为自我表现;而是诗人对世界观照的呈现,或者换句话说,是通过诗人意识所反映的世界。"❸ 严羽之后的王夫之,王士禛、王国维都深受严羽的影响,认为诗不仅涉及内在"情"的表达,还涉及外部"景"的反映,最佳的诗正是情景融合的诗。王夫之提出好诗不但应是情景交融的诗,还应抓住事物的"神"——"情景名为二而实不可离。神于诗者妙合无垠,巧者则有情中景,景中情",《夕堂永日绪论》"含情而能达,会景而生心,体物而得神,则自有灵通之句,参化工之妙"。《诗绎》王士禛的"神韵"在刘若愚看来,其实只是在"神"之上增添了"韵",其中"神"指事物的本质,"韵"指诗中个人的风格、语言习惯和风味。"王士禛真正关心的主要不是表达感情,他的理想是在诗中呈现经过个人独特的感受而吸取

---

❶ James J. Y. Liu: *The Art of Chinese Poetry*, Chicago: University of Chicago Press, 1962, p. 82.

❷ 严羽:《沧浪诗话校释》,郭绍虞校释,人民文学出版社1983年版,第26页。

❸ James J. Y. Liu: *The Art of Chinese Poetry*, Chicago: University of Chicago Press, 1962, p. 82.

的生命的'神'（spirit），这样，这种诗就能获得个人的'韵'（tone）"❶。王国维的"境界说"虽然有了新名称，但显然来自王夫之的"情景"，因为："境非独谓景物也，喜怒哀乐亦人心中之一境界。故能写真景物真感情者，谓之有境界，否则谓之无境界。"（The "world" does not refer to scenes and objects only；joy，anger，sadness，and happiness also form a world in the human heart. Therefore poetry that can describe true scenes and true emotions may be said to "have a world"；otherwise it may be said "not to have a world" . ）"有造境，有写境。此理想与写实二派之所由分。然二者颇难分别，因大诗人所造之境必合乎自然，所写之境亦必邻于理想故也。"（There are some（poets）who creat worlds，and others who describe worlds. This is the origin of the distinction between Idealism and Realism. Yet the two are hard to separate，for the worlds created by a great poet are always in accord with Nature，and those described by him always approach the ideal. ）

最终，刘若愚将"妙悟派"诗论归结如下："简言之，妙悟主义的批评家对诗持有一个共同的基本概念，不论他们称之为'神韵''情景'还是'境界'。他们一致认为诗的本质是通过诗人的心灵反映的外部世界的体现，同时也是内部感情世界的揭示。他们都强调直觉和灵感的重要性，同时指责炫耀学识、模仿和只注重技巧。"❷ 如果说刘若愚没有把

---

❶　James J. Y. Liu：*The Art of Chinese Poetry*，Chicago：University of Chicago Press，1962，p. 83.

❷　Ibid. ，pp. 86～87.

"境界"说置于王国维诗学体系的核心，而仅仅将其纳入妙悟派的传承体系而认为王国维的"境界"只等同于"情景交融"有欠完备的话，那么他对整个妙悟派诗论的掌握以及他由此出发建构的个人诗论倒是努力接近了童庆炳教授所揭示的王国维"境界"说的美学内涵和价值意义。妙悟主义诗论是刘若愚最为偏爱的一种中国古代诗论，这一偏爱贯穿刘若愚中国诗学研究的全部过程。刘若愚诗论也正是从重新定义妙悟派的核心词汇"境界"开始的：

　　首先，我们得重新考虑诗的"境界"的定义。我们记得，王国维"境界"（world）的定义是由"情"（emotion）和"景"（scene）构成的。……但是，如果我们把这种情和景的融合视作是诗的"境界"（world）的定义，那么这一定义将很难适用于叙事性的诗或者纯智性思辨的诗。因此，如果我们把"境界"（world）重新界定为人生外部与内部的综合（if we re-defined "world" as a synthesis of the external and the internal aspects of life），"外部"不仅包括自然的物体和景象（natural objects and scenes），还包括事件和行为（events and action）；"内部"不仅包括感情（emotion），还包括思想（thought）、记忆（memory）、感觉（sensation）和幻想（fantasy）。……换句话说，诗的"境界"（world）既是诗人对外部环境（external environment）的反映，也是其整个意识（his total consciousness）的表现。每一首诗都呈现出它独有的境界（world），不论这境界（world）是伟大还是渺小，陌生还是熟识，只要这首诗是真实的（genuine），它就会把我们带到一种特殊境界（world）中，使我们看到某些东西，感

到某种情感，思索人生的某些方面；使我们在想象中经历到在真实生活中经历或未曾经历的某种存在状态。❶

　　显然，刘若愚诗论的"境界"虽起源于以王国维"境界"说为代表的中国古代批评家的理论，但他把"境界"重新定义为"人生外部"与"内部"的综合之后，"境界"的外延和内涵也相应发生了很大改变，其适用范围似乎更广，可以囊括除抒情性之外的其他诗歌类型。同时，刘若愚认为每首诗无论伟大与否都自有其"境界"，认为王国维所谓"创境"与"写境"的区别不是理想与写实的区别，而是大诗人与次等诗人的区别。这就证明刘若愚的"境界"与王国维的"境界"差别甚大。换句话说，这一时期刘若愚诗论中的"境界"（world）译为"世界"反倒更合适些——"诗是对外部世界和内部世界的探索，每首诗都呈现出自己的世界"。

　　然而，刘若愚诗论也是不断发展变化的，萌芽期的他对自己理论的某些核心问题也尚未形成清晰的认识，或许他的本意是要在扩大"境界"内涵的基础上提出了自己的"诗是语言与境界探索的诗论"，那么此"境界"也已远非彼"境界"。此外，"语言"作为刘若愚诗论的另一核心，体现了刘若愚在西方诗学影响之下对诗"语言"的重视。在他看来，诗不仅是对外部世界和内部世界的探索，更是对语言的探索："诗是双重的探索，诗人则有双重的任务"❷，为经历的

　　❶　James J. Y. Liu: *The Art of Chinese Poetry*, Chicago: University of Chicago Press, 1962, pp. 94~96.

　　❷　Ibid., p. 97.

新境界寻找充分的词语，为熟悉的旧境界寻找新的词语。他因此注意到，中国古代批评家已经注意到文学对语言的探索某种意义上是历代文体演变的另一重要原因。17世纪伟大的学者顾炎武就已经认识到这一点："诗文之所以代变，有不得不变者。一代之文，沿袭已久，不容人人皆道此语。今且千数百年矣，犹取古人之陈言，一一而摹仿之，以是为诗，可乎？"顾炎武的意见随后得到王国维的共鸣："盖文体通行既久，染指遂多，自成习套。豪杰之士，亦难于其中自出新意，故遁而作他体，以自解脱。一切文体所以始盛终衰者，皆由于此。"诗人对语言的探索不但导致了历代文体的演变，同时也使得各民族的语言更加精妙："中国诗人和他们的欧洲兄弟一样，几个世纪以来一直在试图给'民族的语言以更纯粹的意义'。"❶

　　对诗歌语言诸因素的重视不但是历代优秀的中国古代批评家的认识，在现代中国文艺理论家那里得到了更为严密的分析和论证，从艺术情感的产生到艺术作品的形成，语言扮演了极为重要的角色！童庆炳教授在分析"中国古代文学抒情论"❷时就对这一问题作出过更有体系和深入的阐释，他指出艺术情感的生成及文学抒情的实现必须经历"致思蓄奋"—"情景交融"—"联词结采"的完整过程。首先，自然情感不等于艺术情感，必须要有蓄积、回旋和沉淀的过程才能转化为艺术情感。其次，艺术情感还必须得到呈现，而

---

❶　法国诗人马拉美悼念美国作家爱伦·坡的诗句。
❷　童庆炳：《中华古代文论的现代阐释》，中国人民大学出版社2010年版，第199～236页。

情感的形象化、对象化催生了中国古代抒情论中的"情景交融"说。"情景"论再进一步便是"意与境浑","意境"正是在此意义上成为王国维铸就的中国抒情理论中最负盛名的美学范畴。最后,"联词结采"是关乎艺术情感的生成和文学抒情实现的大事,"作家是用笔思维的,用词语哭泣和欢笑。艺术情感是在创作过程或只有在创作过程中才能完成的"。❶ 正由于上述原因,童庆炳教授表示中国古代抒情论在声韵用词方面留下了丰富的具有鲜明民族特色的遗产,值得后代深入挖掘。

童庆炳教授不但系统勾勒了中国古代抒情论的体系,还和刘若愚一样,在与西方相似理论的比较、阐发中揭示出这些人类共有的文学经验的相似性。例如他提到:中国抒情学中的"蓄奋""郁陶""凝心""沉思"与华兹华斯的"沉思"、托尔斯泰的"再度体验"说、苏珊·朗格的"非征兆性情感"一起揭示了文学抒情的普遍规律。中国抒情论中的情景形象论与艾略特的"客观对应物"是相似的艺术表现基本原则。中国古代对文辞表现作用的重视,所谓"诗者,根情,苗言,华声,实义"与现代西方哲学家克罗齐、美学家苏珊·朗格等人重视语言的表现,认为只有表现在形式之中的情感才是真正的艺术情感之间无疑极为相似。❷ 海外的刘若愚与国内的文学理论家在新时代阐释中国古代文论时,无不同时深受中西两种文论的影响,这或许会成为未来中国古

---

　　❶ 童庆炳:《中华古代文论的现代阐释》,中国人民大学出版社 2010 年版,第 223 页。

　　❷ 同上书,第 205～208 页。

代文论研究中更为明确的方向。

刘若愚的诗论从"境界"的探索到艺术作品的最终形成，就不仅受到中国古代文学理论家的影响，也受到西方象征主义以及象征主义后的西洋诗人批评家马拉美、艾略特等人的影响。比如，他提到诗人的写作无论探索何种境界，都要"与文字和意义作艰辛的搏斗"（intolerable wrestle with words and meanings）❶，他强调中国诗歌语言的象征性、音乐性，固然与中国诗歌的本质有关，但明显也有西方象征主义及后象征主义主义诗人追求象征性、音乐美的影子。在方法论层面上，刘若愚也明显深受当时在英美批评界如日中天的新批评学派的影响。他在诗歌鉴赏环节，重视作品本体，主张通过对语言的细读而获取诗的真义，这就是《中国诗学》有专章分析中国诗歌的语言、格律、意象、象征、典故等艺术技巧，在对《李商隐诗》等中国古代诗词的阐释过程中，他特别拒绝牵强附会的寓言式阐释的根本原因，而主张根据文本重建作品的戏剧结构，进而获取作品的意义。

艺术创造过程中语言文字与思想的关系是古今中外文学理论都一直在思考的问题，诗人的创造与读者的反映与作品存在形式之间显然有着某种特定的关联。诗不仅描绘境界，也探索境界，诗不是过去经验的死板记录，而是把过去经验与写诗和读诗时的当下体验融合起来的一种活的过程。诗只能是存在于诗人的创造过程和读者的再创造过程中的活体，

---

❶ James J. Y. Liu: *The Art of Chinese Poetry*. Chicago and London: The University of Chicago Press, 1962, p. 97. "intolerable wrestle with words and meanings" 是艾略特《四个四重奏》的诗句。

"毕竟，离开诗人的创造过程和读者的再创造过程，诗还有什么别的存在呢？"❶ 后期刘若愚对这一理论还有进一步发挥，此处必须强调刘若愚对诗的存在方式的认识已经异于中国古代批评家，表现出中西文论对话的迹象。诗不再是一个物理意义上的存在，而变成为一个活生生的精神性的存在；诗人不是把"经验"当成一种"内容"倾注到"形式"中去，而是受到某种经验的激发而写诗，当诗人在搜寻适当的词句、声调、格律、意象并表达出时，原先的经验才转化成"诗"。这和童庆炳教授的"作家是用笔思维的，用词语哭泣和欢笑的。艺术情感是在创作过程或只有在创作过程中才能完成的"确有异曲同工之妙。最后，他说，诗的存在还与读者有关，读者通过阅读而重现诗中境界的过程也是一个再创造的过程，这和杜夫海纳提出的审美对象是一个"准主体"，接受美学以及读者反应批评都已经极为接近了。这一时期的刘若愚诗论可以图 2 - 1 简洁表示如下：

从图 2 - 1 可以看出，萌芽期的刘若愚诗论在建构熔铸中西的世界性诗论方面已经摇摇晃晃地迈出一小步，形式上已经完备。诗是语言与世界的探索，评价诗的标准就是：第一，这首诗是否探索了它独有的境界？如果是的话，它探索了哪一种境界？第二，这首诗在语言的运用方面是否开创了新的局面？该诗论的主体依附于对中国古代文艺理论家尤其是"情景论"的继承和修正，同时也受到西方批评家、诗人如瑞恰兹、艾略特等人的影响。但其内涵上并没有完全成

---

❶　James J. Y. Liu：*The Art of Chinese Poetry*. Chicago and London：The University of Chicago Press，1962，p. 96.

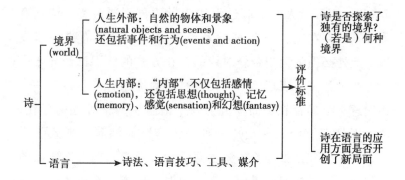

图 2 - 1 萌芽期的刘若愚诗论

熟，核心词语的模糊就是这种不成熟的一个表现形式。"境界"（world）一词就给中英文读者带来了双重困扰，对英语读者而言，"world"能否传递中国古代文论术语"境界"的内涵呢？高友工就曾表示反对："人往往喜以'世界'（world）一词译'境界'两字，但我却爱取柯勒（Jonathan Culler）所用的内境（inscape）一词，因为此时的'境界'并不是泛泛之境，而是情景交融的阶段，而其可以进一步反映一种价值。用柯勒的话来说是'在意义澈悟的瞬间，形式呈现为整体，表现为深层'。"❶ 显然，作为"境界"英译，"世界"（world）在暗含义和联想意两个方面都相距甚远。

另外，这一时期的刘若愚虽然深受新批评影响，强调作品本身的独立地位和对作品语言的分析，但在真正评价诗歌时，依然未能完全摆脱以主题和思想情感的高卑定位诗歌艺术价值的倾向："伟大的诗在语言探索方面也必然作出了一

---

❶ 高友工："文学研究的美学问题"，见李正治：《政府迁台以来文学研究理论及方法之探索》，学生书局 1988 年版，第 157 页。

些新的成就，仅仅思想高尚，感情深刻是不够的。"另外，他过分强调诗歌的"真"（genuine），对于作者生活的世界与作品的境界的关系、读者通过阅读所再创造的"境界"与诗本身的"境界"之间的关系，他都没能作出清晰的阐述。这一切表明在熔铸中西文论，寻找跨越历史与文化的共同诗论方面，刘若愚才刚刚起步，他还没有能够很好地协调好自己理论体系中中西两种原本异质的诗学体系及其术语。但如果把刘若愚诗论置于它所产生的 20 世纪 60 年代初期的美国，或者参证以同一时期中文学界的相关研究的话，他在综合中西文论方面跨出的这一小步还是十分令人崇敬的。

二、刘若愚诗论的发展期

1963～1974 年，是刘若愚诗论的发展期。❶ 这一时期，该诗论在柯林伍德、瑞恰兹、韦勒克、奈特（G. Wilson Knight）、韦姆萨特（W. K. Wimsatt）等西方批评家的影响下得到更为清楚地界定，同时也在《李商隐诗》《北宋主要词人》中作为批评标准得到丰富的实践：

基本上，我认为诗是境界和语言的双重探索，"境界"指外部现实和内在经验的融合，"境界的探索"指诗人探究自然世界和他所生活的人类世界，连同他自己的思想。至于"语言的探索"，指诗人不懈努力地以复杂的词语结构呈现他

---

❶ 发展期的诗论主要体现于 1966 年的论文《中国诗论试探》、1969 年的《李商隐诗》，1974 年的《北宋主要词人》之中。因为 1966 年的《中国诗论试探》与 1969 年《李商隐诗》第三章"批评性研究"第一节"中国诗论试探"大体相同，故本节分析以《李商隐诗》和《北宋主要词人》中的刘若愚诗论为主。

探索的境界，并认识到他所采用的作为一种诗的表述媒介的语言的潜能。❶

　　从表面看的话，发展期诗论的定义与前期差别不大，但真正的发展主要体现在前期模糊不清的核心词汇得到了更为清晰的说明，而他本人关于诗歌本质、评价标准的看法也在这种说明中得到了更为清晰的体现。首先是对"境界"的界定："境界"指诗所传达的东西，是所有传达对象的富有想象力的综合，是从诗的词语结构中浮现出的一种特殊存在形式（the particular state of being that emerges from the verbal structure of the poem）。"境界"不同于内容，它不是某种先入为主的、给定的、可以从实际的诗中抽离出来的东西。"境界"也不同于主题（theme），主题讨论诗关于什么，而不是诗是什么。主题可能影响到读者对诗的理解和反应，但不能成为评价诗好坏与否的标准，而诗是否体现了独有明了的"境界"是评价诗优秀与否的标准，"诗的主题是某种抽象的和一般的，而境界是主题的具体体现和特殊化"。❷ 我们不能因为一首诗的主题伟大就说这首诗伟大，如果这样的话，就像肯定任何画释迦穆尼和圣母的画像都会比画妓女的画要伟大一样荒谬。这显然比前期更为接近西方新批评的鉴赏标准，而远离中国古代儒家学者以主题定高卑的思维定势了。

　　发展期诗的"语言"成为一种"词语结构"（verbal

---

❶　James J. Y. Liu：*Major Lyricists of the Northern Song*, Princeton：Princeton University Press. 1974，p. 6.

❷　同上。

structure），它不仅仅指艺术手法的总和，更是那种把各种语言要素——声音、意义和意象带到一起形成一个整体的方式（way）。❶ 对"语言"的界定也是从"语言"与"形式"（form）、"材料"（material）的区别中获得的。诗的语言不等于诗的韵文形式（verse form）。"韵文形式"只是一套作诗规则，这套规则为诗人选择词语作出引导或设置限制，而诗的结构（the structure of a poem）不能被规定或预设，只能在诗完成后通过批评家的分析识别出来。而诗的词语结构也不等于诗的"形式"，因为诗不是"制作"（made）的产品（physical artifacts），而是创造的（created）产物，在此意义上，词语（word）或者作者的经历（experience）都不能被当做"材料"使用。❷

　　与此相应，诗的本质和艺术功用也随之改变："当我说

---

❶　James J. Y. Liu：*The Poetry of Li Shang - yin：Ninth-Century Baroque Chinese Poet*，Chicago：University of Chicago Press. 1969，p. 200.

❷　"像柯林乌德（R. G. Collingwood）指出的：'制作'（making）意味着把一个新形式加到某种事先存在的材料之上。而'创造'（creating）不涉及这一过程。例如：我们能用同样的材料或不同的材料制造无数同样的桌子，但不能用同样的结构和同样的词语写作两首同样的诗。……因此可见我们不能以用木或金属制作桌子一样的方式把'词语'（word）当'材料'（material）一样使用。这同样表明我们也不能把'经历'（experiences）当诗的材料使用。其次，创造物的目的只是为了成为其自身，而制造物有物之为物的目的。就像我们砍下一棵树用作木材，但不能说树的存在就是为了被砍下作为木材，而树一旦被砍倒，它作为树的物性就被毁坏了。"既然诗是被创造而非制作，就不能说诗除了成为它自身之外有别的目的。当然，诗能被用于服务一定目的，例如道德训诫，政治宣传、社会批评，或个人讽刺，但这些无一组成了诗的本质（nature）或存在理由（raison d'etre）。正如我们可以用猫抓老鼠，但这不是猫的猫性或存在理由。考虑到上述理由，根本不提诗的形式（form）或材料（material）似乎更好。"参见 James J. Y. Liu：*The Poetry of Li Shang - yin：Ninth-Century Baroque Chinese Poet*，Chicago：University of Chicago Press，1969，pp. 200~201.

诗是一种探索，是为了表明诗的本质是动态的和创造性的。……‘探索’强调诗既不是具体的物，也不是一种传递信息的符号，而是一个词语象征（verbal symbol），这一词语象征对诗人而言是呈现了精神的创造过程，对读者而言是唤起了再创造的相似过程。诗人在寻求呈现诗的境界时，探索语言的潜能；读者追随诗的词语结构的发展，重复这一过程，再创造了这一境界。"❶ 于是，诗成为词语象征，诗是创造性产物，其存在目的只是为了成为其自身。尽管诗确有其他功用，比如道德教化等，但却不能说这些其他的目的与功用是诗的本质（nature）或存在理由（raison d'etre），就像我们用猫抓老鼠，但不能说猫的存在就是为了抓老鼠；用树做木材，但不能树的存在就是为了做木材；猫有猫的"猫性"，"树"有树的"诗性"，诗有诗的"诗性"；"因为诗的目的只为了成为其自身，因此评价诗的唯一标准就是它如何成功地成为了诗（how far it succeeds in being a poem）"。这一问题又可以分为两个问题：诗在多大程度上融会贯通地探索并呈现了它自己的境界？诗在多大程度上实现了它所采用的语言的潜能？❷

诗的主体性地位在发展期的刘若愚诗论里得到前所未有的高扬，因此，如果说萌芽期刘若愚诗论正如其标题"朝向一种中国诗论"所暗含的那样，主要是根基于中国古代文论体的一种建构尝试的话（虽然也有西方文论的影响），那么

---

❶ James J. Y. Liu：*The Poetry of Li Shang - yin*：*Ninth-Century Baroque Chinese Poet*，Chicago：University of Chicago Press，1969，pp. 201～202.

❷ James J. Y. Liu：*The Poetry of Li Shang - yin*，Chicago：University of Chicago Press. 1969，p. 204.

发展期的刘若愚诗论中，中国古代文艺理论在刘若愚诗论体系中的核心地位就逐渐为西方文艺理论家所取代。新批评家如韦勒克（Wellek）和沃伦（Warren）等人视诗为一个不可分割的有机整体（an integral whole）观念❶，"内容"与"形式"不可分割的理念以及他们对诗的"材料""结构"所作的区分都深深地影响到刘若愚的诗论。❷ 而柯林伍德（R. G. Collingwood）所指出的西方诗学在"内容"与"形式"、"艺术"与"技艺"之间的错误类比，并进而提出"对艺术而言，在被表达者和表达者之间总有差别存在"等观念，❸ 无疑也为刘若愚"诗是语言与境界的探索"提供了新的理论依据。从某种意义上说，他的"境界和语言"与韦勒克（Wellek）和沃伦（Warren）的"材料和结构"；柯林伍德的"被表达者与表达者"实有异曲同工之妙，三者都是为了避免传统文学批评把"内容"与"形式"对立起来，割裂文学作品的错误。"在我看来，'境界'一词的包容性和相对不易被错误类比，可能比某些术语像'内容'或'材料'所起的误导要少。……谈论诗的'境界'和'语言'不表示我认为它们是分离的实体，正如谈到一个人的躯体和思想不

---

❶ Wellek and Warren：*Theory of Literature*，Lexmgton：University of Kentucky Press，1967，pp. 140～141；Wellek：*Concepts of Criticism*，New Haven and London：Yale University Press，1963，pp. 54～58，294；W. K. Wimsatt, Jr.：*The Verbal Icon*，Lexmgton：University of Kentucky Press，1967，p. 52.

❷ Wellek and Warren：*Theory of Literature*，New York：Harcourt，Brace，and World，1962，pp. 140～141.

❸ Collingwood，R. G.：*Principles of Art*，Oxford：Clarendon Press，1938，pp. 22～24.

代表我们认为二者可以分离。"❶

诗是有机整体，语言与境界不可分割，诗人对这两个方面的探索同样不可分割。"诗人在运用词语结构呈现境界的成功方面取决于他是否成功地找到正确的词语，他对语言进化的贡献常与他对境界的探索成正比。回答这些问题需要仔细分析诗的语言特征，而分析将有助于增强我们对语言的感受力，虽然语言技巧和特色的分析不完全等于阐释和评价。"❷ 而萌芽期的刘若愚曾认为在诗的发展史上，有的诗人在探索语言上可能更为成功，有的诗人在探索境界方面可能更为成功，暗含的两者可以分离。❸ 因此，发展期的刘若愚诗论显然更多地强调了诗的有机整体观。

不过，刘若愚并没有亦步亦趋地跟在西方文学理论家的后面，尽管有了上述的理论，他依然强调在实际批评中不可能完全隔离审美价值与附加审美价值："事实上在文学批评中，我们一直使用暗含附加审美价值的话语。我们所要做的就是提防把附加审美价值和审美价值混为一谈。当我们把诗人的诗作为一个整体加以评价时，更有必要考虑他的诗中呈现的各种境界和有关的思想深度、情感密度、感情的灵敏

---

❶ James J. Y. Liu：*The Poetry of Li Shang - yin*，Chicago：University of Chicago Press. 1969，p. 206.

❷ Ibid. ，p. 205.

❸ 在《中国诗学》中，"一个语种的最杰出的诗人，譬如莎士比亚和杜甫，他们不仅比其他任何诗人都更为广阔地探索了人类经验的世界，而且还更进一步地扩展了语言的领域。较次等的诗人可能在人类经验的探索上超过了对语言的探索，例如华兹华斯和白居易；或是反过来，对语言的探索超过了对人类经验的探索，例如李商隐和马拉美"。*The Art of Chinese Poetry*，1962，p. 120.

度，视野的宽度，以及这些境界中揭示的想象的丰富"。❶ 这和形式主义者对语言与形式的单纯强调是不可同日而语的。刘若愚明白这一点，所以多次强调自己并没有割裂文本与世界的关系，认为自己把"境界"规定为人生内外两方面的融合，就暗含他肯定客观现实的存在于世人的思想之间有着必然的联系。❷ 简而言之，发展期诗论在柯林伍德、韦勒克等人的影响下，核心词汇得到更为清晰的界定，与前期模糊不清的术语拉开了距离。同时，对诗歌主体性地位的强调和审美极性的追求也表现了刘若愚在当代西方文学理论家的影响下逐步摆脱中国古代文论家的鉴赏批评标准的影响，为自己的批评实践找到了新的理论依据。

　　刘若愚诗论在他个人的具体批评实践中得到了大量应用，《李商隐诗》《北宋主要词人》多围绕作品的"境界"与"语言"两个维度展开分析论述。他对所有诗词都力图以作品本身或者作家的系列作品为依据解释评价作品，而不是从作家的人生经历入手寻找旁证阐释评价作品。前文已经以《李商隐诗》为例详细分析过刘若愚对李商隐诗的阐释方式，下面以《北宋主要词人》为例分析刘若愚诗论在批评实践中的具体运用。

　　刘若愚分析柳永、苏轼的词最能作为他采用个人诗论评价中国古代诗词的例证。在分析柳永词时，他选译了柳永的《雨霖铃·寒蝉凄切》《八声甘州·对潇潇暮雨洒江天》《夜

---

　　❶ James J. Y. Liu：*The Poetry of Li Shang - yin*，Chicago：University of Chicago Press，1969，p. 204.

　　❷ Ibid. ，p. 202.

半乐·冻云黯淡天气》《迎新春·嶰管变青律》《菊花新·
欲掩香帏论缱绻》。在"境界"方面，刘若愚肯定柳词的境
界是为大家所熟悉的，因此也易于把握，它们大致围绕三个
方面——无家的流浪、男欢女爱以及都市生活。柳永主要是
以一种对人生和情感的写实的态度使自己成为自己所处的时
代最好的词人。柳永的成功主要是他在"语言"方面的探
索，柳永为词的发展注入了许多新的因素，他大量使用口语
入词，成功地将口语中的许多语气词等变为"词"的常用
词；而且，柳永在句法、节奏、韵律方面都作出了大量创
新，他创用新调填词，采用长调慢词，不仅加长了篇幅，增
强了词的表现力，而且也使得词的节奏更加灵活。"总之，
柳永在境界方面和文字方面都开拓了词的境界，只是他缺少
深刻而复杂的思想，不能与苏轼、辛弃疾那样的词家抗
衡"。❶

苏轼常被看做是豪放派词的奠基人，刘若愚认为这个评
价就苏词"境界"的多样性和描写范围来讲都不够恰切，实
际上苏词以不同的风格探索了许多不同的境界。苏轼的词有
的崇高超迈，如《水调歌头·明月几时有》；有的清冷怪诞，
如《永遇乐·明月如霜》；有的壮怀激烈，如《念奴娇·赤
壁怀古》；有的精美如梦，如《水龙吟·似花还似非花》；有
的灵动有趣，如《蝶恋花·花褪残红青杏小》。在苏轼的词
中，不但自然的永恒与人生的短暂相对，而且还首次引入了
历史的维度，将个人生命置于整个历史背景中加以衡量。同

---

❶ James J. Y. Liu: *Major Lyricists of the Northern Song*, Princeton: Princeton University Press, 1974, pp. 85~99.

时历史又被置于整个宇宙中加以衡量。上述诸种因素使得苏轼的词呈现出词前所未有的丰富复杂的境界。在文字风格方面，苏轼用词主要由三种风格特征——口语的、典雅的、博学的：苏词的口语风格明显受到柳永的影响；典雅风格的苏词则包含了许多比较、转移或者替代的意象。苏轼词大量使用同一意象如"世事一场大梦""人间如梦""古今如梦""十五年间真梦里""人生如寄""人生如逆旅"，就深刻地表达出诗人对时间流逝的关注，对人生本质虚幻的认识；博学风格（the erudite）的苏词大量使用散文化的"矣""之""哉"等字入词，给词带来了从容不迫的散文效果以及舒缓的节奏感，使得苏词在语言探索方面，表现出新的进步。此外，苏词中的典故不仅数量多，而且出处各异，多彩多姿。在苏轼前，词人用典来源相当狭窄，而苏轼是第一个以道、佛典故入词的人，典故除了显示出苏轼的学富五车的博学之外，更产生出某种特殊的效果，提供了更为广阔的视野而使一首词可以超越其当下语境呈现出更为普遍深刻的意义。例如《念奴娇·赤壁怀古》中，周瑜就不只是一个英雄人物，而是所有具有英雄的象征，赤壁之战也不仅是一次战役，而是所有战争的象征。苏轼还时常无视韵律规则，并首创了超过 20 首的新词牌，这表明他不是不懂音乐，而是认为对词而言，语言才是最重要的，音乐只是第二位的，这就把词从音乐的束缚中独立出来，这才是苏轼成为"文人词之祖"（the originator of the "literati lyric"）的重要原因。❶

---

❶　James J. Y. Liu：*Major Lyricists of the Northern Song*，Princeon：Princeton University Press，1974，pp. 121～160.

综上所述，发展期的刘若愚诗论不但内涵与前期产生了较大的变化，更明显地强调诗歌的独立地位和远离道德等主题判断的评价标准，更在大量对中国古代诗词的批评实践中得到了实际应用，这在当时的西方汉学家中也是极为少见的。据笔者所见，当时的西方汉学家如高友工等人都同样借鉴词语分析方法来研究中国古代诗词，但他们没有建构起自己的理论，其借鉴主要停留在方法论层面，对于这些西式方法如何能被用于异质文化的中国诗词，对于中国人自己有关诗的本质和功用的问题也就没有能形成系统性的理论思考。而刘若愚因为中西理论素养的深厚，因此自己所采用的种种方法及其理论依据，始终保持理性的认识甚至是一种警惕：

至于方法和术语，我乐意澄清我没有设法把"新批评"或任一现代西方批评流派强加于中国诗，我也没有严格遵循任一传统中国流派，而只是在使用无论什么术语、概念和方法时，只保证它在阐释、分析和评价李商隐诗时确有成效。❶

或许我们可以这样理解，刘若愚对诗歌本质、功用、评价标准的学理性思考，使他能在强调作品主体性、审美属性的同时依然清醒地认识到实际批评中不可能完全摆脱客观世界的影响，不可能不考虑附加审美价值。他个人对中国古代诗词的现代阐释，就既借鉴了新批评的立场和方法，也与中国古代文论家累积了几千年的诗性智慧密切相联。他对中国

---

❶ James J. Y. Liu：*The Poetry of Li Shang - yin.* Chicago：University of Chicago Press，1969，p. ix.

古代诗词"境界"的鉴赏是如此细致而丰富，对诗的语言、象征、用典、风格、双声、叠韵、意象等诸多技巧的深入分析都使得中国古代诗词散发出迷人的魅力！也许，正如他的斯坦福大学同事王靖宇教授所评，刘若愚在西学中用方面是一个及其成功的范例："我是很赞成西学中用的。问题是如何西学中用，如何在使用西方文学观念和方法时，能避免上面引文中所说的武断、意气用事，以至于对中国传统文学作出不公允的批评？在这方面，我认为刘若愚先生在《中国诗学》乃至于其后的众多著述中所展示的方法和精神正可以做我们的楷模。"❶ 这一时期的刘若愚诗论也可用图 2 - 2 简洁表示如下：

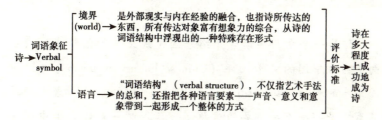

图 2 - 2 发展期的刘若愚诗论

三、刘若愚诗论的成熟期

1977～1982 年是刘若愚诗论的成熟期，1977 年的《中西文学理论综合初探》（Towards a Synthesis of Chinese and

❶ 王靖宇："西学中用——重读刘若愚先生《中国诗学》有感"，载《中国文哲研究通讯》第 18 期，第 3 页。该文为 2007 年 10 月 5 日香港大学中文学院为庆祝中文系成立 80 周年而举办的"东西方研究国际学术研讨会"所发表的三篇主题演讲之一。

Western Theories of Literature❶）是刘若愚诗论开始走向成熟的标志。在此文中，刘若愚诗论因为受到艾布拉姆斯、杜夫海纳、英伽登等西方文学理论家的影响而在诗歌本质、功用、评价标准三个问题上表现出更为成熟的思考。它从形式上突破了前期试图在西方文学理论和方法的影响下综合中国古代诗论的倾向，明确提出要在综合中西文论的基础上建构一个世界性的诗论。刘若愚在 1982 年的《语际批评家》中，否定了"诗歌语言"与"日常语言"的区别，并进一步重申个人诗论，认为略作修改之后，这一诗论也可用于其他文学种类，标志了刘若愚诗论的成熟，它是综合中西批评理论、方法，进而建构世界性诗学的早期范例。

作为一个向西洋读者介绍中国传统文学的阐释者，我一向认为，中国的文学批评（Chinese literary criticism）与对中国文学的批评（the criticism of Chinese literature）二者之间的关系，是一个至关重要的难题，而且我也一直致力于中国和西洋批评概念、方法和标准的综合。❷

而在"中西文学理论综合初探"中，由于中西文论之间的巨大差异，刘若愚不得不明智地暂时将自己的综合限制在

---

❶ James J. Y. Liu：Towards a Synthesis of Chinese and Western Theories of Literature，in *Journal of Chinese Philosophy*，4（1977），pp. 1~24. 中译文作为附录载刘若愚：《中国文学理论》，杜国清译，江苏教育出版社 2006 年版，第 210~234 页。

❷ 刘若愚：《中国文学理论》，杜国清译，江苏教育出版社 2006 年版，第 211 页。

文学理论的本体论层次。他先假设"文学是一种艺术，文学用语言写成"这两个前提是所有文论都不会反对的前提下，继而采用"双焦点研究法"（bifocal approach）从"功用"与"结构"两个焦点出发讨论普遍意义上的文学。从"功用"这一焦点看的话，文学与其他艺术的功用大致相同。从"结构"这个焦点看的话，文学的主要艺术媒介是语言。他因此最终得出诗的定义是："诗是语言结构和艺术功能的复合体。"（Poetry is the overlapping of linguistic structure and artistic function.）

在随后的论证中，他依据艾布拉姆斯的所有艺术都必然涉及世界、作者、作品、读者四要素的理论，用图 2－3 所示的四元素圆环分析自己的理论。❶

图 2－3　刘若愚的文学四要素圆环

文学必然涉及世界、作品、作者、读者，那么四者之间的关系到底如何呢？上图中的"世界"既包括自然世界，也包括每个人所生存的人类社会、文化世界（胡塞尔的 kulturwelt），外界与自我的交互作用构成了所有人的经验世界或生存世界（胡塞尔的 lebenswelt）。在文学艺术的创造过程中，

---

❶　这一图表是对《中国文学理论》中刘若愚图表的进一步修正，比前期更加成熟。厄尔·迈纳也曾用此四要素理论分析亚洲抒情诗学。

作家探索他本身的"生存世界",以及在他的想象中的其他可能的世界,进而用字句结构表现出一个"创造的世界"(created world)。该世界是现实的扩展,但从来不存在于真正的现实世界之中,与作家个人的"生存世界"也是不一样的,作家的生存世界只不过为作品的创造提供了机缘而已。据此,刘若愚不但否定了王国维的"有造境,有写境;此'理想'与'写实'二派之所由分",还否定自己早期认为"理想"与"写实"主要源于大诗人与次要诗人之差别的看法,认为每一真正文艺作品都必然有自己创造的世界,是现实的扩展。作品"创造的世界"与真实世界必然有联系,但作品的艺术价值并不取决于作品所"创造的世界"与真实世界的相似程度。

因此,从作家的角度看文学的艺术功用的话,则作家创造一个想象世界的过程,是一个语言化(verbalization)过程。它包含了作家对作为艺术媒介的语言所进行的种种探索,它是一个独特的字句结构的创造。当该过程完成之时,作家的创造冲动得到满足,作品成为一个具有可能性的存在,等待读者加以实现(等同英伽登的具体化(concretization))。从读者的观点看文学的艺术功用的话,则读者从作品的字句结构再创造出作品中的"世界"的过程是反语言化的过程(deverbalization)。读者通过再创造作者所创造的世界,扩展了他本身的"生存世界"和他对现实的认知,文学作品因此达成对读者艺术功用的一部分。当然,作品只对有能力积极反应的读者才"展开"(open up)自己的世界,而且,读者再创造一篇作品的经验与作家创造它的经验、读者所再创造的世界与作家所创造的世界都不可能是同一的,二者相交的程度取决于读者的语言能力、读者对作家文化世界的认识程度。一般来说，读者的生存世界、文化世界与作家的"世界"越是相交，读者所再创造的境界也必然愈加接近作品中的"创境"。文学对读者的另一部分艺术功用，可能正在于读者可以通过重复作家的创造经验，进而满足自己的创造冲动："假如那是一篇成功的作品，我们将会体会到这些正恰当的字句在正恰当的程序里，而这种体会将给我们一种满足感，相当于作家在完成作品且认为不错时的那种满足感。"❶

　　但在对文学艺术语言结构的分析方面，成熟期的刘若愚并没有进一步深入讨论。这一方面是因为"功用"与"结构"互为因果，讨论文学艺术功用时已经涉及对语言结构的考量。设若一篇作品是成功地投射出创造性的世界，则作者肯定是成功地运用了作为艺术媒介的语言，读者也必然会因此而感到满足。同时，刘若愚认为即使只是字句结构方面的创造，也可以视为是对现实的扩展，因为它增加了不存在的语言现象，例如韩愈的"黄（帝）老（子）"，莎士比亚的"it out-herods Herod"（比暴君更暴君）就属于此例。另一方面则因为刘若愚认识到"英伽登对文艺作品之结构的说明已如此详尽，我无法希望再增加任何说明"。❷尽管事实上刘若愚并不完全赞同英伽登把文艺作品的结构描述为层叠（stratified）的，认为这会让人误以为文学作品的结构是静态的

---

❶　［美］刘若愚：《中国文学理论》，杜国清译，江苏教育出版社 2006 年版，第 231 页。

❷　同上书，第 233 页。

(static) 而非动态的 (dynamic)，他认为用复调 (polyphonic) 作为对文学作品结构的描述会更好。❶ 同时，他也认为英伽登的结构中"表现出的对象"（represented objects）、"组织化的样态"（schematized aspects）不属于字句结构，而应该是从这种结构中呈现出来的创境。

总之，"一件文艺作品是指涉的，也是自我指涉的，是离心的也是向心的，是能指也是所指。换句话说，一件文艺作品的字句结构，既超越它本身同时也将注意力引向它本身。在超越它本身时，它现出创境，那是现实的扩展；而在将注意力引向它本身的过程中，它满足了作者与读者的创造冲动"。❷

1982 的《语际批评家》对上述问题有进一步的讨论，除了强调"世界"既是自然世界也是文化世界之外，他还否定了瑞恰兹在"诗的语言"（poetic language）与"日常语言"（ordinary language）之间的区别，认为诗的语言并不是某种特殊的语言，只是实现艺术功能的语言。❸ 他最终简洁精练地将自己的诗论总结为"诗是语言结构与艺术功能的重合"（Poetry is the overlapping of linguistic structure and artistic function）。诗的主要功能也因此有两个方面：通过创造扩展现实

---

❶ 事实上，英伽登本人的确是用复调一词描述文学作品的结构。此时其著作还没有英译本，刘若愚是根据韦勒克对英伽登的分析介绍提出这一问题的。后来他才发现是韦勒克错误地把英伽登的作品结构表述为层叠结构，韦勒克因此遭到英伽登的抗议，不过这显然表明了作为批评家刘若愚的敏锐。

❷ ［美］刘若愚：《中国文学理论》，杜国清译，江苏教育出版社 2006 年版，第 234 页。

❸ "Poetic language" is not a special kind of language with identifiable features, but simply language that fulfills the artistic function.

（诗人方面）和对想象之境的再创造（读者方面），满足诗人和读者的创作冲动。❶ 在这段理论的末尾，刘若愚肯定自己的诗论，略作修改后也可用于小说和戏剧，表现出对自己诗论可适用更广范围的信心。

　　实践方面，成熟期的刘若愚诗论在专著《中国文学艺术精华》《语际批评家》、论文《中国诗歌中的时间－空间和自我》中，在对中国古典诗词的翻译、阐释、评价时发挥过一定的作用。《中国文学艺术精华》多从文学作品呈现的"想象世界"和"语言"两个角度探讨中国古代文学的特点和本质。这一诗论还在《语际批评家》中为批评家和译者在"境界"与"语言"两方面要求提供了理论依据。❷ 在分析中国古代诗词中的时间、空间、自我的论文中，刘若愚不但多角度地呈现了中国古人的时空感，更强调"通过由语言结构创造的世界，诗人超越了时间和空间，也使无数的读者能在他们自己的时间和空间里重新创造诗中的世界"。❸ 成熟期的刘若愚诗论同样可以用图 2 - 4 表示如下：

　　综上所述，成熟期的刘若愚诗论在"世界"（world）一词前增加了形容词"创造的（created）"（有时是"想象的"（imaginary）），把诗中呈现的"境界"明确称之为"创境"（created world）或"想象之境"（imaginary world）。每首诗

----

❶ Extension of reality through the creation（on the part of poet）and re-creation（on the part of reader）of imaginary worlds, and satisfaction of the creative impulse of both poet and reader.

❷ James J. Y. Liu：*The Interlingual Critic*：*Interpreting Chinese poetry*, Bloomington：Indiana University Press, 1982, pp. 48 ~ 49.

❸ ［美］刘若愚："中国诗歌中的时间、空间和自我"，见莫砺锋译：《古代文学理论研究（四）》，上海古籍出版社 1981 年版，第 175 页。

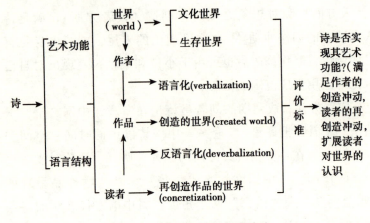

图 2 - 4 成熟期的刘若愚诗论

都有自己的"创境","境界"也因此离开王国维等中国古代文艺理论家作为艺术至境的"境界"而走向了更为广阔平实之地。刘若愚在包括杜夫海纳、英伽登在内的现象学批评家的影响之下，将作者个人的经验世界、生存世界（胡塞尔的 lebenswelt）与作品中的创造性世界、想象性世界之间的差异一举廓清；他同时强调读者所再创造的作品之境与作家所创造的创境的不同，强调二者的相似程度取决于作者和读者"生存世界""文化世界"的相交程度，取决于读者个人阅读能力、鉴赏能力的高低。这都解决了前期诗论中模糊的疑惑，而他否定"诗的语言"与"日常语言"的区别，更是他逐渐摆脱瑞恰兹等"新批评"家影响的集中体现。

从 1962 年萌芽到 1982 年彻底成熟，整整 20 年时间里，刘若愚诗论的不断发展变化，不但深受中国古代文学批评家的影响，也与他先后接受新批评家瑞恰兹、燕卜荪、象征主义和后象征主义诗人批评家艾略特、马拉美，以及艾布拉姆斯、杜夫海纳、英伽登等西方文学批评家的理论密切相关。刘若愚诗论正是他所感兴趣的这些中西诗论综合之后的产物，是他作为中西比较诗学大家追求建构世界性诗学的集中体现。而这种过程本身既体现了刘若愚在中西比较诗学领域的不断深入开掘，也从侧面见证了 20 世纪西方文学理论流派更迭，波谲云诡。而在西学风起云涌、不断变迁之时，刘若愚的综合中西诗学并未人云亦云随波逐流，而是始终有自己独立的思考。他多次表示自己在阐释中国古代文学时，并没有完全采用某一种西方的方法和立场，而是选取那些自认为能帮助更有效地阐释中国古代文学的方法和理论。他反对将原型批评、弗洛伊德式阐释模式用于中国古代文学的批评研究，认为这些西方理论可能并不真正适合于中国古代文学尤其是古典诗词的阐释，刘若愚的担忧也许并不是多余的，而他有所取亦有所舍的态度更令人尊敬。

最后，诚如刘若愚自己表明的那样，他的诗论并不是一个"诗是什么"的最终答案，而是一种企图跨越历史与文化的鸿沟，寻找有关诗的共同本质、评价标准的一次尝试而已。鉴于诗歌在中国古典文学中的崇高地位以及 18 世纪以来抒情性诗歌在英语世界地位的上升，从诗入手寻找跨越中西文学的共同规律就显然特别意味深长。在具体的批评实践中，刘若愚从诗的语言、诗对于读者与作者的意义、诗中呈现的想象之境这些角度对中国古代文学进行的现代语际阐释、评价，在某种意义上的确建立了一定的规范和模式，显得有章可循，有法可依。这对于初入中国古代文学浩瀚海洋的英语读者来说，其指导意义是毋庸置疑的。对国内学界而言，刘若愚诗论对于如何跨越文化与历史的鸿沟，建立起新时代的文论话语同样有极强的参考价值，不同历史时代不同文化语境对于文学的本质和艺术功用有不同的追求，附加审美价值与审美价值在实际操作中的确无法截然分开。也许刘若愚诗论视诗歌的艺术功用仅为现实的扩展，满足作家、读者的创造性冲动有割裂社会文化现实之嫌，但只要注意到中西语言、文化之间的巨大差异，就会明白他竭力避免把附加审美价值纳入自己诗学体系的原因。刘若愚曾无数次表示完全避免考虑附加审美价值的不可能，但他仍然警告读者不应该把附加审美价值和审美价值混为一谈。

在西学中用、熔铸中西，建构卓有成效的文学理论方面，学贯中西的刘若愚在西方文论的冲击下表现出的特有清醒和智慧更令后学景仰！中国文学理论应该有自己坚守的家园，不能迷失于西方文论的大潮中人云亦云、亦步亦趋。面对文化研究气势汹汹的挑战，童庆炳教授就反对文学理论的任意"越界"，认为应该坚守文学理论的文学性、审美性！这和刘若愚面对西学时清醒的态度是一致的。任何时候，任何地方，中国古代文学的有效阐释都不能唯恐落后、只争朝夕地照搬照引西方术语、西方理论。在文学、文学理论这样的精神性领域，我们不必惟西方马首是瞻呢，在引进西学的过程中，也应该先行咀嚼消化，思考其是否值得引用和借鉴，而不是囫囵吞枣，以致消化不良。

在对中国古代文学的具体批评实践上，刘若愚更是展现出丰厚的中西文学素养，也体现了他一以贯之的对中国文学精华部分的张扬。他的研究不是泛泛而谈，而是非常有目的性和针对性地集中精力介绍精华的部分，往往瞄准西方主流文化有关中华文明的某一错误认识而有的放矢，这种为中国文化和文明立言的态度不但在现代非华裔西方汉学家中极为少见，就是一些华裔汉学家中也绝非完全普遍的。近代以来，数典忘祖的现象不但在国外常有，就是在国内，五四以来国人对中华文化传统的认识也有一个从否定直到20世纪末才逐渐回归的过程。

　　在以西方的学术方法和理念阐释评价中国文学方面，刘若愚的重视文学本体价值、审美属性，重视对文学艺术语言结构的考察，对意象、典故、音韵等的详细分析，基本摆脱了中国古典文学印象式、感悟式的批评，用西方读者和批评家熟悉的方式证明了中国古代诗词是世界上另一座诗性智慧的高峰！他以诗歌的"诗性"作为评判诗歌价值高低的标准，既来自西方新批评家的洗礼，也延续了中国批评家如王国维等人对文学独立自由精神的弘扬。刘若愚的研究在方法和理论上都可以说把近代以来学贯中西的优秀学者所强调的研究、继承中国古代文化精华的思路推进了一步，预示了20世纪80年代以来大批学者重建现代中国学术体系中的一些方法和理论视点。

第三章

刘若愚中国诗学体系论

在特定的时间、地点、情况下，任何事物都是正确的，超出了它的时间、地点、情况，则所有的事物都是错误的。

——D. H. 劳伦斯❶

刘若愚一生都在思索的问题是"中国诗性表述的本质，如何从那些往往不成体系的，零散的中国批评论述的样式中归纳出文学理论体系，如何建构中西文论比较研究，以发展出富有成果的实用性批评以及阐释方式，并将其中一些加以命名"。❷换句话说，刘若愚一生都在尝试的问题主要是：第一，通过中西比较，寻找有效的中国古代文学的阐释方式，形成有效的实用性批评，进而在此基础上建立起更具普适性的诗论和评价标准。第二，在西方诗学的参照系下，寻找中国古代文学理论的潜体系。第一个问题在上一章"刘若愚中国文学鉴赏论"中已得到充分的讨论，本章主要讨论第二个问题——刘若愚对中国古代文学理论潜体系的寻求和建构。

第一节　牛刀小试——中国古代四种诗歌观念

虽然早在明清之际，来华传教士西译的儒道经典中就已经

---

❶　D. H. 劳伦斯：《凤凰：D. H. 劳伦斯身后出版的论文》，维京出版社 1968 年版，第 528 页。

❷　James J. Y. Liu: *Language-Paradox-Poetics: A Chinese Perspective*. Princeton: Princeton University Press, 1988, p. viii.

涉及中国人的文学观念，但在很长的时间里，也使得西方对中国古代文论的研究都只是经学或文化研究的附庸。19 世纪中叶，才有理雅各（James Legge）英译的《毛诗序》。1901 年翟理斯（H. A. Giles）撰写《中国文学史》时，首次全译了司空图的《二十四诗品》。20 世纪上半叶，在西方先后出现了《文赋》的法译、《沧浪诗话》的英译，但这些译本的影响并不大。20 世纪 50 年代开始，西方人才开始慢慢重视对中国文论的研究，《文赋》有了三种英译本，其中 1951 年修中诚（E. R. Hughes）的译本，瑞恰兹（I. A. Richards）为之撰写前言。1959 年，施友忠英译《文心雕龙》，同一时期甚至还没有现代汉语以及日语的全译本。1962 年，德博（Gunther Debon）德译《沧浪诗话》，译本前有导论，还提供注释、讲解，实为中国古代文论西译中少见的精品。

也就是说，在刘若愚 1962 年《中国诗学》之前，西方对中国古代文论的译介情况大概如此。难怪余国藩在 20 世纪 70 年代曾撰文指出在中国文艺理论和诗学的这一领域内，译成西文的翻译著作严重匮乏，用西方语言撰写的系统性整理文章也付之阙如。他提到刘若愚以及加州大学伯克利分校陈世骧教授在这一领域的开拓，但陈世骧不幸早逝，在中国古代文论研究领域仅留下了几篇很重要的论文；"但陈（世骧）教授并不是孤军奋战，刘若愚的受到广泛好评的《中国诗歌艺术》一书，不仅为这门学科提供了一本言简意赅的入门指南，而且参照西方的类似流派对中国诗歌理论的主要派别做了简明扼要的回顾和考察。"❶ 可见，刘若愚的《中国诗学》"中篇"对中国古代四种诗论的介绍❷，不但填补了西方汉学界在整体了解中国古代诗学理论方面的一项空白，也是刘若愚参照西方理论体系，寻找并建构中国古代诗学体系的开始。

由于中国古代文论话语的特殊性，要想用英语对中国古代文论进行简单而有系统的阐释本身就是极为困难的，"我的工作由于以下的事实而遇到困难：亦即过去的中国批评家很少有系统地阐述他们的诗论，只满足于让自己的见解散见于诗话、笔记、书简、语录，以及所编的总集和自己或他人别集的序中。这些零散的著作中有些已由现代中国文学史家加以蒐集，可是他们没有阐明其中所含的理念。而且，大部分的批评家对自己的术语，甚至他们的理论的关键字眼，都不费心加以清楚定义。而当有人想以中文以外的语言讨论这些术语时，如何翻译这些术语的问题，乍看来几乎是无法解

---

❶ 余国藩："中西文学关系的问题和前景"，载《比较文学与一般文学年鉴》1974 年第 23 期，第 42～53 页。中译文为林必果、刘声武、谢伟民译，见李达三、罗钢：《中外比较文学的里程碑》，人民文学出版社 1997 年版，第 14～15 页。又陈世骧（1912～1971），祖籍河北滦县，1932 北京大学英国文学学士，1936 年起任北京大学和湖南大学讲师，1941 年赴美深造，在纽约哥伦比亚大学专攻中西文学理论，1947 年起长期执教加州大学伯克利分校东方语文学系，先后任助理教授、副教授和教授，主讲中国古典文学和中西比较文学，并协助筹建该校比较文学系，1971 年 5 月 23 日以心脏病猝发逝世。他的重要论文有《中国的抒情传统》《姿与 GESTURE——中西文艺批评研究点滴》《中国诗字之原始观念试论》《时间和律度在中国诗中之示意作用》《中国诗歌中的自然》《原兴：兼论中国文学特质》《中国诗学与禅学》等。这些论文从不同角度涉及中国诗学的研究，但限于篇幅，不能视其为中国古代诗学的系统介绍。

❷ James J. Y. Liu: *The Art of Chinese Poetry* (Part II Some Traditional Chinese Views on Poetry), 1962, pp. 63～87.

决的，因为翻译就是解释和下定义。"

《中国诗学》写于 20 世纪 50 年代左右，而刘若愚那时面对有关中国古代文论术语和体系的困惑，今天依然是困扰中西相关学界的难题。如果说作为诗歌媒介，汉语的优美简洁、意蕴丰富符合当代西方学者、诗人对于诗歌语言的审美期盼的话；那么作为文论术语，含义模糊、零散杂乱的东方诗性话语就显得有些缥缈不可即了。翻开中国古代文论的篇章，我们随处可见的是兴、气、象、味、风骨、体性、神韵、妙悟、肌理、性灵、意境、空灵、冲淡这样的含义模糊的词语，或者是空中之音、水月镜花、羚羊挂角、无迹可求、咸酸之外这样的印象式描述。更有甚者，有的诗论本身就是诗，例如司空图的《二十四诗品》："采采流水，蓬蓬远春。窈窕深谷，时见美人。碧桃满树，风日水滨。柳阴路曲，流莺比邻"，"白云初晴，幽鸟相逐。眠琴绿阴，上有飞瀑。落花无言，人淡如菊。"❶ 而伴随时间的流逝和社会的变迁，就连今天的中国学者也需下一番很辛苦的功夫才能较为准确地理解这些独特而含义丰富的语句，难怪国内外中国文学的研究专家们都对此深为头疼。叶嘉莹（ Yeh, Chia-ying Chao）认为中国文论"第一是专门术语的界定不够明确，因为如本书在前面所言，中国的民族性乃是重具象直觉而不重分析推理的民族，因此对于较抽象的事物，并不能如西方之从推理的思考来界定它的名义，而往往喜欢用一些意念模糊的批评术语，因而在中国文学批评述作中，便往往充满了像'道'、'性'、'气'、'风'、'骨'、'神'等一些颇具神秘

---

❶ 郭绍虞：《中国历代文论选》，上海古籍出版社 2001 年版。

的字样来作为批评的准则。"❶ 王靖献（Wang，Ching-hsien）也表示"所有的学者都意识到了，中国文学批评的特点之一就是其含糊界定的概念所特有的复意性"。❷ 王靖献在同一篇文章中还指出中国古代文论之所以成为问题，最关键的原因就在于现代读者包括中国读者都已经不能理解这些术语的确切含义。

不但海外学界颇有微词，面对西方自 18 世纪以来得到飞速发展，至 20 世纪上半叶已经高度成熟，拥有复杂精微体系的文学理论，国内学界也同样备感压力。"诗话大半是偶感随笔，信手拈来，片言中肯，简练亲切，是其所长；但是它的短处在零乱琐碎，不成系统，有时偏重主观，有时过信传统，缺乏科学的精神和方法。"❸ 正是在这样普遍的怀疑和反思中，中国古代文论现代转化的进程缓慢而曲折地开始了。刘若愚对中国古代诗论的英语阐释也是其中之一种，他的阐释由于面对的是英语世界，因此还必须同时克服文化、术语和体系的三重障碍，这就使得他的垦拓备受瞩目。所有人都承认，用英语介绍中国古代文论，无论是内容，还是语言，都有相当的难度。因此：

我将从另一个角度来解决这个问题：亦即提出关于诗的

---

❶　叶嘉莹：《王国维及其文学批评》，河北教育出版社 1997 年版，第 119 页。

❷　C. H. Wang：Naming the Reality of Chinese Criticism，in *Journal of Aisian Studies*，38，No. 3，May 1979. 该文系对刘若愚《中国文学理论》和李幼安（Adele Austin Rickett）主编的《中国文学批评方法：从孔子到梁启超》二书的书评。

❸　朱光潜：《诗论》（序），安徽教育出版社 2006 年版。

两个问题，而从各个批评家的著作中，试图看出他们怎么回答。……为了不使读者感到混乱和厌烦，我将不列举所有的资料或不断地引用文章；我将综合我所研究的结果，而给予这些批评家的见解，比在他们自己的著作中所能看到的，多少更有条理的说明。❶

这两个问题，第一是"诗是（或应该是）什么？"第二是"应该如何写诗？"它们作为刘若愚介绍中国古代文学理论的依据，根据中国古代批评家对这两个问题的回答，刘若愚从中国古代诗论中归纳出以下四种诗论。

第一种，道学主义者的观点——作为道德教训与社会批判的诗（The Didactic View：Poetry as Moral Instruction and Social Comment）。它源自孔子，影响了历代诗人。持这一理论的批评家认为诗在内容上应力图使个人道德完善，趋近中庸，并能反映出人民对统治者的感情，应揭露社会弊病，达到"美刺""讽谏"的作用。在诗的风格上也应当"温柔笃厚""乐而不淫，哀而不伤""雅正"，在作诗的方法上主张人们应通过模仿古代诗人来写诗。这类批评家认为主题高尚、诗风朴质无华的诗才是理想的诗。

第二种，个人主义者的观点——作为自我表现的诗（The Individualist View：Poetry as Self-Expression），强调在诗歌中个人性情的抒发和表现。"诗者，在心为志，发言为诗……"，中国古代批评家如金圣叹、袁枚、岑参等个性主

---

❶ ［美］刘若愚：《中国诗学》，杜国清译，幼狮文化事业公司 1981 年版，第 105～106 页。

义诗人在回答如何写诗时，都强调应当依靠自发的情感而非技巧、学识、模仿，同时反对为写作而写作，反对滥用典而缺乏真情的诗。这在中国古代诗歌史上是勇敢独立的行为，它显示了一种对诗的功能的更新鲜的理解，即诗是一种自我表达的方式，不是道德说教和学术练习的形式。

第三种，技巧主义者的观点——作为文学练习的诗（The Technical View：Poetry as Literary Exercise），诗在此被看成是一种表现个人学识、教养、风雅的手段。文人雅士们聚集一起，以给定主题、韵律作诗，以比高下为乐。这些诗人注重模仿，讲究用词、炼字和格律，推崇复杂晦涩的风格。比较著名的是黄庭坚的"脱胎""换骨"说，翁方纲的"肌理"说。翁方纲认为应当首先在词语的肌理（结构）中追求诗的完美，明代的李东阳认为诗只是用富于乐感的语言体现出的学识。

第四种，妙悟主义者的观点❶——作为默察的诗（The Intuitionalist View：Poetry as Contemplation），诗被视为一种诗人对自己和世界凝思的方式。这一派理论的兴起主要是受到禅宗的影响，严羽的"妙悟"说认为写诗与学识、道德和自我表达无关，而是诗人在静思默察中获得的感悟。诗人应当像禅宗的信徒一样追求心灵的静思默察，惟其如此才能获得生命与自然界最高的"道"，理想的诗应如"空中之音，水中之月，镜中之象"。严羽之后的许多诗人批评家都受到他的影响，王夫之、王士祯和王国维就是其

---

❶　此种观点也有译者译为直觉主义诗歌观，本书中译名参见刘若愚：《中国诗学》，杜国清译，幼狮文化事业公司1981年版，第107～134页。

中较著名的人物，他们的共同点是强调诗不仅涉及内在的"情"，也涉及外部的"景"，好诗应当是情景交融、言有尽而意无穷的诗。

这四种对中国古代诗论的归纳现在看来可能略显单薄，但依然显现出某些有价值的迹象。首先是刘若愚以问题归纳中国古代文论的方法，它帮助读者在满目零散中以极简的语言获得有关中国古代诗论的大体印象。其次是刘若愚在用英语阐释中国古代诗论的过程中，没有随意套用西方文论术语，而是小心地使用了自己的术语来概括自己归纳出的诗论类别：

在讨论中国批评家的各个派别时，我拒绝了轻易与欧洲批评家并比或者以西洋固有的名称标示中国的批评家这种诱惑。将我所讨论的四派分别称为"古典主义者"（Classicists），"浪漫主义者"（Romanticists），"形式主义者"（Formalists）和"象征主义者"（Symbolists），本该是很容易的，可是这样做会引人误解。第一，这些术语中有些在普通的用法里已极不明确，带有不同的含意和联想，根据作者而褒贬不同。然而，当限定在历史的范围中时，这些术语仍然可以被强迫具有特定的意思；假如我们将这些术语用于中国批评家，它们就会失去所指何物。第二，虽然我所讨论的中国批评家显示出与某些西洋批评家有些近似，但是也有许多相异之处。例如，个人主义者在强调自我表现这点，类似欧洲的浪漫主义者，可是他们并不展示出后者时常表现的那种政治上和道德上的理想主义。又，妙悟主义者在试图打破外在世界与内面世界的障碍这点，与象征主义者有点近似，可是后者对语言表现之细节与听觉效果的重视，使他们更接近于中国的技巧主义者。因此，不使用任何西洋的术语，而满足于"道学主义者"，"个人主义者"，"技巧主义者"和"妙悟主义者"这种临时的称呼是比较安全的，尽管这些名词中有些可能有点拗拙和难用。❶

　　在中西比较诗学的最初阶段，刘若愚就表现出对随意套用西方术语的警惕，这一态度在今天看来都极有启发意义。刘若愚不但简短地介绍了中国古代的四种诗论，还逐一评价了这些理论并尝试得出自己的诗论。他认为道学主义者中西皆有，其基本错误在于混淆了诗的一种可能的动机、影响与诗本身；❷ 个人主义者有关诗的定义失之狭窄，他们没有认识到仅有"情感"是不够的，尽管诗确实是一种自我表达的方式；技巧主义者走入了另一个极端，他们过分注意字、词、韵律这些外部形式以至于"忙于担心怎样说而忘了要说什么"；❸ 妙悟主义者虽然有趣，但有使诗及诗的创作神秘化、稀有化的倾向。❹ 刘若愚最终在上述平台上发展出他自己的诗论，前文已经详细分析了该理论，

---

　　❶　刘若愚：《中国诗学》，杜国清译，幼狮文化事业公司 1981 年版，第 137~138 页。

　　❷　"The moralists, ... make the basic mistake of confusing the possible motives and effects of poetry with poetry itself." 参见 James J. Y. Liu：*The Art of Chinese Poetry*, Chicago and London：The University of Chicago Press，1962，p. 92.

　　❸　"They are so busy worrying how to say things that they seem to forget to ask what to say." 参见 James J. Y. Liu：*The Art of Chinese Poetry*, Chicago and London：The University of Chicago Press，1962，p. 94.

　　❹　James J. Y. Liu：*The Art of Chinese Poetry*, Chicago and London：The University of Chicago Press，1962，pp. 65~87.

此处不再赘述。

总之，《中国诗学》在对中国古代诗论的介绍方面虽然过于简单，但作为以如此简洁流畅的英语对中国古代文论的第一次总体性介绍，还是受到西方相关学界的注意及欢迎。德国汉学家德博（Günther Debon）就评论道："对中国诗歌的兴趣正在增长，理解其概念的可能和必须也就显得十分迫切。老一代中国批评家的帮助极为有限，因为他们无法摆脱自己的语言及文字决定的思维方式。另一方面，西方观察者无法把握中国诗在音调和措辞上的细微差别。夏威夷大学的刘若愚教授，他相当熟悉欧洲文学，在这方面表现出特别胜任对中国诗论的各种假定、规则作出考察。该书是用西方语言写成的有关这一主题的第一本著作，满足了长久以来的期望。"[1] 霍克思（David Hawkes）也表示："该书第二部分对中国古代文学批评理论作了极有用处的考察，不仅对中国文学的学生很有趣，所有对文学批评感兴趣的学者都会觉得有趣。"[2] 海陶维（James R. Hightower）说，"'几种中国古代诗歌观'是对四种诗歌态度的简洁描述，这四种态度决定了中国人对中国诗歌的理解和评价，实质上等于对中国诗论的一次全面考察。就我所知，这是用西方语言对这一主题所作

---

[1] Günther Debon Reviewed work（s）: The Art of Chinese Poetry by James J. Y. Liu, in *Journal of the American Oriental Society*, Vol. 83, No. 3, Aug.‐Sep., 1963, pp. 385~386.

[2] David Hawkes: Reviewed work（s）: The Art of Chinese Poetry by James J. Y. Liu, in *Bulletin of the School of Oriental and African Studies*, University of London, Vol. 26, No. 3, 1963, pp. 672~673. David Hawkes 还有另一篇较此文短的关于《中国诗学》的书评。

的最有见识的描述"。●

因此，应该说在整体介绍中国古代文学理论方面，20 世纪 60 年代初出茅庐的刘若愚的相关研究就引起了学界广泛的回响。可以想见，刘若愚备受鼓舞，而他在后来寻找中国古代诗学潜体系的过程中，依然延续了前期的一些思路和方法，更是值得重视的。难能可贵的是，刘若愚自己并没有满足，而是继续着他的探索和追寻："我早期的著作《中国诗学》中，对中国诗观的讨论，过于简略，需要再加以阐发与修正。"●

第二节 大刀阔斧——中国古代诗学六大类别

一、背 景

"在刘若愚的《中国文学理论》出版以前，还没有用英

● James R. Hightower: Reviewed work（s）: The Art of Chinese Poetry by James J. Y. Liu, in *The Journal of Asian Studies*, Vol. 23, No. 2, Feb., 1964, pp. 301~302.

● ［美］刘若愚:《中国文学理论》，杜国清译，江苏教育出版社 2006 年版，第 5 页。

语来对中国的诗学进行全面研究的著作"❶，而继《中国诗学》之后，刘若愚已出版了《中国之侠》（1967），《李商隐诗》（1969）、《北宋主要词人》（1974）三部专著，为英语世界对中国古代文化、文学的了解作出了卓越贡献。他的每一部著作在海外汉学界几乎都是开风气之先，而且在一定时期内是该领域的典范之作。此外，他还在对中国古代文学的批评实践中，建构起个人较为成熟的诗学理论。这为他进一步比较、综合中西文论奠定了扎实的根基，也就是说，他在学术上的积累已经允许他以更加成熟和高屋建瓴的方式全面研究中国古代文学理论，正像该书出版后，美国学界所评论的那样，他是少有的能胜任这一工作的学者。❷

今天看来，刘若愚《中国文学理论》一书最突出的莫过于其研究方法的特出，而他之所以采用这一方法，原因首先在于他对当时既存的中国文学理论研究方法的不满："虽然

---

❶ 余宝琳："中国诗论与象征主义"，载《比较文学》1978 年第 4 期。中译文由李达三、罗钢编：《中外比较文学的里程碑》，李树峰、白艳霞译，张洪兵校，人民文学出版社 1997 年版，第 97～119 页。余宝琳在该文中指出刘若愚之前，没有用英语对中国诗学进行全面研究的著作："西方现代诗歌的读者很可能熟悉一些诗歌的基本理论——象征主义和后象征主义诗歌批评。同样，他们可能没有意识到与十九世纪和二十世纪西方诗论相同的许多观念也出现在另一种根本不同的历史和文化背景之上——那种由中国的文学批评家所主张的、刘若愚界定为"形而上学"的诗论之中。当然，我们之所以对这种理论感到陌生，是由于在刘若愚的《中国文学理论》出版以前，还没有用英语来对中国的诗学进行全面研究的著作。"同时，她也提到刘著的主要目的是对中国古代文学理论进行全面介绍："尽管刘先生在书中的好几个地方指出了中国文学理论与西方文学理论之间可能存在的相似之处，但他的主要目的在于描述中国文学理论传统中的各种流派。"

❷ W. L. Idema："Reviewed Chinese Theories of Literature"，in *T'oung Pao*，Second Series，Vol. 63，Livr. 4/5（1977），pp. 331～336. 根据《中国文学理论》发表后的书评，多位西方同行持此意见。

已有成打（中文和日文的）的一般文学批评史，但其中有些只不过是广征博引，穿插以事实的叙述而已，以及论述某一专题或著作的无数论文（包括一些英文的），而许多重要的批评概念与术语仍未阐明，主要的中国文学理论仍未获得适当的论述。"❶ 其次，也因为他的写作有着与20世纪三四十年代在国内从事中国古代文学批评史研究的学者不同的读者对象和研究目标。该书第一个也是终极的目的"在于提出渊源悠久而大体上独立发展的中国批评思想传统的各种文学理论，使它们能够与来自其他传统的理论比较，从而有助于达到一个最后可能的世界性的文学理论（an eventual universal theory of literature）"；第二个也是较直接的目的"是为研究中国文学与批评的学者阐明中国文学理论"；第三个目的是"为中西批评观的综合铺出比迄今存在的更为适切的道路，以便为中国文学的实际批评提供更为健全的基础"。❷

　　换句话说，刘若愚一方面坚持认为在当代社会对中国古代文论的解读，必须置于西方文化和诗学的参照之下进行比较、阐发，才可能发掘出中国古代文论真正的特质。另一方面，用英语向西方读者阐释中国古代文论只是他研究中国古代文论的目的之一，另一个更重要的目标还在于这种研究可以为进一步的综合中西文论，寻找超越历史与文化的世界诗

---

❶ James J. Y. Liu：*Chinese Theories of Literature*，Chicago and London：The U-niversity of Chicago Press，1975，p. 4. 另见刘若愚：《中国文学理论》，杜国清译，第5页。另见，刘若愚：《中国的文学理论》，田守真、饶曙光译，四川人民出版社1987年版，第6页。

❷ ［美］刘若愚：《中国文学理论》，杜国清译，江苏教育出版社2006年版，第3～6页。

学作出中国古代诗性智慧的独特贡献。这在当时当然是十分激进的，所以美国学者 Karen J. Lee 就认为刘若愚的学术目标虽然值得钦佩，但在他追求世界性的文学理论时，却没首先自问这样的目标能否成为现实。一旦目标无法实现，那么刘若愚的这一设想在中国文学的批评研究中到底会扮演何种角色也因此是个问题。同时，Karen J. Lee 还认为对一种传统的批评观念和另一种传统批评观念的严肃比较如何能保证最终得到一个世界性的诗学，或者说如何通过这种比较更好地理解一个已经给定的概念其实也还不清楚。❶

Karen J. Lee 的担忧并非多余，刘若愚自己也已经意识到问题的存在，他说："提到'世界性的文学理论'这点，或许会引起阅历甚深或讲求实际者的窃笑。事实上，我并非如此天真，以致相信我们终会达到一个普遍接受的文学定义……但是，正像我们无法希望找到一个普遍接受的人生意义的定义这种认识，并不导致我们放弃寻求人生意义的尝试一样，关于文学的这种认识，并不一定阻碍我们企图以实验的方式，提出比现存的更适切、应用更广的文学理论。"❷ 而关于这样一个目标或者概念在对中国文学进行的批评研究中可能扮演的角色，以及能否帮助更好地理解一个给定概念的问题，刘若愚也表示："对中国文学的任何严肃批评，必须将中国批评家对其本国文学的看法加以考虑，而且，不能将

❶ Karen J. Lee: Chinese Theories of Literature by James J. Y. Liu, in *The Journal of Aesthetics and Art Criticism*, Vol. 34, No. 4, Summer, 1976, pp. 505～506.

❷ James J. Y. Liu: *Chinese Theories of Literature*, Chicago and London: The University of Chicago Press, 1975, pp. 2～3. ［美］刘若愚：《中国文学理论》，杜国清译，江苏教育出版社 2006 年版，第 3 页。

纯粹起源于西方文学的批评标准完全应用于中国文学，这应该是显然自明的道理；反之，一个现代批评家，不管属于哪一国籍，在以世界性的观点来研究中国文学时，对于仅采用任何中国传统文学理论作为必要的或者充分的批评基础，也许不会感到满意。因此，中西批评概念、方法与标准的综合，有其必要。"❶

于是，如果《中国诗学》中，刘若愚对中国古代文论的研究还只是牛刀小试的话，那么在《中国文学理论》中，他已经开始大刀阔斧地进行中国古代文论的整体阐释，同时兼与西方文论大范围的比较。《中国文学理论》无论研究内容、研究方法，还是研究目的，在当时的海外中国诗学研究领域，都算开风气之先！而鉴于中西两种语言、两种文学批评传统之间的巨大差距，刘若愚不得不重申自己面临的困难，为了达到自己的目标，他也不得不以一种有别于传统中国文学批评研究的方式切入这一主题。

二、内　　容

前文已经介绍了很多当时西方学界研究中国古代文论的一些基本状况，刘若愚写作《中国文学理论》一书的目的以及他所面对的困难也就不难理解了："为了克服词义不清引起的困难，同时为了提供一个概念的框架以分析中国文学批评作品，从而提出其中可能含有的文学理论，我设计了一个

---

❶　James J. Y. Liu：*Chinese Theories of Literature*，Chicago and London：The University of Chicago Press，1975，p. 5.　[美] 刘若愚：《中国文学理论》，杜国清译，江苏教育出版社 2006 年版，第 6 页。

分析的图表以及用以质问任何批评见解的一套问题。"❶ 这个分析图表以不同的方式安排了艾布拉姆斯（M. H. Abrams）在《镜与灯》（*The mirror and the lamp*）中提出的与每一件艺术作品的整个情况有关的艺术四要素，本处试对比如下：

艾布拉姆斯模式如图 3 – 1 所示：

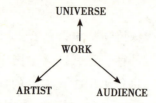

图 3 – 1　艾布拉姆斯艺术四要素模式

刘若愚模式如图 3 – 2 所示：

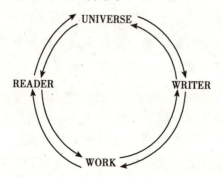

图 3 – 2　刘若愚文学艺术四要素模式

艾布拉姆斯将宇宙、作品、艺术家和观众安排为如上所示的三角形。在他看来，西方的艺术理论可以归为四类。其

---

❶ ［美］刘若愚：《中国文学理论》，杜国清译，江苏教育出版社 2006 年版，第 12 页。

中三类试图以作品与宇宙（universe）、观众（audience）或艺术家（artist）的关系，来解释一件艺术作品（work），而第四类对作品本身单独加以考虑，因此西方艺术理论可以分为四类，它们分别是模仿理论（Mimetic Theories）、实用理论（Pragmatic Theories）、表现理论（Expressive Theories）与客观理论（Objective Theories）。❶刘若愚将范围缩小到文学理论，改"艺术家"为"作家"（writer），改"观众"为"读者"（reader），同时因为一些独特的中国文学理论无法纳入艾布拉姆斯的体系，他调整了艺术四要素的顺序和位置，将艾布拉姆斯的三角形图表改为如图所示的圆形，并认为自己的图表能更好地反映整个文学艺术生产过程的全过程：在第一阶段，宇宙影响作家，作家反映宇宙；由于这种反映，作家创造作品，这是艺术过程的第二阶段；当作品触及读者，它随即影响读者，这是第三阶段；在最后一阶段，读者因为阅读作品的经验，而改变个人对宇宙的反映。同时，每一阶段两个因素之间的作用都不只是单向的，该一过程也可以逆向进行，整个艺术过程因此成为一个生气勃勃的整体。❷更详细的对比如下：图3－3，代表艾氏图表及理论，图3－4，代表刘若愚图表及理论。

两者相较，除了前文提到的不同之外，比较引人注目的改变是刘若愚没有在"宇宙"与"作品"之间、"作家"与"读者"之间画箭头。刘若愚否定自己从前在《中国诗学》

---

❶ M. H. Abrams: *The mirror and the lamp*, Oxford, 1953, New York, 1958, pp. 3 ~ 29.

❷ ［美］刘若愚：《中国文学理论》，杜国清译，江苏教育出版社 2006 年版，第 14 页。

图 3 - 3　艾布拉姆斯艺术理论体系示意图

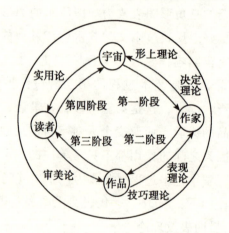

图 3 - 4　刘若愚中国古代文论体系示意图

中认为"作品可能是一个客观存在"的看法，认为不可能有客观的作品和客观的批评家："因为没有作家，作品不能存在。而且，如果作家不能对宇宙先有感受，作品不可能展示宇宙的真实。同样地，'作家'与'读者'之间没有划出箭头，因为这两者之间只有透过作品才能彼此沟通。"❶ 为此，刘若愚还招致了一些批评，有的学者认为刘若愚没有在宇宙与作品之间画箭头，就等于事实上否认中国古代文论存在"模仿论"，而有关中国古代文论有无"模仿论"的问题学界一直存有争议。

刘若愚坚持中国古代文论没有西方意义上的模仿论：鉴于中国形上理论与西方模仿理论之间存在的差异，"我决定不采用'mimetic'（模仿）这个字指本章所讨论的文学理论，而代之以'metaphysical'（形上）。然而，我并不是在暗示模仿的概念在中国文学批评中完全不存在，而只是说它并没有构成任何重要文学理论的基础。就文学分论的层次而言，次要意义的模仿观念，亦即模仿古代作家，在作者的拟古主义中，正像在欧洲的新古典主义中一样地显著；不过，前面已经指出，拟古主义并不属于文学本论，而是属于如何写作的文学分论，相信模仿古代作家的批评家未曾主张这种理论构成文学的整个性质和作用。"❷ 本书还将在后文对"模仿论"与"形上论"之间的问题进行详细分析，此处从略。

图表之外，刘若愚还提出了一些问题作为整理、划分中国古代文论的依据：批评家关于文学的理论是文学本论，还是文学分论？❸ 批评家专注于艺术过程四阶段中的哪一阶段？

---

❶　［美］刘若愚：《中国文学理论》，杜国清译，江苏教育出版社 2006 年版，第 14 页。

❷　同上书，第 74 页。

❸　刘若愚在该书导论将文学理论分为文学本论（theories of literature）和文学分论（literary theories），前者有关文学的基本性质与功用，属于本体论；后者关乎文学的不同方面，例如形式、类别、风格和技巧，属于现象论。见刘若愚：《中国文学理论》，杜国清译，江苏教育出版社 2006 年版，第 1~2 页。

他从作者还是读者的角度来讨论文学？他论述的方式是描述性的还是规范性的？他的"宇宙"指物质世界、人类社会，或者某种更高的世界（higher reality）？最终，他将中国古代文论分为：形上论（metaphysical theories）、决定论（deterministic theories）、表现论（expressive theories）、技巧论（technical theories）、审美论（aesthetic theories）以及实用论（pragmatic theories）六大类别。他还在接下来的五章中分别勾勒了这六种理论从起源到发展的主要过程及内容、特质（其中决定论和表现论同为一章），同时兼之与西方相似理论的比较。为了避免由于分类可能给西方读者造成偏颇印象，刘若愚还在书的最后一章以"相互影响与综合"为题详细地讨论了各种理论间的相互影响，并重新以时间为序对每一理论的历史发展作出界定："我希望能够在此弥补我可能给予读者的任何偏颇的印象，而再根据时代次序摘要重述各种理论的发展的概要，以恢复正当的历史展望。"❶

　　鉴于《中国文学理论》在大陆及台湾已共有四种中文译本❷，读者尽可自己查阅原著，本书不打算详细分析该著主要内容，只针对一些有争议的问题作出自己的研究。但为分析方便，也便于没读过刘著的读者对该书有大体印象，本书在此简略介绍一下六种文论的主要内容。

---

　　❶ ［美］刘若愚：《中国文学理论》，杜国清译，江苏教育出版社2006年版，第177页。
　　❷ 此书台湾1977年即有未授权的赖春燕译本和1981年获刘若愚同意的由其学生杜国清翻译的中文译本，大陆有1986年赵帆声等译《中国的文学理论》和1987年田守真、饶曙光译《中国的文学理论》。2006年杜国清译本在大陆发行。

"形上理论"——属第一阶段，包括以文学为宇宙原理之显示的概念为基础的各种理论，是批评家对宇宙与作家间的关系性质的探讨。它提出了两个问题：作家如何了解"道"？作家如何在作品中显示"道"？"道"在这里既可以简述为万物唯一的原理与万有的整体，又可以涵括儒家之"道"的道德和社会意义，即一种生活方式，一种人生之道。在后期，"道"更被等同于"古典文学"，成为形上理论的支派——拟古主义（archaism）。形上理论在中国虽然不是最有影响力或者最古老的，但却提供了最为有趣的概念，可与西方理论相比较。他还认为对于最后可能的世界性文学理论而言，中国人的特殊贡献最有可能来自这一派理论。他还在后文中以形上概念的起源、形上概念的初期表现及全盛发展、与道合一的概念、形上传统的支派——拟古主义为题详细论述了形上论在中国文论史上的发展情况，并在章节最后就形上理论与西方模仿论、表现论、象征主义、现象学理论的异同作出了比较。❶

决定论——同属第一阶段，它将宇宙视为人类社会，认为文学是当代政治和社会现况不自觉与不可避免的反映或显示。它的表现形式有《乐记》"治世之音安以乐，其政和；乱世之音怨以怒，其政乖，亡国之音哀以思，其民困"，《诗大序》"至于王道衰，礼仪废，政教失，国异政，家殊俗，而变风变雅作矣"。郑玄《诗谱序》的"正""变"诗说、汪琬等的理论同样是这一派理论的代表。此外，决定论还常

---

❶　[美] 刘若愚：《中国文学理论》，杜国清译，江苏教育出版社 2006 年版，第 20～92 页。

与实用理论结合。❶

表现论——属第二阶段，它认为文学，尤其是"诗"，是普遍的人类情感的自然表现，表现的内容还可是个人性格、天赋、感受力、道德品质。刘若愚以原始主义（诗是感情的表现）、个人主义兴起（强调个人的性格甚于普遍的人类情感）、表现理论的晦暗时期（文学的表现观常附属于文学的实用观）、表现理论的复苏（明代后期表现理论获得提倡成为一种"运动"）、后期的表现理论（金圣叹、叶燮、袁枚）为题分析了表现理论在中国文论史上的发展和表现，并将中国表现论与西方表现论作了对比分析。❷

技巧理论——属第二阶段，它认为文学是一种技艺，写作的过程不是自然表现的过程，而是精心组织的过程。这一派理论早期以沈约"四声"说为例，刘勰在《文心雕龙·总术》里也曾强调"术"的重要性："是以执术驭篇，似善弈之穷数；弃术任心，如博塞之邀遇。"明初诗人高启说："诗之要，有曰格、曰意、曰趣而已。格以辨其体，意以达其情，趣以臻其妙也。"李东阳也曾表示文学是一种具有一定规则和方法的技艺这样的文学观："言之成章者为文，文之成声者为诗，诗与文同谓之言，亦各有体而不相乱。"技巧概念随后很快与拟古主义结合，提倡拟古主义的批评家也多半持有文学的技巧观念，如明代李梦阳就为自己模仿古人的习气辩护，认为他模仿的不是古人的文字或观念，而是具现

---

❶ ［美］刘若愚：《中国文学理论》，杜国清译，江苏教育出版社 2006 年版，第 93 ~ 98 页。

❷ 同上书，第 98 ~ 132 页。

于古人作品中的文学技艺的规则和方法。古文大师唐顺之的某些理论，清初戏曲家兼批评家李渔对戏剧结构、技巧的强调，后期翁方刚将王士禛的"神韵"转化为技巧兼审美理论，强调"肌理"（flesh texture）以及作诗之"法"（rules），桐城派的刘大魁、姚鼐、曾国藩三人互相呼应，都是中国古代技巧论的表现，而中西方技巧论都专注于创作的技巧，且都认为文学是一种技艺。❶

审美论——属第三阶段，它强调文学作品对读者的直接影响，认为文学是美言丽句的文章（beautiful verbal patterns）。刘若愚以"文学审美概念的起源"（"文"的字源、《左传》的"言之无文，行而不远"、陆机《文赋》和刘勰《文心雕龙·情采》都表现出部分审美的观念）、"审美主义和感官经验"（喜欢将文学经验与感官经验类比）、"审美概念的后期提倡者"为章节题目分析了审美论在中国文论体系中的表现，并将审美论与西方类似的理论进行了比较，认为二者都强调文学作品对读者和观众的直接影响，但中国审美理论家不习惯于像亚里士多德、朗吉弩斯或普罗提诺那样去讨论抽象的"美"，或将审美效果进行分类，而只是满足于印象式地描述审美经验，并时常作出与感官经验的类比。❷

实用理论——属第四阶段，它认为文学是达到政治、社会道德，或教育目的之手段。早期的实用论表现于《诗经》中的一些诗句"夫也不良，歌以讯之"，孔子的兴观群怨说

---

❶ ［美］刘若愚：《中国文学理论》，杜国清译，江苏教育出版社2006年版，第133～149页。

❷ 同上书，第150～159页。

等。从公元前 2 世纪儒学确立为中国正统的意识形态开始，一直到 20 世纪初期，文学的实用观念在中国一直神圣不可侵犯，虽然不是人人赞同它，但也很少有人公然拒绝它。持实用主义文论的人有的强调文学的政治功用，如王充、郑玄、曹丕、陆机、刘勰等；有的则强调文学对个人道德的影响，如韩愈、周敦颐的"文以载道"、程颢，程颐的"作文害道"。实用理论一直延续到民国初年，和形上理论相比，二者都谈论文学与"道"的关系，但形上论认为文学是"道"的显示，而实用论认为文学是宣扬"道"的工具。二者关于"道"的理解也不同，前者认为"道"是宇宙原理，后者认为"道"就是道德。实用理论与表现理论相比的话，表现理论认为文学是作家个人性情的表现，而实用理论则认为文学是陶冶或调节读者之性情的手段。中国实用理论为西方实用理论的倡导者如贺拉斯、锡德尼等批评家所共同主张。❶

至此，从第一章"导论"提出研究背景，交代写作目的以及面对的学术困境，介绍最终采纳的研究方法。第二章至第六章对六种文学理论加以纵横分析（纵为各理论在中国文学批评史上的梳理，横为与西方类似理论的比较），第七章重回历史时间梳理了中国古代各种文学理论的大致发展状况以及相互之间的影响。本书从体例上看是一气呵成、思虑成熟之作，但明眼人仔细阅读后便知，刘若愚并没有对这六种中国古代文学理论加以平等对待：全书正文共 140 页，第一

---

❶ ［美］刘若愚：《中国文学理论》，杜国清译，江苏教育出版社 2006 年版，第 160～176 页。

章"导论"与最后一章"影响与综合"共 38 页，余下 102 页的篇幅分五章讨论了六种理论。其中第二章"形上理论"共 46 页，第三章"决定理论和表现理论"共 24 页，第四章"技巧理论"共 10 页，第五章"审美理论"共 6 页；第六章"实用理论"共 10 页，章与章之间篇幅的极不平衡十分明显。

笔者把这种差异归结为两方面的原因：一方面是由于作者的主观选择，对于自己给予最多篇幅的"形上理论"，刘若愚解释说："第一，这些理论主要集中于我所谓的艺术过程的第一阶段；第二，这些理论事实上提供了最有趣的论点，可与西方理论作为比较；对于最后可能的世界文学理论，中国人的特殊贡献最有可能来自这些理论。"❶另一方面则由中国文学理论本身的特点所决定，中国古代文学理论本身就有自己独特的倾向性，中国古代批评家们对这些理论没有表现出同样多的兴趣，如占据主导地位的决定论、表现论影响可能就远远大于势单力薄的审美论、技巧论。此外，正如刘若愚所说："我对六种理论加以区别，并不意味着有六种不同的批评学派存在。事实上，中国批评家通常是折中派或综合主义者；一个批评家同时兼采表现论和实用论，是常有的。"❷

总之，尽管有着这样那样的问题，《中国文学理论》的确为零散杂乱的中国古代文学理论找到了一个可能的体系，

---

❶ ［美］刘若愚：《中国文学理论》，杜国清译，江苏教育出版社 2006 年版，第 20 页。

❷ 同上书，第 18 页。

并得出了自己的类别以及它与西方类似理论的比较，在简短的篇幅中整体介绍了中国古代文论的主要观点及其在批评史上的大致发展状况。而且，由于这一体系是在西方诗学为参照系之下获得的，故此中西诗学共同关注的议题、中国古代诗学与其西方对应理论的相似与差异也因此得以凸显，这就帮助那些完全不熟悉中文、不熟悉中国文艺理论的西方学者可以借其西方对应物找到对中国古代文学批评的理解方式及切入点，其功劳无疑是巨大的！

三、争　　议

《中国文学理论》诞生距今已经有 37 年，但学界对于该书的评价仍然莫衷一是，高度赞扬者有之，釜底抽薪般彻底否定者也不乏其人。故笔者拟在此全面考察该著作面世以来的获得的种种评论，以便更为客观地理解刘若愚在该书中所建立的这一中国古代诗学体系。

1. 海外学界的反响

作为第一部以英语对中国古代文论进行全面研究的专著，《中国文学理论》的出版自然在海外相关学界得到强烈反响。1975～1977 年的两年时间，可见的书评已有 9 篇，加上各种坊间评议，该书从总体方法、内容直到注释等细小问题都被拿出来讨论。4 年后的 1979～1980 年间，还有王靖献（C. H. Wang）与刘若愚就该书所进行的一场笔议。西方学界对该书在某些具体问题上还是有保留态度的，例如他们对于书中的分类可能有不同意见，或是追问"技巧论"是否可作为一种与"形上论""表现论"等对等意义上的理论；或是表示某一艺术阶段中的两个类别实际上可以归为同类；又或者对该书未能对自己提到的每一派文学理论都像对待"形上理论"那样充分展开而表示惋惜，认为总的说来例证依然太少，论述过于简略。但尽管有着这样那样的批评意见，学者们也多半意识到由于篇幅的限制，要在如此少的篇幅中全面介绍中国古代文学理论原本就不可能面面俱到。因此，总体而言，西方同行对刘若愚在中国文学理论研究领域的拓荒之功还是高度肯定的，他们深知要给出这样的一个以六大类别为主体的中国古代文艺理论，无论是语言还是内容都有极大的难度。这要求作者不但要精通中、英两种语言，熟悉两种文化，还必须有高度的中西文学修养，对中西文论均有非凡造诣。而刘若愚的拓荒之功，以及他在该书中表现出的深广的中西理论素养、出色的组织方法、简洁清晰的语言表达能力都得到了高度肯定："研究中国文学和比较文学的学者将会欢迎《中国文学理论》，这是第一部以当代西方方法分析中国文学理论的著作。"❶ "该书描述了漫长年代里（文学理论）的发展和争议，使文学理论更容易被理解，更富于启发性。作者不得不在大范围的著作中，在无比庞杂的材料里，从零散的观点中理出自己的思路，这无论是在语言上还是在内容上都极为困难。它使我们了解到古代中国学者的一个重要作用，因此该书是一个极大的成功，表现出了高超的阐释和描述技巧。"❷ "六种理论用一种优雅明晰、连贯而多层次的巧妙风格得到解析和图示。在复杂的讨论中，刘（教授）

---

❶　Jeanette L. Faurot：Chinese Theories of Literature by James J. Y. Liu, in *The Modern Language Journal*, Vol. 61, No. 5/6, Sep. - Oct., 1977, pp. 287~288.

❷　Tao Tao Sanders：Chinese Theories of Literature by James J. Y. Liu, in *Bulletin of the School of Oriental and African Studies*, University of London, Vol. 40, No. 2, 1977, pp. 417~418.

不辞辛劳地定义自己提到的中国古代理论，结果即使不熟悉中国的西方学生也可以从该书中获得益处。"❶

周策纵（Chow Tse-tsung）肯定这是刘若愚的另一本主题极有意义的开创性著作。❷ Jan W. Walls 也肯定这一点。❸ 耶鲁大学宇文所安（Stephen Owen）肯定："这是用英语写作的寻求对中国文学理论作全方位研究的第一部著作，它简洁易懂，对那些寻找进入这一复杂而迄今仍不可接近的论题的西方学者们来说无疑有巨大价值。"❹

就方法论而言，西方学界对于刘若愚以西方理论体系为参照系，在对比分析中阐释中国古代文论也多持肯定态度。尤其是那些母语非汉语的西方学者，他们认为这样一来，"一些与西方相对应的理论即使不懂中文的英语读者也觉得熟识，比如'表现论'和'实用论'、'审美论'在措辞与模式上都与西方相应的理论类似"。❺ 而与此同时，中西文论之间的相似与差异极有趣地被凸显出来。刘若愚的分类比较使英语读者认识到中国最古老的诗歌理论是"表

---

❶ Perry Link：Chinese Theories of Literature by James J. Y. Liu，in *The China Quarterly*，No. 69，Mar.，1977，pp. 181~184.

❷ Chow Tse-tsung：Chinese Theories of Literature by James J. Y. Liu，in *Harvard Journal of Asiatic Studies*，Vol. 37，No. 2（Dec.，1977），pp. 413~423.

❸ Jan W. Walls：Chinese Theories of Literature. by James J. Y. Liu，in *Pacific Affairs*，Vol. 49，No. 3，Autumn，1976，pp. 543~544.

❹ Stephen Owen：Chinese Theories of Literature. by James J. Y. Liu：*MLN*，Vol. 90，No. 6，in *Comparative Literature：Translation：Theory and Practice*，Dec.，1975，pp. 986~990.

❺ Tao Tao Sanders：Chinese Theories of Literature by James J. Y. Liu，in *Bulletin of the School of Oriental and African Studies*，University of London，Vol. 40，No. 2，1977，pp. 417~418.

现论"，"诗"是早期确定文学规则的主要文学样式；而西方文学早期最主要的文类是史诗和戏剧，与此相应，西方文学理论最古老的是"模仿论"。❶

有趣的是，"表现论"是中国文学最早的根基之一，而在欧洲和西方只是到了十九世纪才占据重要地位。这种思维方式的结果是诗在中国极为重要，在西方则到了十九世纪才成为重要的文学形式。❷

这篇书评同时认为中国"形上论"与西方理论的对比，突出了中国古代文学的中国性（Chineseness）。综上，如周策纵和余宝琳所言，只要我们牢记该书的写作目的来看待该书的话，《中国文学理论》是一部成功的著作，因为它在一定程度上已经实现了自己的写作目的。该书中译者之一杜国清也肯定："刘教授这本书之所以称为《中国文学理论》，是有他的雄心和意图的。他在英美多年，深感西洋学者在谈论文学时，动不动就唯西方希腊罗马以来的文学传统马首是瞻，而忽视了另一个东方的、不同于西方但毫不劣于西方的文学传统。……由于这本书的出现，西洋学者今后不能不将中国的文学理论也一并加以考虑，否则将不能谈论普遍的文学理论（universal theory of literature）或文学（literature），而只能谈论各别的或各国的文学（literatures）和批评（criti-

---

❶ Tao Tao Sanders：Chinese Theories of Literature by James J. Y. Liu，in *Bulletin of the School of Oriental and African Studies*，University of London，Vol. 40，No. 2，1977，pp. 417～418.

❷ 同上。

cisms）而已。"❶

2. 国内学界的接受及争议

事情本该就此结束了，但《中国文学理论》被译为中文，回流中文学界，再次在令人耳目一新的同时也遭到前所未有的挑战。正如本章引文所述，在特定的时间、地点、情况下，一切可能都是正确的，但超出了这一特定时间、地点、情况，则一切可能都是错误的。

伴随时间的推移，刘若愚在海外进行的有关中国古代文论的研究逐渐经由比较文学、文艺理论研究、海外汉学三个领域被中文学界所熟知。限于篇幅，本书主要梳理刘若愚的学术著述在中国大陆学界的接受和争议情况。

这里首先梳理国内学界对该书的接受情况：中国大陆早在 1986 就有了赵帆声等译《中国的文学理论》，1987 年又有了田守真、饶曙光翻译的《中国的文学理论》。但前者仅印 3 600 册，后者也仅印 5 700 册，发行量太小，加上时机不成熟，因此这两个译本虽然对于学界了解该书功不可没，但产生的影响相比之下似不如杜国清的中译本在台湾学界所产生的影响大。就笔者所见，国内期刊中最早的专门评论刘若愚《中国文学理论》一书的论文正是 1996 年两位学者根据 1981 年杜国清译本发表的书评，这篇书评对《中国文学理论》进行了认真细致的研读，在一个特定的时代颇能代表学界对刘若愚的理解和评价，故本书多摘录几段于此，以供读者参考：

---

❶ 杜国清："译者后记"，见 ［美］刘若愚：《中国文学理论》，杜国清译，江苏教育出版社 2006 年版，第 261 页。

刘先生著作的失误不是局部的、枝节性的，而是根本性的。……刘先生的文化环境、高深学养，使他在学术领域认认真真建构体系而不能自觉其失误。这也正是刘氏理论将其追随者导入误区的原因。❶

……即使郭绍虞、罗根泽这样的现代学者，亦不过蒐集"许多有关资料"，"整理出一些秩序"；"但是我们需要更有系统、更完整的分析，将隐含在中国批评家的著作中的文学理论抽提出来"。刘氏的著书目的不能不算纯正而严肃。然而，他的著述的失误也恰恰从这里开始。

既然对30年代乃至"五四"新文化运动以来中国现代学者的成果表示某种程度的轻视，那么，他就必然与中国文学批评本位的研究脱离，自外于中国文学理论的历史与逻辑，去做"更有系统、更完整的分析"，去"抽提""隐含"的中国文学理论。也许刘先生并未意识到这一步的危险。因为从这里出发去"抽提"的理论，必将是否定了中国文学批评自身系统性和完整性的理论。

《镜与灯》这一所谓"值得称赞的图表，其科学性本可怀疑……《中国文学理论》一书首位的根本的失误，就是将中国完整的文学理论的"鸡蛋"打破，倒在依据西方理论改制的模子里去作"蛋卷"。

---

❶ 毛庆耆、谭志图："评《中国文学理论》"，载《文艺理论与批评》1996年第2期，第87~88页。以下简称"毛文"。

……由三角图式的四论变化为圆形图式的六论，是随意性和目的性的统一。……这哪里是什么"归纳发现"，分明是"由演绎建立"起六论，而后削中国文学批评之足以适六论之履。

《中国文学理论》一书之失误，还在于以概念代替历史。中国文学理论是中国社会、文化和文学实践的产物，是一个历史过程。它是一定社会历史时期的文学思潮史。刘先生在其著作中，却脱离中国文学理论历史进程，而着重范畴和概念的中西比较研究。……在《中国文学理论》一书中，只见概念，不见历史。……概念的历史背景不见了，概念的承传关系不见了，概念与文学作家作品的联系被割断了。从而中国文学理论的整体面貌自然就显得模糊不清了。

除此之外，该文还深入评析了刘若愚的"形上理论"，作者对刘若愚青睐道家哲学影响下的中国古代文论不满，并最终认定《中国文学理论》是当代美国社会、文化的产物，不能成为中国现代文学理论批评建设的圭臬。❶

单独看来，两位学者的观点实有可取之处，有些时候也的确击中了《中国文学理论》一书的软肋，例如"只见概念，不见历史"可谓相当准确，在当时作者对西方汉学成果表现出了独立慎思的勇气，这是值得后学尊敬的。进入 21

---

❶ 毛庆耆、谭志图："评《中国文学理论》"，载《文艺理论与批评》1996 年第 2 期，第 87~88 页。

世纪，一些学者虽然也肯定刘若愚在《中国文学理论》中的探索，但仍然怀疑刘若愚的这一处理中国古代文论的做法的有效性，或者说认为该书虽然对外国人了解中国古代文论有一定帮助，但可能使得中国文论在某种意义上成为了西方文论的脚注，在西方的参照系下中国古代文论可能被极大地误读了。

当然，赞同者也大有人在："但刘若愚当年以孤军作战的方式，以艾氏理论对中国文论加以了论述。笔者认为，这一出发点是无可非议的，他无非是为了便于西方读者对完全陌生的中国文论有所了解，特别是一个整体的了解，其功不可没。"❶

刘若愚站在世界文学理论总体体系的高度，引用并改造西方文论的"文学四要素"理论，把他所设计的中国文学理论分为六个方面，即形上论、决定论、表现论、技巧论、审美论和实用论。然后追溯这些理论的发展和源流，指出各种理论自身发展所经历的历史阶段，分别确定了它们各自在文学理论体系中的地位和价值。这样就把中国源远流长、丰富多彩的文学理论包容在一个系统的模式之中，不仅可以使本来不熟悉中国传统文论的西方读者可以透视中国文论的大观园，同时也给中国本土文论学者系统性的思维训练以多方面的启示，为中国文学理论的系统化作出了重要贡献。……尽管刘若愚的比较诗学体系并非完美无缺，他有其洞见也有其

---

❶　王晓路：《中西诗学对话——英语世界的中国古代文论研究》，巴蜀书社 2000 年版，第 244~245 页。

不见，因而不断被其他学者批评和解构，但他毕生为西方学者理解中国诗学——当然，也是为建构中西比较诗学——所做出的艰苦努力和取得的丰硕成果，应当受到后来学者的理解和尊重。❶

　　总的来看，国内学者对刘若愚学术著述的评价从 20 世纪 80 年代一直到现在，仍然存在争议，即使杜国清译本在大陆发行，且出现詹杭伦研究刘若愚专著，仍没能结束这一纷争局面。2006 年，杨乃乔在《全球化时代的语际批评家和语际理论家》一文中提出"谁来评判刘若愚及其比较文学研究读本？"认为至少"应该读完了英文版的《中国文学理论》等再去作出自己的评价"，"要能够了解西方学者对刘若愚著作阅读所获有的启示，就必须走进西方学者生存的全部学术语境中去"。❷ 可见，学界在对刘若愚学术方法的理解、学术著述的价值的客观认识上仍然是存有争议的，故在前人的基础上，继续对这一议题进行深入的开掘依然很有必要。如前所述，《中国文学理论》一书有自己独特的历史文化语境，同时也是刘若愚学术思想中不断发展的一部分，我们必须在更广阔的视野中看待该书的得失。本书将刘若愚的学术著述视为一个不断发展变化的整体，将《中国文学理论》置于他个人著述的整体之中，同时参考其他中西学者对刘若愚学术

---

　　❶ 詹杭伦："刘若愚及其比较诗学体系"，载《文艺研究》，2005 年第 2 期，第 57～63 页。

　　❷ 杨乃乔："全球化时代的语际批评家和语际理论家——谁来评判刘若愚及其比较文学研究读本"，载《徐州师范大学学报》（哲学社会科学版）2006 年第 2 期，第 32 页。

成果的评价全面解析刘若愚建构中国诗学体系的实质及意义。

（1）国内学界争论的焦点评析。

中文学界有关刘若愚建构的中国古代文论体系的争议点到底在哪里呢，就笔者看来，焦点有二：第一，刘若愚《中国文学理论》的学术成分问题，他为英语读者而写的中国古代文论著作介绍还是不是咱们原汁原味的中国古代文论？第二，他借用艾布拉姆斯图表体系化中国古代文论时有没有削足适履，以偏概全？

刘若愚的《中国文学理论》的学术成分如何？到底是单纯西方文化的产物，还是熔铸了古今中外学者的思考？是中国文学理论漫长发展过程中由渐变到质变的内在脉络的一部分，还是自外于这一传统而迎合美国文化的学术臆造？无论是说《中国文学理论》"变成了西方视野下的中国文学理论，它不再是真正的中国文学理论"，还是说刘若愚的研究是"自外"于中国文学理论的历史与逻辑去"抽提"中国古代文论，《中国文学理论》是当代美国社会、文化的产物，它对问题的提出和解决、它的研究和失误，都是对美国社会文化的适应，其核心问题实际都是对《中国文学理论》一书学术成分问题的争议。该书对中国古代文论的研究到底是单纯来自西方的构想，还是中国文学理论在近现代以来由在此领域耕耘的优秀学者们共同研究推动的结果？很显然，如果它只是西方大学象牙塔里教授为了饭碗的虚构，中国文学理论就会成为小孩手中的橡皮泥，可以捏成任何想要的形状。如果是后者，则它与近现代中西的交流增多密切相关。甚至可以说，它是中国古代文学理论的在近现代与西方文学、诗学对话交流之后，由无数学贯中西的先进知识分子们共同推动发展，使中国古代文论由渐变到质变，逐渐成为新时代文论话语进程中的一环。

前述的学者认为刘若愚轻视郭绍虞和罗根泽等现代学者对中国古代文学理论的研究成果，在研究方法上"另起炉灶"正是《中国文学理论》全书失误的开始，正是对刘若愚学术方法和立场误解的表现。❶ 刘若愚并没有对 30 年代乃至"五四"新文化运动以来中国现代学者的成果表示某种程度的轻视，事实上他对郭绍虞、罗根泽等学者的著述十分尊敬。刘若愚的《中国文学理论》一书在原材料的取舍上就十分信赖这些早期对中国零散的批评材料进行整理、解释的著名学者。"还有不少广泛地探讨文学的理论著作，以及不计其数的文章、书牍、序跋、诗话、注疏、笔记、旁注等，莫不含有理论的金块，让人们从技巧性的讨论、实际批评、引用句以及轶事的沙堆中筛出来。许多有关资料，业经现代学者，尤其是郭绍虞和罗根泽，从这些不同的来源中收集在一起，整理出一些秩序来"❷，这里无疑是在写古代文学理论资料之零散，并肯定郭绍虞、罗根泽搜罗整理解释之功。对于这一评价，即使今天看来也与历史事实吻合。童庆炳教授在《中华古代文论的现代阐释》也高度肯定了郭绍虞、罗根泽等学者的研究功绩，但也同时指出了在面对新的需求时，这些传统著述仍然是存在一定局限的：

---

❶ 参见前引毛庆耆、谭志图："评《中国文学理论》"，载《文艺理论与批评》1996 年第 2 期，第 88 页。

❷ ［美］刘若愚：《中国文学理论》，杜国清译，江苏教育出版社 2006 年版，第 5 页。

　　20 世纪的中华古文论的研究，可以分为历史的、微观的、宏观的三种研究。开始得比较早、成果比较多、影响比较大的是"历史"研究。这方面的著作很多。陈钟凡的《中国文学批评》（1927 年，上海中华书局），方孝岳的《中国文学批评史》（1934 年，上海世界书局），郭绍虞的《中国文学批评史》上卷（1934 年，商务印书馆），罗根泽的《中国文学批评史》（1934 年，人文书店）等，是较早出现的古代文论的历史研究著作。1949 年以后，中国古代文论的研究著作数量很多，但影响较大的仍是"批评史"方面的著作，如郭绍虞改写的《中国文学批评史》，刘大杰主编的《中国文学批评史》，王运熙、顾易生主编的三卷本《中国文学批评史》，还有敏泽的两卷本《中国文学理论批评史》，蔡仲翔等主编的五卷本《中国文学理论史》，以及新近完成的由王运熙、顾易生主编的八卷本《中国文学批评通史》等。此类著作对与中国文学理论批评的研究，其贡献是巨大的，它们不但考订了文论的事实，收集了丰富的各代文论资料，梳理了中国文论的历史流变，也程度不同地对历代不同的文论观点进行了阐释。今后，这种模式的研究无疑还会有新的发展。但是，这种模式的研究的缺陷也是显然的，即它们作为一种"历史"呈现，对如何使中华古文论通过转化，成为"现代形态"的文论的有机组成部分，其作用就比较小。❶

---

　　❶　童庆炳：《中国古代文论的现代阐释》，中国人民大学出版社 2010 年版，第 6 页。

　　这表明如果沿用郭绍虞、罗根泽等前辈对中国古代文论进行的"历史研究"思路，即使在国内其效用对于古代文论的现代转化帮助程度将是有限的，更何况刘若愚是在面向英语世界讲述中国古代文论，他的写作目的、读者对象都与郭、罗等前辈面对的完全不同。也许可以进一步说，刘若愚以西方语言以及西方批评流派为参照系梳理中国古代文论已经不是中国古代文学理论的"批评史"著作，而是中国古代文学理论现代转化进程中的一部分！因为他不但力图使英语读者在极简的篇幅内了解中国古代文论的全貌，还力图在阐释中西文论之间的异同时彰显中国古代文论的独具特色之处。他的研究由于写作目的、读者对象的不同自然会导致与前人方法上的差异，但他在自己的著述中一定程度信赖郭、罗等前代优秀学人的权威选本就足以表明他的研究不是一种背离，更多的一种推进！

　　仔细通读刘若愚的全部著作，就会发现他对中国古代文学、文论的研究不仅建立在对古代文学、理论家个人第一手资料的占有和详细解读上，更是对历代包括晚清至现代以来中外名家研究成果的参考借鉴和超越。在对中国古代文论进行研究和梳理时，他不但注意到总论中国古代文艺理论的何文焕、郭绍虞、罗根泽、丁福保、范文澜等人❶，也注意到对古代文论的代表性著作和某一文学现象进行研究的王国维、黄侃、詹锳、冯友兰、陆侃如、冯沅君、汪馥泉、杨明

---

❶　刘若愚会参阅，但不代表他完全不加批判地采信，有些时候，他也会亲自去验证这些材料的真实性，也会对各家就某一段材料的不同句读、用字、理解表示不同意见。

照、朱自清、钱钟书、杨宪益、戴乃迭、饶宗颐、王利器、王元化、刘永济、张健、王力、王瑶、徐复观等中国学者；对自己的海外同行，如日本学者青木正儿、瑞典学者高本汉乃至诸多欧美学者如韦利、陈世骧、周策纵等人的论著也不时有参考与分析。

在引用中国古代文学理论家的原文时，刘若愚也会注明多种中文资料出处，已有的英文翻译也会一一指明，以致一个注释中涉及多种文本是常见的事。他不但在引用原文时如此慎重，对各家意见的评说也都会严肃地一一鉴别，合则采信，不合则给出自己的见解。刘若愚经常在注释中表达与其他学者不同的意见，或者列举多位前贤的不同解释，有时一条注释竟会长达几百字。引用原文，如对袁宏道关于"趣"（gusto）的"世人所难得者唯趣。趣如山上之色，水中之味，花中之光。……"的引用。该引文的注释为："袁宏道，第5页；郭绍虞，V，第376页所引。参照林语堂，II，第121页；波拉德，第79～80页。"❶对某一术语的理解，如对"道"的解释时，也有如下的注释："'道'在中国哲学中各种不同的涵义，见鲍译冯友兰（Fung—Bodde），与陈荣捷，II；关于'道'的字源及其与'文'的关系，见周策纵，II；关于'道'在文学批评中的含义"，见郭绍虞，VI，以及陆

---

❶ James J. Y. Liu：*Chinese Theories of Literature*，Chicago and London：The U-niversity of Chicago Press，1975，p. 158. 刘若愚：《中国文学理论》，杜国清译，江苏教育出版社 2006 年版，第 120～121 页。

侃如和牟世金。"❶ 全书约 500 余条注释，多半如此，最长的一条注释大约是有关《文心雕龙》书名的理解和翻译问题，长达 700 余字。它提到各家的理解和英译，包括王利器、范文澜、施友忠、陈世骧、海陶玮、陈受颐、杨宪益夫妇、吉伯斯及作者本人。❷

其治学如此之严谨，以致《中国文学理论》一书正文才 140 页，注释竟达到 25 页之巨。除了一贯的严谨求实方面的原因之外，尊重前人成果，为中国文学理论研究向纵深推进、为有兴趣的读者和专家进一步指明方向无疑也是其鹄的。"由于本书不是专为研究中国文学的学生而写，我在本书中，尽量避免专门性的讨论，因此，不懂中文的读者，仍然可以了解，而另一方面，我将专门性的讨论以及参考书目的引证归入注中；这些注以及参考书目和语汇索引，应该能使专门研究中国文学者找到出处，或参考与所讨论的主题有关的其他著作。"❸ 其用心可谓良苦。也正因为刘若愚在资料的占有上如此下工夫，杜国清才指出台湾赖春燕的《中国文学理论》译本"最大的一个缺憾，是将原书 56 页❹（占全书四分之一以上）的附注、参考书目和词汇索引完全略去……

----

❶ James J. Y. Liu：*Chinese Theories of Literature*，Chicago and London：The University of Chicago Press，1975，p. 144. 刘若愚：《中国文学理论》，杜国清译，江苏教育出版社 2006 年版，第 20 页。

❷ James J. Y. Liu：*Chinese Theories of Literature*，Chicago and London：The University of Chicago Press，1975，p. 146. 刘若愚：《中国文学理论》，杜国清译，江苏教育出版社 2006 年版，第 29 页。

❸ James J. Y. Liu：*Chinese Theories of Literature*，Chicago and London：The University of Chicago Press，1975，p. Vii. 刘若愚：《中国文学理论》，杜国清译，江苏教育出版社 2006 年版，原序。本书作者根据英文，略改动杜译。

❹ 原著注释部分实共为 26 页，占全书篇幅 1/4。

学术著作上的一个脚注，哪怕只是一个出处、页数或年代，往往需要研究者的时间、功力、见解和判断才能肯定的。学术著作本来就是脚踏实地、一点一滴的心血累积。译者从本书533条的脚注和所列三百多项书目中，不但可以获得作者对前人解释的见解，更可学得做学问的方法和态度。赖译就这样将原作者四分之一的心血略去，未免太轻率"。❶

　　《中国文学理论》面世距今已有37年，经受了英语世界、中国学者的考验。至今回头看这部著作，仍会发现该著提出了许多有趣的议题，有极广阔的思考空间，这无疑与刘若愚身处西方，眼界开阔，且能在广泛占有中文原始大量资料的同时，对广大范围同行研究成果给予足够重视，博采众家之长，加以个人独特领悟和阐释的结果。如何才能有效继承中国古代文学理论、挖掘出其中的金块，使古代文论焕发出新意和真义，并使之成为现代中国文论体系中的有机组成部分？这个问题从20世纪初直到今天依然是一项中国学者正在进行中的课题：从王国维《红楼梦评论》、朱光潜《诗论》、黄药眠、童庆炳《中西比较诗学体系》、曹顺庆《中西比较诗学》、童庆炳《中华古代文论的现代阐释》等人的著作均是对这一问题的深入研讨。同时，中西诗学的比较更是从事比较文学的著名学者乐黛云、叶嘉莹、尧芃子、颜元叔、张汉良、张隆溪、郑树森等学人一直关怀的对象，这些学贯中西的学者无不站在中西比较的立场，力图使古代文论焕发出新的活力，力图在中西比较对话中加深对诗学本质的

---

❶　刘若愚：《中国文学理论》，杜国清译，江苏教育出版社2006年版，第262页。

认识，并使中国古代文论能成为现代中华文论的有机组成部分。

因此，鉴于刘若愚著述的目的和内容，无疑应该把他的研究视为中国古代文论现代转化进程中的一部分，而且由于其英语写作带来的文化指涉的差异，有可能还是极为独特的一部分。刘若愚特别强调中国古代诗论中那些他认为可能是中国古代文论中最独特的，或者是那些最有可能在与西方理论的比较中彰显出共通之处的理论，如深受道家、禅宗思想影响的文论，而对于儒家文论他则没有表现出同样浓厚的兴趣。但这并不意味着他不知道中国古代文论中占据统治地位的是儒家文论，或者他有意要误导西方读者，而是因为根据刘若愚个人的写作目的，注重受庄禅影响的文论似乎更能彰显中国古代文论独特性。他曾不止一次地提醒英语读者注意儒家文论在中国文学思想中的独特地位："实用理论，主要着重于艺术过程的第四阶段，是基于文学是达到政治、社会、道德，或教育目的手段这种概念。由于得到儒家的赞许，它在中国传统批评中是最有影响力的。"❶

因此，如果仅因为情调重点的差异就认定刘若愚的学术著述只是美国社会文化的产物，无疑失之偏颇，或者说表现了一种中国中心主义的心态，似乎刘若愚讲述的中国古代文论因为不同于传统学者的方式就不再是中国古代文论了，中国古代文论就失去自己最有特色的东西了。实际上，刘若愚

---

❶ James J. Y. Liu：*Chinese Theories of Literature*，Chicago and London：The University of Chicago Press，1975，p. 106. 刘若愚：《中国文学理论》，杜国清译，江苏教育出版社 2006 年版，第 160 页。

所做的一切正是为了凸显中国文论的"中国性"、与西方相比而具有的"他性"，更何况，他的这种对中国文论独具特色者的强调并不是空穴来风，而是建立在对中西文论的深入了解的基础上。他在中西诗学的比较中所开掘出的一些议题，如"形上论"与西方"模仿论"、现象学文论的比较，如中西表现论、决定论、审美论的比较，直到今天仍然极具启发意义。

此外，需要强调的是，刘若愚在面向英语世界讲述中国文学理论时，始终把中国当成自己的文化据点，尽管他本人时常希望超越种族和文化，以真正不偏不倚的态度对待中西两种文化。❶《中国文学理论》全书自始至终把中西两种文论放在平等的地位上加以对比分析，而这也是笔者仔细阅读他的著作后所获得的刘著实为"外西内中"之感慨的根源。尽管他用英语写作，调整借鉴西方理论家的图表，不时将中国文论与西方理论作出种种异同的比较，但其核心仍然是为了向英语读者阐释源远流长的，独立于西方体系之外的，独具特色的中国古代文艺理论。

以下的例子或许可作为旁证。1988 年，上海社会科学院徐培均阅读完刘若愚的《中国诗学》后曾感叹："在通读全书之后，我还惊讶地发现，他所用的诗学理论方面的术语，

---

❶　刘若愚曾多次提到"并置""语际""超越""远离欧洲中心主义的同时也要远离汉学中心主义"，但笔者以为他毕生的著述说明了从未超脱于自己对中华文化的热爱，因为当发现中西诗学的相通之处时他是如此欣喜，而当他面对西方对中华文化、语言、理论的误会时他又如此愤怒。这种表面的超脱和他笔下涌出的实际之间形成了事实上的张力，同时也成为这位毕生致力于向西方解释中国古代文学、诗学的先驱欣喜与痛苦的根源。

几乎全是中国式的，或中国传统式的。"❶ 此论虽然针对刘若愚《中国诗学》而言，但如前所证，刘若愚的中国诗学体系正是《中国诗学》一书思考的延续，其根基是桃，其枝蔓怎么可能是李？

总之，刘若愚的《中国文学理论》从某种意义上说正是把中国古代文论置于古今、中外所形成的视界中去考察，去探求，去把握，去得出结论并提出新说的早期佳作，是坚持了中西文论"'互为主体'对话原则"的。❷ 那么，对于刘若愚在研究中国古代文学理论时所采取的方法，以及由此得到的类别，我们到底应该如何看待和评价呢？这正是本书要讨论的核心问题之一。

（2）艾布拉姆斯图表之争。

Jan W. Walls 曾说：

任何把秩序（order），特别是一个新的秩序加之于杂乱零散的中国古代文论的首创行为，都像提出一系列没有答案的问题，会产生与对其赞美同样多的质疑。要在 140 页的篇幅里提出如此多的问题就更是如此了。❸

Jan W. Walls 不幸言中。就笔者所见，几乎没有人质疑过

❶ 徐培均："序"，见［美］刘若愚：《中国诗学》，韩铁椿、蒋小雯译，长江文艺出版社 1991 年版。

❷ 童庆炳：《中华古代文论的现代阐释》，中国人民大学出版社 2010 年版，第 9 页。

❸ Jan W. Walls: Chinese Theories of Literature by James J. Y. Liu, in *Pacific Affairs*, Vol. 49, No. 3, Autumn, 1976, pp. 543~544.

《中国诗学》中的四种中国古代文论，但《中国文学理论》借鉴艾布拉姆斯图表而建立的以六种理论为核心的中国古代文论体系却饱受争议。前面的学者也激烈否定的刘若愚修改艾布拉姆斯图表，借以"抽提"中国文学理论。显然，刘若愚把艾布拉姆斯理论图表这一新的"秩序"加入中国古代文论之上是引发众多争议的导火索，那么，艾氏图表在《中国文学理论》的诗学体系中到底扮演了何种重要角色呢？

首先应该看刘若愚为什么要借鉴艾布拉姆斯的理论图表去阐释中国古代文论。其实，除了前文提到的种种背景之外，艾布拉姆斯理论在当时西方诗学界、汉学界的轰动效应无疑是最为重要的外因之一。当代西方诗学与西方汉学的关系如今正成为学界探讨的热点，而刘若愚正是最早注意到这一倾向，并亲身参与、推动这一倾向成为现实的学者之一。

艾布拉姆斯（M. H. Abrams）分析西方文学理论的图表已经被季博思（Donald Gibbs）、林理彰（Richard Lynn）、卜立德（David Pollard）和王靖宇（John Wang）等人采用，同时也是 1972 年美国亚洲研究协会年会上一个专题讨论小组的主题。❶

引文中的好几位都是刘若愚的学生或者同事，而他们都

---

❶　James J. Y. Liu: The Study of Chinese Literature in the West: Recent Developments, Current Trends, Future Prospects, in *The Journal of Asian Studies*, Vol. 35, No. 1, Nov., 1975, pp. 21~30.

只小范围地"采用"了这一图表❶，因此，可以预期借鉴艾布拉姆斯的文学理论图表整体分析中国古代文论是令人期待的。

而刘若愚之后同样借鉴艾布拉姆斯图表阐释中国古代文论思想的学者更多❷，但由于刘若愚的《中国文学理论》一书是第一部借用西方的方法和体系对中国文论作全景式研究的论著，而这所谓西方方法体系在该著中最明显的是对艾布拉姆斯图表的借用修改，因而极具代表性。

海外学者有关这一问题的主要意见如下：Karen J. Lee 否定用艾布拉姆斯图表来整合中国古代文论，他认为把西方类别置于另一传统的文学之上，似乎很粗暴，因为批评是一种艺术，批评概念也必然与各自的文化和传统有内在的融洽。❸而周策纵则赞同刘若愚的做法：

有人可能采用同一类比批评作者的方法，说作者只给我们显示了中国食物包含的糖分、蛋白质和其他化合物，但没

---

❶　王晓路：《中西诗学对话——英语世界的中国古代文论研究》，巴蜀书社 2000 年版，第 154 页。另见刘若愚原著注释及参考书目中的条目，笔者整理如下：

Gibbs, Donld：Literary Theory in the *Wen-hsin Tiao-lung*, Ph. D. dissertation, University of Washington, Seattle, 1970.

Lynn, R. J：Tradition and Synethesis：Wang Shih-chen as Poet and Critic, Ph. D. dissertation, Standford University, 1971.

Wang, John C. : *Chin Sheng-t'an*, New York, 1972.

Pollard, David E. : *A Chinese Look at Literature*：*The Literary Values of Chou Tso-jen in Relation to the Tradition*, Berkeley, 1973.

❷　黄维樑就曾用以研究《文心雕龙》。

❸　Karen J. Lee：Chinese Theories of Literature by James J. Y. Liu, in *The Journal of Aesthetics and Art Criticism*, Vol. 34, No. 4, Summer, 1976, pp. 505～506.

有告诉我们真正的中国食物和点心是什么样的。这在某种程度上可能是真的，然而，作者这样的处理有一个极大的优点：它便于呈现总体中国文学理论，例如对文学的性质和功能意见，这些理论通常很零散而且模糊，刘著的主要贡献之一是把那些观点放到一起并阐明了这些观点。读该书时应把作者的意图铭记在心，他既不是为了描述单个的中国批评家和作品，也无意主要写作一部中国文学批评史。❶

Jeanette L. Faurot 也肯定"刘教授用了一个或许可以放置中国文学理论的框架，使我们能了解更大范围的中国文学理论，对某些中西理论进行比较或对照"。❷ M. L. Idema 认为刘若愚甚至比艾布拉姆斯更严格地追求理论的一致性，而在"艾布拉姆斯的研究中，四种文学理论中的一种文学理论取决于一个批评家更注重作品与哪一因素之间的关系，因而决定他与其他因素相联系的概念，不管该批评家就别的可能的关系还什么意见。而刘若愚的研究中，批评家对任一联系的讨论似乎立即被标以'理论'，结果同一批评家，甚至同一批评著作也被拆开，出现于刘若愚著述中完全不同的部分。几乎没有批评家，无论是古代的还是现代的，西方的还是中国的，宣称过他的全部著作是一个完全一致的整体。但刘教授在这里对这些古代批评家的态度及术语似乎比必要的更显得头脑糊涂，他自己也意识到了这个问题（14～15），所以

---

❶ Chow Tse-tsung: Chinese Theories of Literature by James J. Y. Liu, in *Harvard Journal of Asiatic Studies*, Vol. 37, No. 2, Dec., 1977, pp. 413～423.

❷ Jeanette L. Faurot: Chinese Theories of Literature by James J. Y. Liu, in *The Modern Language Journal*, Vol. 61, No. 5/6, Sep. -Oct., 1977, pp. 287～288.

用‘相互影响与综合’为结尾，让我们对中国文学理论的发展有了一个全面的了解”。❶ 不过有关这篇书评的题外话是，它其实十分苛刻，甚至还荒谬地认为该书的研究书目和参考资料中没有日文书籍是一件十分不幸的事情。而事隔多年后，M. L. Idema 在有关刘若愚著述另外的书评中还是承认了《中国文学理论》所取得的成功。

《中国文学理论》出版 4 年之后，王靖献（C. H. Wang，时为华盛顿大学亚洲语言文学和比较文学助理教授）发表书评，对当时海外汉学界以刘若愚《中国文学理论》和李幼安（A. A. Ricket）主编的《中国文学批评方法：从孔子到梁启超》（*Chinese Approaches to Literature from Confucius to Liang Ch'i-ch'ao*，1978）两书为代表的、熟悉西方文学理论的学者以西方方法和术语阐释中国古代文论的做法表示质疑。王靖献以侯思孟（Donald Holzman）对孔子的解读为例，认为侯思孟把自己的意见强加给孔子，他对《论语》的解释是犯了标准的意图谬见。不过他在这篇文章的末尾依然肯定刘若愚、李幼安、侯思孟等学者的研究无论在深度还是在广度上都表现出许多卓越的洞见。❷

因此，总的说来，海外汉学界对刘若愚在该书中所采用的方法虽然存有争议，但多半还是肯定借由这一图示，中国

---

❶ W. L. Idema：Chinese Theories of Literature by James J. Y. Liu，in *T'oung Pao*，Second Series，Vol. 63，Livr. 4/5，1977，pp. 331～336。但时隔 12 年，此文作者 W. L. Idema 在对刘若愚遗著的书评中赞美《中国文学理论》的成功。参见：W. L. Idema：Some Recent Studies of Chinese Poetics：A Review Article，in *T'oung Pao*，Second Series，Vol. 75，Livr. 4/5，1989，pp. 277～288.

❷ C. H. Wang：Naming and Reality of Chinese Criticism，in *The Journal of Asian Studies*，Vol. 38，No. 3，May，1979，pp. 529～534.

古代文学理论得到了更为清晰的阐述。某些与西方对应的理论的比较、分析也突出了中国文学理论的独特之处。限于篇幅，该书也遗留下很多问题，如六种理论没能得到相同的充分阐释，缺少理论的社会文化背景分析，缺少例证，分类值得商榷等。就笔者所见，持否定意见最强烈的可能就是王靖献了，但他反对的是大多数西方汉学家以现代西方方法和术语阐释中国古代文论的做法，正如刘若愚反驳的那样，王靖献的意见有强烈的历史主义的味道，因为阐释的本质就是使用不同的术语"翻译"作者的话，后人不可能只能用古代作者自己时代的话语去阐释他的作品。诗人艾略特在被问到自己作品中的某句诗是什么意思时，有特权重复该句诗以示回答，但作为批评家的艾略特就没有权利这样做了。❶

　　显然，从海外学界的评论来看，刘若愚的备受赞誉与备受质疑或多或少都与他对艾布拉姆斯图表的借鉴有关。而这个问题实际上可以一分为二：第一，应该如何评价艾布拉姆斯理论及其图表本身。第二，应该如何评价刘若愚所调整艾布拉姆斯图表之后得到的刘若愚图表及理论。二者根本不是同一个问题，不能混为一谈。

　　首先，"任何时期有关任何文学理论的第一问题，都是'文学是什么'或'文学从哪里来'的问题"。❷从模仿论、表现论到现代西方五花八门的文艺理论莫不企图回答上述问题。而20世纪50年代初由美国批评家、康奈尔大学教授艾

---

❶　James J. Y. Lin：A Reply to Professor Wang，in *The Journal of Asian Studies*，Vol. 39，No. 2，Feb.，1980，p. 452.

❷　童庆炳：《中华古代文论的现代阐释》，中国人民大学出版社 2010 年版，第 67 页。

布拉姆斯在《镜与灯》中提出的"艺术四要素"理论及其图表正是其中之一种：

艾布拉姆斯把艺术分成作品、艺术家、宇宙和观赏者四个要素的理论，把艺术活动看成是一个由多种要素形成的流动的整体，是符合实际的，无疑是有价值的。……艾布拉姆斯所勾画的三角关系，深刻反映了艺术活动中各要素之间的内在关系，有合理的因素。❶

但同时，如果像艾布拉姆斯自己所认为的那样，他在四要素基础上建立的"四说"就足以框住任何时代的文学本原论则是不合理的。"现在看来，'四要素'所建筑起来的'四说'，不但无法'框'住现在和未来不断发展的文学，就是对中国古代的文学本原论也是'框'不住的"。❷

这证明艾布拉姆斯的艺术四要素理论有其合理性，但也有其不足，它不可能成为放之四海而皆准的普适性框架，在面对独具特色的中国古代文论时就更是如此了。刘若愚也是这样表示的："我个人的研究认为：有些中国理论与西方理论相当类似，而且可以同一方式加以分类，可是其他的理论

---

❶ 童庆炳：《中国古代文论的现代阐释》，中国人民大学出版社 2002 年版，第 68 页。

❷ 同上。

并不容易纳入艾布拉姆斯的四类中任何一类。"❶ 正是考虑到中国古代文论中那些独特的无法纳入艾布拉姆斯体系的部分，他才在调整修改艾布拉姆斯图表的基础上得到了前述的有关整个文学作品生产过程的圆形图表。

其次，如何看待刘若愚的图表？刘若愚图表与艾布拉姆斯的图表不仅有着外形上的差异，更有着内涵上的重大不同：第一是范围的缩小，从整个艺术领域缩小到文学领域；第二是四要素排列的顺序与艾布拉姆斯的不同，这表明两人对各种要素在艺术生产过程中的作用、地位的认识是不一致的。艾布拉姆斯理论中第一要素是作品、第二要素是艺术家，第三要素是宇宙，第四要素是欣赏者。而刘若愚文学理论的四要素中，第一要素是宇宙，第二要素是作家，第三要素是作品，第四要素是读者；第三是两人对四要素之间关系的认识也十分不同，刘若愚的文学四要素以圆形排列，体现的是整个文学艺术从生产到发生影响的全过程。宇宙感发作家，作家因之创作形成作品，读者阅读作品而与作家发生联系，调整自己对宇宙的感受。刘若愚最终对文学理论的划分很大一程度上基于对生产阶段的划分。而艾布拉姆斯的图表是三角形的，处于中心地位的是作品，一切围绕它而产生并发散开去，这是一个静止的固态的对艺术四要素的平面说

---

❶　刘若愚：《中国文学理论》，杜国清译，第 13 页。他同时在本页作注表示他 1962 年在《中国诗学》中对中国古代诗论的四种分类中，其中有三类多少类似于艾布拉姆斯所分类的西方实用理论、表现理论以及客观理论。但最后一类他从前称为"妙悟主义者"（Intuitionalist），但现在宁可称为"形上主义者"（Metaphysical）的中国文论似乎就极为特殊，不能纳入艾布拉姆斯的理论体系。

明，动态的生产过程是不受重视的；第四是如前所述，在刘若愚图表中，"宇宙"与"作品"之间没有箭头，"作家"与"读者"之间也没有箭头。这是因为刘若愚坚信中国古代文论中缺少西方那种作品对宇宙的模仿观念，同时他也否定艾布拉姆斯及"新批评派"的作品客观论，认为没有作家就没有作品，作品不可能是客观的，它与作家的创作和读者的再创造都密切相关。叶维廉后来也参考艾布拉姆斯图表和刘若愚圆形图表建构起自己的图表，用以寻找中西共同的美学据点和文学规律，其中一个重大的改变就是在"宇宙"与"作品"、"作者"与"读者"之间连线，于是圆形中多了两条纵横相交的轴线。❶ 因此，刘若愚与艾布拉姆斯的差异不仅体现了二者在艺术理论观念上的不一致，最重要的是他要用自己的图表去"框"住艾布拉姆斯图表所"框"不住的部分。

试以"形上理论"与西方"模仿论"的相似与差异为例探讨刘若愚对中国古代文论分类及命名的得失。前文讲到，"形上理论"在刘若愚看来是中国文学理论中最为独特的部分，它所反映的文学与宇宙的关系与西方的"模仿论"是十分相似但又绝不雷同。相似之处在于中国"形上论"与西方"模仿论"都主要导向"宇宙"。但不同的是"宇宙"的所指，而且"宇宙"与作家和作品之间的相互关系也极不相同。在西方"模仿论"那里，"宇宙"可以指物质世界（the material world）、人类社会（human society），也可以指超自然

---

❶ 叶维廉："寻求跨中西文化的共同文学规律"，见温儒敏、李细尧编：《寻求跨中西文化的共同文学规律》，北京大学出版社 1986 年版，第 20～33 页。

的概念（柏拉图的"理念"或上帝）　（the transcendental（Platonic Ideas or God））。三者中，只有最后一种与中国的"形上理论"最为相似，因为在中国"形上理论"中，"道"是普遍在于自然万物之中的，"道"不是具有人形性的神。但即使单独就"模仿论"中"宇宙"指"理念"而言，它与中国"形上论"仍然有差异，因为"理念"只存在于某种超出世界以及艺术家心灵的地方。此外，在"宇宙""作家""作品"三只之间的相互关系中，西方"模仿论者"认为诗人或有意识地模仿宇宙（亚里士多德派和新古典主义），或是被神灵附体，不自觉地吐露神谕（柏拉图）；而中国"形上理论"中，诗人既不是有意识地模仿自然，也不是纯以无意识的方式反映"道"，而是在消除主客体差别的"化境"中，自然地显示"道"，这是一种动力（dynamic）关系，含有一个转变的过程：从有意识地致力于观照自然，转到与"道"的直觉合一。❶ "形上理论"中文学只是显示（manifests）"道"而不是模仿（imitates）"道"。正由于中国"形上理论"与西方"模仿理论"之间存在的差异，"我决定不采用'mimetic'（模仿）这个字指本章所讨论的文学理论，而代之以'metaphysical'（形上）。然而，我并不是在暗示模仿的概念在中国文学批评中完全不存在，而只是说它并没有构成任何重要文学理论的基础。就文学分论的层次而言，次要意义的模仿观念，亦即模仿古代作家，在中国的

---

❶ James J. Y. Liu：*Chinese Theories of Literature*，Chicago and London：The University of Chicago Press，1975，pp. 47～49. 刘若愚：《中国文学理论》，杜国清译，江苏教育出版社 2006 年版，第 71～73 页。

拟古主义（Chinese archaism）中，正像在欧洲的新古典主义（European neoclassicism）一样地显著"。❶

《中国文学理论》对中国"形上理论"与西方"模仿论"之间的比较在中西比较诗学发展史上开启了两个重要的思考方向：西方最原始最有影响力的艺术"模仿论"是否具有普适性？中国是否存在西方意义上的"模仿论"？海外学者中，2008年，美国德州大学人文艺术学院终身教授顾明栋在论文《中西文化差异与文艺摹仿论的普遍意义》❷ 就这一问题有进一步的探讨。而此前的林理彰等著名学者也都对此问题有过评论。❸ 国内学界方面，针对中国文学本原论中是否存在超越"感物""言志"的形而上层面，童庆炳教授肯定："中国古代的思想，也有自己的独特的'超验'的形而上层面。不错，

---

❶ ［美］刘若愚：《中国文学理论》，杜国清译，江苏教育出版社 2006 年版，第 74 页。

❷ ［美］顾明栋："中西文化差异与文艺摹仿论的普遍意义"，载《中山大学学报》（社会科学版）2008 年第 6 期。

❸ "'以模仿客观存在的某些方面为主的艺术'（艾布拉姆斯）——用于界定中国诗学理论的作品与客观存在的关系，似乎并不妥当，主要因为这个术语包含着一整套从柏拉图到亚里士多德及其后的新柏拉图和新亚里士多德学派批评体系的西方含义。无论是柏拉图式的超验的理想真实，还是亚里士多德式的客观世界观念，都没法在传统的中国思想界找到与之相对应的观念（中国观念中的模仿经常包括不言自明、普遍存在的现实在内）。对中国诗歌来说，无论在理论上还是实践上，既不存在那种动机，也不存在那样的理论基础，去关注怎样模仿或表达西方式理想的或标准化类型的客观存在。亚里士多德及其继承者把诗的创作过程主要看作一种制作过程，而中国人似乎认为诗的创作过程与'知'和'行'有关，诗并不是模仿客观存在某些方面所形成的客观实体，而是诗人与现实世界遭遇的经验的表达，因而似乎总存在着一种主观成分，因为诗人所表达的，不仅仅是客观现实的某些方面，而是加入了诗人的意识中经过滤后注入的、贯穿整个诗歌的个人成分。"参见 ［加］林理彰："中国诗学"，祝远德译，王晓路校，载《东方丛刊》2004 年第 3 期。

就中国古代思想范型而言，的确没有像西方那样的经由赫拉克利特、柏拉图、亚里士多德、斯多亚学派等所建立起的形而上的理论大厦，即世界是由上帝创造的，上帝是超验的，它创造了经验的凡庸的世界，这两者之间，有巨大的鸿沟。但是中华的先辈，也提出了'天'、'命'、'道'、'天人合一'等系列的形而上思想，只是这种形而上思想有着中华民族自身的特点，它不像西方的'理式'、'绝对精神'那样绝对的超验，而是在超验与经验之间，是形而上与形而下的统一。"❶ 童庆炳教授有关中国文学理论中本原论的论述无疑与刘若愚对中西"形上论"与"模仿论"异同的比较有异曲同工之妙，它再次证明中国文学理论的虽然也有形上的超验论，但这种"形上论"与西方的"超验论"之间的相似与不同。而两位学者的不谋而合，更是证明中西诗学的比较，不但有助于深入理解中西文学理论的异同，更可以更好地理解本民族文论的特质，所谓"横看成岭侧成峰，远近高低各不同。不识庐山真面目，只缘身在此山中"，只有来自外围的支点，才可以让我们看清自己日日浸淫其中的诗学传统。

所以，没有西方理论体系的参照，中国文学理论的独特性就难以呈现，而刘若愚也只能在大范围的中西诗学比较之后，提出"形上理论"在中国虽非最有影响力或最古老的，但却提供了最有趣的与西方理论比较的视点的看法。而通过这种比较，中国文学理论与其西方对应理论之间的异同也才更加清晰地浮现出来。只不过我们一定要注意，此图表非彼

---

❶　童庆炳：《中华古代文论的现代阐释》，中国人民大学出版社 2010 年版，第 87 ~ 88 页。

图表，刘若愚图表已远非艾布拉姆斯图表，他的学生黄宗泰就肯定："刘先生的这本《中国文学理论》并没有简单地借用美国康奈尔大学的艾布拉姆斯（M. H. Abrams）教授著名的四要素图解形式，而是加上了自己的理解和有效的改造，其目的是展示中国文学所独具的东西。"❶ 对于所有以"图表"为主题引发的争论，刘若愚十分超然，除了就王靖献的批评发表过简短的答辩之外，另只在 1980 年 4 月为杜国清中译本所写的短序中提到："本书自问世以来，受到相当广泛的关注。有些书评人的过奖，我愧不敢当；另有些唱反调的，我也不想一一答辩，因为他们或是有意曲解，或是提出些无关宏旨的问题。谁是谁非，明眼人当自有公论。"❷

其实，如果联系刘若愚的更多学术著作的话，答案其实已经昭然若揭。刘若愚所看重艾布拉姆斯的并不是他的图表，而是艾氏提出的艺术四要素理论。在《语际批评家》中，刘若愚再次重申每一艺术作品的创作必然涉及四要素——世界（the world）、艺术家（the artist）、作品（the work）、观众（the audience or spectator），并对《中国文学理论》中自己建构的圆形图表重新调整后作为分析世界性诗论的依据。他同时还在注释中谈到："佛克玛（D. W. Fokkema）曾在他有关《中国文学理论》的书评❸，和论文'中国

---

❶ 王晓路、［美］黄宗泰："中国和美国：语言、文化与差异的价值"，载《文艺研究》2009 年第 9 期。

❷ ［美］刘若愚：《中国文学理论》，杜国清译，江苏教育出版社 2006 年版，中文版序。

❸ 佛克玛的书评，载 *Dutch Quarterly Review of Anglo-American Letters*，VOL. 8（1978），论文 Chinese and Renaissance Artes Poeticae, in *Comparative Literature Studies*, Vol. XV, No. 2, 1978.

和文艺复兴时期的诗艺'中，问我为什么要用艾布拉姆斯的模式而不是雅可布森（Roman Jakobson）著名的'语言与诗'中的模式❶去分析文学理论。实际上，自我重新以圆形安排四要素而不是艾布拉姆斯的三角形之后，我没有真的遵循艾布拉姆斯的模式。"❷

　　这就直接证明刘若愚在《中国文学理论》中对中国古代文论的分类整理与艾布拉姆斯的图表之间关系并不十分密切

----

　　❶ 雅可布森（Roman Jakobson）著名的"语言与诗"中的模式指雅可布森设计的语言学的交流模式：

语境（context）

信息发送者（addresser）　>　信息（message）　>信息接受者（addressee）

接触（contact）

符码（code）

如果讨论的是文学，则"接触"方式通常是印刷的文字，上面的图示可以调整为：

语境（context）

作家（writer）　>写作（writing）　>读者（reader）

符码（code）

参见 Raman Selden, Peter Widdowson, Peter Brooker: *A Reader's Guide to Contemporary Literary Theory*, Fifth edition, 2005, p. 5. 见拉曼·赛尔登、彼得·威德森、彼得·布鲁克：《当代文学理论导读》，刘象愚译，北京大学出版社 2006年版，第 5~6 页。感谢陈太胜老师，是他的提醒使我注意到这一点。

　　❷ 原文如下："This diagram is a modified version of the one I used in *Chinese Theories of Literature*. D. W. Fokkema, in his review of this book in *Dutch Quarterly Review of Anglo-American Letters*, VOL. 8（1978），and in his article 'Chinese and Renaissance Artes Poeticae,' Comparative Literature Studies, Vol. XV, No. 2（1978），questioned why I adopted M. H. Abrams's model for the analysis of theories of literature rather than Roman Jakobson's as developed in his well-known 'Linguistics and Poetics,' in Thomas A. Sebeok, ed, *Style in Language*（Cambridge, Mass.: MIT Press, 1960）. Actually, since I have rearranged the four elements in a circular diagram instead of Abrams's triangular one, I am not really following his model. "

James J. Y. Liu: *The Interlingual Critic: Interpreting Chinese Poetry*, Bloomington: Indiana University Press, 1982, p. 1. 注释部分见 p. 110。

紧密。综上，笔者以为借鉴修改艾布拉姆斯的图表不过是一个为着方便介绍中国文学理论而出场的工具，是一种权宜之计，一种诠释的手段，并不是一种力图要放之四海皆准的教条。和刘若愚的众多探索一样，我们不妨把它视为一种尝试。艾布拉姆斯《镜与灯——浪漫主义理论与批评传统》（*The Mirror and the Lamp*：*Romantic Theory and the Critical Tradition*）1953 年面世后，在西方学界反响较大，其图表分析的便捷性和简约普遍比较认可。刘若愚此启发，修改调适其图表用以向西方读者介绍原本不成体系的中国古代文论，其行为本身无可厚非。❶

更何况当时的中文学界，对于中国古代文论的体系问题也依然处于探索阶段。罗宗强就指出："我国的古代文论，究竟是一个什么样的面貌，我们至今似乎并没有一个完整的认识。这里有几个问题尚须研究：一是有没有体系；二是这一体系是某一流派的体系，还是整个中国古代文论的体系；三是这一体系是由什么构成的，是范畴，是某些观点的组合，还是别的什么；四是这样的体系是什么时候形成的，是一时形成，还是自古及今才形成？这些问题，要认真起来，恐怕不大好回答。关于第一点，似乎有一个忌讳，说没有体系，似乎是对中国古代文论的大不敬。可是说有体系，那么

---

❶ "我认为用什么方式，包括西方思想和模式来分析，这本身并没有什么对错，主要是你自己的思想和观点是否可以通过这种分析论证出来。"见王晓路、〔美〕黄宗泰："中国和美国：语言、文化与差异的价值"，载《文艺研究》，2009 年第 9 期。

包括的范围应该确定在什么地方?"❶ 因此，新时期中国古代
文论研究最鲜明的特色之一可以说就是学者们都在努力寻找
感性零散的中国古代文论的潜体系，这种科学理性的态度以
及体系化倾向已经成为现代研究中国古代文论以及建构现代
中国文艺理论的一种鲜明特色。早在 20 世纪 80 年代，童庆
炳教授就曾尝试以图表的形式呈现文学理论中的诸要素和问
题。他以主体、客体为纵轴，以个人与社会为横轴建立起一
个有关文学构成要素的菱形文学结构图示：他认为主体与客
体的轴线是认识论的轴线，因为主体有创造的因素，客体有
再现的因素；而个人与社会的轴线是心理学、价值论的轴
线，因为个人心理的情感性作用于社会有社会性；他根据这
一图表寻找到有关文学的 8 种要素，并最终得到了文学的多
元结构。❷ 陈良运在他的《中国诗学体系论》中以"言志
篇""缘情篇""立象篇""创境篇""人神篇"五大篇章勾
勒出中国古代诗歌美学的基本框架，其对体系的追求毋庸置
疑。这一切都充分表明中国古代文论在今天的研究早已经不
可能完全叠床架屋般采用古代的那一套。笔者以为无法再东
引一句，西引一句，或者随意抛出"味在咸酸之外"，意在
"可解与不可解之间"，时代已经改变，读者已经改变，理论
和批评家也需相应作出改变。

　　回到刘若愚《中国文学理论》的评价问题，笔者借用刘
若愚评价中国古代技巧主义理论时曾说过："他们过于关心

---

　　❶ 罗宗强、邓国光："近百年中国古代文论之研究"，载《文学评论》
1997 年第 2 期，第 71 页。
　　❷ 童庆炳：《维纳斯的腰带：创作美学》，中国人民大学出版社 2009 年
版，第 30 ~ 41 页。

怎样说，而忘记了要说什么。"我们不能过于关注刘若愚"怎样说"，而忘记看他到底"说了什么"，后者才是枢机关键！

（3）刘若愚中国诗学体系的实质。

如前所述，艾布拉姆斯的理论模式在刘若愚寻找中国古代文论潜体系过程中并不是至关重要的，如果我们将《中国文学理论》置于刘若愚学术著述发展的整体中，就会发现刘若愚最为关心的是中西诗学都在追问的有关诗的本质、功能、评价标准等核心问题。《中国文学理论》是刘若愚阐释中国古代文论的集中体现，但并不是惟一成果，他在该书阐释中国古代文论的方法不但在《中国诗学》中已近伏脉千里，在随后的《语际批评家》，尤其是遗著《语言与诗》中更屡屡得到多方面的阐释和发展。在显性的图表之外，刘若愚同时强调：

　　基于上述的图表，我们在分析任何批评见解时，可以提出一系列问题（虽然我们不必每次都提出所有的问题）：

　　1：批评家关于文学的理论属于哪种层次：他的评论相当于文学本论还是文学分论？

　　2：他专注于艺术过程四阶段中的哪一阶段？

　　3：他是从作家的观点还是从读者的观点来讨论文学？

　　4：他论述的方式是描述性的还是规范性的？

　　5：他对艺术的"宇宙"报有何种概念：他的"宇宙"是否等于物质世界，或人类社会，或者某种"更高的世界"（higher reality），或是别的？

　　6：对于他所专注的阶段中两个要素之关系的性质，他的概念如何？

…………

我希望这些足够说明我们的这个分析图表与有关的问题，如何能够帮助澄清术语的暧昧不清，显示出底层的概念，将我们导向意义的一般领域中而寻求出更为精确的含义。❶

这段话中，"分析图表"（analytical scheme）❷ 和 "有关的问题"（the related questions） 是并列主语，是两者共同帮助澄清术语的模糊，获得普遍视域中该术语的更为精确的含义。然后才是 "将上述的分析图表加以应用，且将有关的问题牢记于心，我将中国传统批评分成六种文学理论"。❸ 显然，上文引用的这一系列精心设计的问题在刘若愚对中国古代文论的划分过程中同样起着非常重要的作用。如果能联想到前文提到的，通过中西文论的比较、对中国古代文学的语际阐释，寻找 "世界性" 诗学是另一个几乎贯穿刘若愚整个

---

❶ "I hope, how our analytical scheme and the related questions can help clarify ambiguities in terminology and reveal the underlying concepts by directing us toward the general area of meaning where more precise meanings are to be sought. " James J. Y. Liu：*Chinese Theories of Literature*, Chicago and London：The University of Chicago Press, 1975, pp. 11 ~ 13. 刘若愚：《中国文学理论》，杜国清译，江苏教育出版社 2006 年版，第 15 ~ 17 页。

❷ "analytical scheme" 指刘若愚缩小范围并且重新调整后的圆形图表。

❸ "Applying the analytical scheme described above and bearing in mind the relevant questions, I have discerned in traditional Chinese criticism six kinds of theories of literature. " James J. Y. Liu：*Chinese Theories of Literature*, Chicago and London：The University of Chicago Press, 1975, p. 14. 刘若愚：《中国文学理论》，杜国清译，江苏教育出版社 2006 年版，第 18 页。

学术生涯的重要问题；如果还能联想到《中国诗学》在将中国古代四种诗论归纳为四种时，他同样是以两个任何时代、任何文明的文学理论都可能会追问的两个问题为纲，以对这些问题的回答为线串联起中国古代批评家的诗论，那么上述有关文学理论的问题在分类中的作用可能远远大于显性的图表模式。图表只是指明了位置，而问题才是筛选材料和组成类别的关键，这就是为什么《中国文学理论》一书开篇会特意要对文学批评中的"文学本论"和"文学分论"作出区分。刘若愚要把自己对理论的归纳限制在文学本论层面，尽管有的时候不尽成功，但很明显是为了避免文学分论中的一些必然会涉及中西社会文化背景、技巧分类等差异巨大的细节问题。惟有这样做才可以"将我们导向意义的一般领域，从而寻求出更为精确的含义"（directing us toward the general area of meaning where more precise meanings are to be sought）。这里的"一般领域"指的正是中西诗学术语可以通约的领域，其含义也是中西读者都可以理解的含义。换句话说，要向英语读者阐明中国古代文论，并将其与西方理论加以比较分析，并最终得出可能的"世界性诗学"，这将是不得不先走的棋。

到这里为止，已经完全有理由相信，即使没有艾布拉姆斯的图表，刘若愚也会以别的方式更连贯、更清晰地向英语读者阐释中国古代文艺理论，并在阐释的同时以中西比较，进而寻求有关诗学的共同规律为己任。对他而言，整合的关键是世界性的诗学问题，而不只是单纯中国或者西方的模式，一切依据只在于批评家们各自对这些问题的回答，问题犹如预先设置好的框，而批评家们对各种问题的答案则犹如不同颜色的珍珠被分装进不同的框。至于珍珠被分进哪一个框与批评家个人已经毫无关系，这就是为什么在刘若愚的中国文学理论的体系中，所有类别都充满了不同批评家理论的原因，更是所有批评家（包括西方批评家如亚里士多德）都成为折中调和、兼收并蓄者的关键。同时，它还可以解释为什么刘若愚在寻找中国古代文论潜体系的过程中，极少把文学理论视为某一时代或某种社会文化变迁、某种思潮影响的结果，因为他致力于寻求的是超越历史和超越文化的共同诗学，进入他视野的所有理论都因此必然淡去其历史色彩、地域文化色彩以及批评家的个体色彩。

　　那么，刘若愚是在何种背景下，基于何种理念提出他用来体系化中国古代文论的诸多问题的呢？一方面，它们和《中国诗学》中的两个问题一样，是迫于中西诗学的巨大差异。中西诗学原本是两个完全不同的体系，要想以一个体系来统率另一个体系完全不可能。季羡林先生就表示：

　　我近来悟到，我们中国的文艺理论不能跟着西方走，中西是两个不同的思维体系，用个新名词，就是彼此的"切入"不一样。举个简单的例子，严沧浪提到"羚羊挂角，无迹可求"，这种与禅宗结合起来的文艺理论，西方是没法领会的。再说王渔洋的神韵说，"神韵"这个词用英文翻译不出来。袁子才的"性灵"无法翻译，翁方纲的"肌理"无法翻译，至于王国维的"境界"你就更翻不出来了。这只能说明，这是两个体系。我觉得整个人类文化史就是创造了两

个文化体系，一东一西。❶

刘若愚只能寄望于从这些任何时代任何文学理论都尝试回答的问题入手，去寻找中国古代文论的潜体系以及中西诗学的共通之处。另一方面，也与当时的刘若愚受到西方的一些批评家的影响，认为在中西异质文化的比较中，比较文学必然迈向比较诗学有关。当时很多从事比较文学的西方学者都相信通过对来自不同传统的文学理论的比较，或许可以更好地了解文学现象的共同规律。艾田伯（René Etiemble，1909～2002）、韦勒克（René Wellek，1903～1992）、布洛克（Haskell Block）等看重非事实联系的比较文学学者对刘若愚的影响就颇大。同时，一些从事日本与西方文学理论比较的学者如上田真（Makoto Ueda，1931～）、孟而康（Earl Miner，1927～2004）等人已经在日本与西方诗学的比较领域取得了一定的成果。这更使刘若愚备受鼓舞，他深信中西比较诗学是一项大有可为的研究：

我相信，在历史上互不关联的批评传统的比较研究，例如中国和西方之间的比较，在理论的层次上会比在实际的层次上导出更丰硕的成果，因为对各国别作家与作品的批评，对于不谙原文的读者，是没有多大意义的，而且来自一种文学的批评标准，可能不适用于另一种文学；反之，属于不同文化传统的作家和批评家的文学思想的比较，可能展示出哪

---

❶ 季羡林、林在勇："东方文化复兴与中国文艺理论重建"，载《文艺理论研究》1995 年第 6 期。

种批评概念是世界性的，那种概念是限于某几种文化传统的，而哪种概念是某一特殊传统所独有的。……如此，文学理论的比较研究，可以导致对所有文学的更佳了解❶。

此外，《中国文学理论》一书中，阐释中国古代文论只是写作目标之一，另一个极为重要的目标在于通过中西文论的比较、分析，"为中西批评观的综合铺出比迄今存在的更为适切的道路，以便为中国文学的实际批评提供健全的基础"。❷ 既然志在综合，所有问题的设置也必然与此相关，也深刻体现了刘若愚一直追求的超越历史、文化、语言的鸿沟进行中西比较诗学研究，并在此基础上寻找世界性诗学的学术追求。无独有偶，张隆溪也提到：

我曾以《道与逻各斯》为题，讨论语言、理解、解释等文学阐释学。也许有人会问：阐释学是德国哲学传统的产物，用阐释学来做东西比较的切入点，是否会把一个西方的理论，套用在中国文学之上呢？但我的做法不是机械搬用现成的德国理论，概念和术语，而是把阐释理论还原到它所产生的基本问题和背景，也就是语言和理解这样基本的"原理

　❶ James J. Y. Liu：*Chinese Theories of Literature*，Chicago and London：The University of Chicago Press，1975，p. 2. 刘若愚：《中国文学理论》，杜国清译，江苏教育出版社 2006 年版，第 3 页。

　❷ James J. Y. Liu：*Chinese Theories of Literature*，Chicago and London：The University of Chicago Press，1975，p. 5. 刘若愚：《中国文学理论》，杜国清译，江苏教育出版社 2006 年版，第 6 页。

论问题"，那是任何文化、任何文学传统都有的问题。❶

刘若愚用以整合中西文论，企图建立的中国古代文学理论体系的核心不正是这样的任何文化、任何文学传统都有的原理论问题吗？只有通过对这些原理论问题的追问，才可能避开中西诗学体系与术语的巨大差异，寻找有关文学的本质、文学的功用的共同答案。应该说，他借鉴艾布拉姆斯图表的惟一用途只在于可以用它作为支架用来摆放"原理论问题"之框。一定要说它的重要性的话，那么这个支架可能是按照当时西方最时髦样式做成的，用它来呈列中国古代文论的珍品，西洋读者不会觉得太突兀，或则因而更加吸引观者前来赏析支架上的框子，以及框子里的珍珠。因此，阅读《中国文学理论》一书所获得的感受与阅读以"历史研究"为特点的中国古代文论著作的感受不可能是一样的，两者是否相似不能作为《中国文学理论》是否成功，是否还能代表中国古代文学理论的考量。

一代有一代之文学，一代有一代之学术。文学与理论的革新永远都在"似与不似"之间进行；中国古代文论的继承、发展、诠释、现代转化也都同样应该在古今中西对话的视野中，在"似与不似"之间发展。"王国维和鲁迅都在与传统'似与不似'的关系中发展自己的学术。几十年后，几百年后，他们的学术又成为传统的一部分"❷，历代文论发展

---

❶ ［美］张隆溪：《比较文学研究入门》，复旦大学出版社 2009 年版，第 54 页。

❷ 童庆炳：《中华古代文论的现代阐释》，中国人民大学出版社 2010 年版，第 338~339 页。

的史实一直是这样的。严羽曾经因为在讨论文学时对禅宗术语的混用而备受质疑，但时至今日，我们早已忘记大乘、小乘的区别，唯独记住了他那惊艳传神的"妙悟"！朱光潜也曾因为对克罗齐的误解而遭到质疑，王国维应用叔本华的理论也很难说完全等同于叔本华的原意？庞德可以沉迷汉字而不求甚解，但却比同时代的汉学家更敏锐地发现了汉字作为一种诗歌媒介的独特之美！唐代的僧人寒山从来不会想到他会成为 20 世纪美国嬉皮士的偶像，李商隐更不了解西方的"巴洛克"文学！文化交流的真意原本并不在于何者为真，何者为假，而是在交流激荡的强大磁场中产生的真真假假，假假真真！或许，刘若愚对中国古代文论的阐释、比较同样只是介乎"似与不似"之间，和他的前代学者相比，他的研究不但被置于更广阔的视域之下，更需要用一种西方语言加以阐释！在古今、中西对话的视野中，他既没有失语，也不只是罗宗强所谓的"不用之用"❶，而是有着自己难得的坚守，并牢牢根植于对中西文论的深刻理解之上。

《中国文学理论》的价值及其广泛影响随着时间的推移正渐渐得到愈来愈多读者的关注。如果说在《中国文学理论》中，古代批评家的观点犹如珍珠散落全篇各处的话，那么与之交相辉映就是它们与西方诗学相比而产生的众多洞见。该书在诞生后 30 余年依然独具魅力，正因为这些洞见的存在，它们启发了许多后来汉学家、中西比较诗学的学者对书中提到的中西诗学差异与类同的关注。例如前面提到的中国"形上论"与西方"模仿论"的比较所引发的争论和思

---

❶　罗宗强：《古文论研究杂识》，载《文艺研究》1999 年第 3 期。

考，例如借鉴修改艾布拉姆斯艺术四要素图表整理中国古代文论在刘若愚之后成为中西比较诗学界争相效用的对象——黄维樑曾借以研究《文心雕龙》，叶维廉（Yip, Wai-lim）则进一步修正刘若愚之图表，把作品产生的前后必须依据据点扩增至五个：作者、世界、作品、读者、语言（包括文化历史因素）❶，以一种更为精细的方式寻求中西诗学的共通之处。余宝琳（Yu, Pauline Ruth）在《中国诗论与象征主义》中直接引用刘若愚界定的形上理论，把庄子、司空图、严羽、谢榛、王夫之、王士禛等人的诗论与 19 世纪末、20 世纪初西方象征主义和后期象征主义诗论作了详尽的比较，可以看做刘若愚在《中国文学理论》一书中"形上理论与象征主义的比较"一节的延续和深入。❷ 1992 年，宇文所安出版《中国文学思想读本》（*Readings in Chinese Literary Thought*），在书中，他表示自己写作该书"首先是为了把中国文学批评介绍给学习西方文学和理论的学生，但此书还有另一个目的——试图在当时流行的研究方法之外，提供另一种选择。"❸ 这里"当时流行的研究方法"就是指以刘若愚《中国文学理论》、魏世德（John Timothy Wixted）《论诗诗：元好问的文学批评》、余宝琳（Paulin Yu）《中国传统的意象

---

❶ 叶维廉："寻求跨中西文化的共同文学规律"，见温儒敏、李细尧：《寻求跨中西文化的共同文学规律——叶维廉比较文学论文选》，北京大学出版社1987 年版，第 28 页。

❷ 余宝琳："中国诗论与象征主义"，见李达三、罗刚：《中外比较文学的里程碑》，人民文学出版社 1997 年版，第 97 页。

❸ 宇文所安：《中国文论：英译与评论》，王柏华、陶庆梅译，上海社会科学院出版社 2003 年版，中译本序。

阅读》为代表的在西方研究中国古代文论的三种方法❶，也从侧面证明《中国文学理论》在西方相关学界广泛深远的影响。

而宇文所安在全书中的"通过文本讲述文学思想"，其实正是刘若愚当初亦可采用的最保险的选段翻译、另加阐释、评价、比较："宇文所安（Stephen Owen）的《中国文学思想解读》（*Readings in Chinese Literary Thought*）是差不多二十年以后的成果，但这本书也主要是翻译中国古代文论中的主要语段，再加上自己的阐释。"❷当然，宇文所安所著由于其独特的学术视野和知识构成，在选择、阐释及中西比较方面都得出了许多新见，对文本发生的文化语境也给予了更多的关注，他的工作当然值得景仰。该书也由于中英文对比的便捷被美国的许多学校当做教材广泛使用。也许换个角度，如果当年刘若愚也如此处理，无疑会花费更少的力气而得到更多的赞誉，但他却固执地反对"以年代次序讨论所有批评家，而写成一部编年纪或收集一些批评文萃加以翻译，串以事实的叙述与流水账似的评论"。❸当然，也可以设想，如果刘若愚也这样做，当本书回流中文学界之后，它所带来的冲击及影响就要大打折扣了。作为母语为汉语的学者，他无法摆脱传统沉重的负担，如果以批评史的形式写作一部中

---

❶ 宇文所安：《中国文论：英译与评论》，王柏华、陶庆梅译，上海社会科学院出版社 2003 年版，中译本序。

❷ 王晓路、［美］黄宗泰："中国和美国：语言、文化与差异的价值"，载《文艺研究》2009 年第 9 期。

❸ James J. Y. Liu：*Chinese Theories of Literature*，Chicago and London：The University of Chicago Press，1975，p. 14. 刘若愚：《中国文学理论》，杜国清译，江苏教育出版社 2006 年版，第 18 页。

国古代文论史，那么对今天的中文学界而言就几乎没什么创见了。

综上所述：刘若愚在《中国文学理论》中对中国古代文论的诠释正是"……从历史资料出发，从历史资料提供的思想出发，翻译可以翻译的部分，延伸可以延伸的部分，对应可以对应的部分，比较可以比较的部分。"● 当然，由于时代和精力的限制，刘若愚的诗学体系还没有达到他自己所追求的完美境界，但他在此书中大刀阔斧为中国古代文论和中西比较诗学划出的框架却成为许多海外汉学界的学者展开思路的背景。纵向地看，刘若愚在中西文化、语言、理论多方面的造诣可谓独步一时，而他在当时汲取中西学界最先进的成果，以少有的天赋、勤奋和一颗赤子之心努力做中国古代文学、文论的西方代言人，其背后的学术思虑令后学景仰！

横向地看，单就中国古代文论的研究和中西比较诗学的开创而言，即使把刘若愚的《中国文学理论》放到同时期的大陆学界，都可与王国维 1904 年的《红楼梦评论》以叔本华理论阐释《红楼梦》之创举并比。毕竟，即使在同样的篇幅之内用中文对国内读者整体介绍零散的古代文艺理论，并加以中西文论的阐发、比较，在当时都不是一件容易的事。中国古代文艺理论的各种资料虽然 20 世纪 30 年代就有郭绍虞、罗根泽、朱东润等学者的辛勤整理、解释、评价，但这些著作就目标而言完全针对本土学界，就体系而言依然引而未发。钱钟书 1948 年出版的《谈艺录》、1979 年的《管锥

● 童庆炳：《中华古代文论的现代阐释》，中国人民大学出版社 2010 年版，第 342 页。

编》"采二西之书，以供三隅之反"，在中国古代文艺理论和现代西方各种文学理论方面表现出令人钦佩的学识。然而，真正完全有意识地进行中西诗学体系方面的对比研究则还要等到1988年曹顺庆《中西比较诗学》和1991年由黄药眠、童庆炳主编的《中西比较诗学体系》两部著作的出现：前者从艺术本质论、艺术起源论、艺术思维论、艺术风格论、艺术鉴赏论等五个部分论述中西古典文论的相似及其差异；后者分上、中、下三编：从文化背景，到范畴，再到西方现代诗学对中国现代诗学的影响三个方面研究了中西诗学之间的同中之异与异中之同，在中西诗学的系统比较方面达到了前所未有的高度。

时至今日，在中西比较诗学、中国古代文论的现代阐释方面，海内外学界都涌现出更多的杰作，这一切都表明中国古代文论的现代转化和中西比较诗学的深入开展依然是一项进行中的大可开拓的领域。从现在开始，吸收借鉴西学的同时，立足本土，立足今天的社会文化现实需要，深入研读中国古代文论原著，认真钻研本领域先行者的著作，细心玩味其旨趣得失，无疑是停止浮躁的争论，把中西比较诗学、中国古代文论的现代转化推向纵深的关键！

第四章

最后的探索——中国古代文论之"悖论诗学"

在某一层意义说来，东西比较文学研究是、或应该是这么多年来（西方）的比较文学研究所准备达致的高潮，只有当两大系统的诗歌互相认识、互相关照，一般文学中理论的大争端始可以全面处理。

　　　　　　　　　　　　　　　　　　　　　——纪延❶

　　刘若愚对中国古代文论的阐发、中西文论的比较并没有就此止步，在随后 10 余年的笔耕不辍中，他在这一领域有了更多的思索。《中国文学理论》之后，刘若愚出版了《中国文学艺术精华》（*Essentials of Chinese Art*，1979）、《语际批评家：阐释中国诗》（*The Interlingual Critic*：*Interpreting Chinese Poetry*，1982）、《语言与诗》（*Language—Paradox—Poetics*：*A Chinese Perspective*，1988）三部专著。《中国文学艺术精华》为那些希望对中国古代文学作常识性了解的读者而写，带有教学参考和普及常识性质。《语际批评家》可以视为刘若愚对自己作为语际批评家，在研究方法、立场等问题上的自辩和反思。这个问题前面的章节已经谈到过，故本章专门研究《语言与诗》。

　　《语言与诗》是刘若愚中西比较诗学研究的最后也是最成熟的作品，它既不同于刘若愚此前的中国文学理论研究，又与其前期的思考紧密相关。它选择了中国古代文艺理论中深受道家、禅宗思想影响的理论作为研究的核心，更为深入

----

❶　克罗德奥："纪延（Claudio Guillen）致叶维廉的信"，见温儒敏、李细尧编：《寻求跨中西文化的共同文学规律》，北京大学出版社 1986 年版，第 25 页。

地对自己最为青睐的这一派中国古代批评进行了阐释，同时辅以其与西方相应理论的比较。尽管该书由于他的过早逝世，某些细节之处还略显凌乱，但在林理彰的协助编辑之下，该书的核心思想已经得到很好的体现。深入研读该书，对于最终更为客观地理解刘若愚的中西比较诗学思想十分重要。

第一节　《语言与诗》简介

《语言与诗》在中国至今未有中译本。❶ 詹杭伦研究刘若愚的专著《刘若愚——融合中西诗学之路》曾对该书的主要内容作过简略的介绍，❷ 但由于研究的目的、视角不同，故侧重不同。现将该书的主要内容重新简述如下，以方便未曾阅读过该书原著的读者也能够较为简略地了解《语言与诗》的主要学术思路和结构框架。《语言与诗》一书共 177 页，秉承了刘若愚一贯的清新、简洁、流畅的写作风格，中有林理彰为该书撰写的编者前言，他对接受刘若愚的嘱托编辑全书的基本情况作了简略介绍，并对刘若愚的学术背景、研究

---

❶　由于该书至今并无中译本出现，而且英文原著在国内也不多见。故本章提及《语言与诗》正文所引中国古代文论文本全部由本书作者落实并录入，另为帮助没有原书的读者了解刘若愚对这些重要段落的阐释，部分段落附上英文原文放入注释，供读者参考。如有疏漏，请多包涵！

❷　詹杭伦：《刘若愚——融合中西诗学之路》，文津出版社 2005 年版，第 246 ~ 263 页。

方法给了自己的认识和评价。《语言与诗》正文共 133 页，包括"导论"、第一章"语言悖论"、第二章"诗学元悖论"、第三章"悖论诗学"、第四章"阐释悖论"，以及"后记：非个人的个性"。

一、语言悖论（the paradox of language）※

语言悖论有两种形式：第一，既认定言不尽意，又用雄辩的语言本身来宣布这一结论；第二，宣布静默比词句更有表达力，而这一论点本身却又必须借词句来宣布。❶ 这种用语言宣称语言不能尽意的范例在中国古代哲学的几个主要流派都能找到证明，例如道家学派的老子宣称："知者不言，言者不知"却又留下了"五千言"；庄子也不相信语言，《庄子》一书的第 13 章就呈现了这种语言的悖论：

世之所贵道者书也，书不过语，语有贵也。语之所贵者意也，意有所随。意之所随者，不可言传也，而世因贵言传书。世虽贵之，我犹不足贵也，为其贵非其贵也。故视而可见者，形与色也；听而可闻者，名与声也。悲夫，世人以形色名声为足以得彼之情！夫形色名声果不足以得彼之情，则

※　"悖论"（paradox）一词也可译为"自相矛盾性""反讽""吊诡"等，本书采用王晓路教授 2003 年对该书进行介绍时的中译。

❶　James J. Y. Liu: *Language - Paradox - Poetics: A Chinese Perspective*, Princeton: Princeton University Press, 1988, pp. 3～4.

知者不言，言者不知，而世岂识之哉？❶

庄子有关轮扁的寓言也意在说明艺术直觉的不可言传，它同时还证明了语言的悖论性，因为这个寓言本身必须以语言的形式形诸书籍。庄子有时甚至否认"言"与"不言"的区别：《庄子》第 27 章提及"不言则齐，齐与言不齐，言以齐不齐也，故曰无言。言无言，终身言，未尝不言；终身不言，未尝不言"。❷但是老子、庄子在抱怨的同时依然接受了语言的矛盾性，主张将语言作为一种权宜之计。老子的"道常无为而无不为，人常无言而无不言"，以及他的"大辩若讷"（great eloquence seems inarticulate，《老子·第 45 章》）就是对语言悖论的接受；庄子主张得鱼忘筌，得意忘言：

---

❶ "What the world values as speech are books. Books are nothing more than words; words have something that it valued. What is valued in words is meaning; meaning is derived from something. That from which meaning is derived cannot be transmitted in language. Yet the world, because it values language, transmits books. Although the world values them, I shall still think they are not worth valuing, because what the world values is not valuable. Therefore, what can be seen when one looks are forms and colors; what can be heard when one listens are names and sounds. How lamentable that people of the world should think that forms, colors, names, and sounds are adequate to capture the natures of things! If indeed forms, colors, names, and sounds are not adequate to capture their natures, then one who knows does not speak and one who speaks does not know. Yet how could the world know this?"《庄子引得》，36/13/64。另比照 Watson 1968, p. 152 及 Graham 1981, p. 139. 本节中译文由笔者录入，注释尽量保留刘若愚原著，方便读者掌握刘若愚采用的版本，以下同。

❷ "If we do not speak, then things will be all the same. Sameness, because of words, becomes differentiated; yet words are the means by which we try to make the differentiated the same again. Therefore, I say: 'No words!' Words are 'no words.' One who speaks all his life has never spoken; One who does not speak all his life has never not-spoken."

"筌者所以在鱼，得鱼而忘筌；蹄者所以在兔，得兔而忘蹄；言者所以在意，得意而忘言。吾安得夫忘言之人而与之言哉！"❶

　　不但道家学派对语言的悖论有充分的体认，儒家学派的创始人孔子感叹："天何言哉？四时行焉，百物生焉，天何言哉？"托名于孔子的《周易·系辞传》也有"书不尽言，言不尽意"。（Writing does not exhaust words; words do not exhaust meaning.）汉代的扬雄认识到语言作为中介在表达上的有限并不能使人抛弃文字，而是鼓励人们在一种揭示更多未阐明意义的希望中持续写作。

　　惟圣人得言之解，得书之体。白日以照之，江河以涤之，灏灏乎其莫之御也。面相之，辞相适，捈中心之所欲，通诸人之嚍嚍者，莫如言；弥纶天下之事，记久明远，著古昔之吻吻，传千里之忞忞者，莫如书。故言，心声也。书，

---

❶ "The purpose of the trap lies in the fish: when you get the fish, you forget the trap. The purpose of the snare lies in the hare: when you get the hare, you forget the snare. The purpose of words lies in the meaning: when you get the meaning, you forget the words. How can I get someone who forgets words to have a word with him?"《庄子引得》，75/26/48。一些解释者把"筌"释为"饵"而不是"陷阱"。参见 Watson, Burton: *The Complete Works of Chuang Tzu*. New York: Columbia University Press, 1968, p. 302; Graham, A. C.: *Chuang Tzu: The Inner Chapters*, London: Allen and Unwin. 1981, p. 190; Wu, Kuang - ming: *Zhuang Tzu: World Pnilosophor at Play*, New York: Crossroad Publishing and sdrolar Press, 1982, p. 55; Zhang, Longxi: The *Tao* and The *Logos*: Notes on Derrida's Critique of Logocontrism, in *Gritical Inquiry*, 11(*no.* 3), 1985, p. 394.

心画也。❶

上述言论为提倡"意在言外"（meaning beyond words）"言有尽而意无穷"（limited words with unlimited meaning）的批评家开辟了道路。

早期儒家、道家的语言观为悖论诗学的出现奠定了足够的根基，而进一步的推动则来自禅宗。禅宗主张"不立文字，教外别传""以心印心"，但它仍要借用公案、棒喝、偈语、机锋等语言的形式去帮助门徒达到"悟"。禅宗还留下大量相关书籍❷，但同时又把这些语录与典籍比喻为指月的手指、登楼的梯子及渡河的筏子，最终目的只是借指望月、舍筏登岸！慧皎（497～554）就认为："是以圣人……借微言以津道，托形传真。故曰，兵者不祥之器，不获已而用之。言者不真之物，不获已而陈之。"❸

---

❶ "The sage alone obtained the understanding of speech and the form of writing, letting the white sun shine on them, the great rivers wash them, so that they became vast and irresistible. When words encounter each other as people meet face to face, there is nothing better than speech for drawing forth what one desires in one's innermost heart and communication people's indignation. As for encompassing and enwrapping the things of the world, recording what is long past to make it clear to the distant future, setting down what the eye could not see in antiquity and transmitting across a thousand li what the heart/mind cannot understand, there is nothing better than writing. Therefore, speech is the voice of the heart/mind, and writing is the picture of the heart/mind." 扬雄，第4卷，《丛书集成》第14页。

❷ James J. Y. Liu: *Language – Paradox – Poetics*: *A Chinese Perspective*, Princeton: Princeton University Press, 1988, p. 34.

❸ "The sage... borrowed subtle words to make a ford to the Way, and relied on images to communicate the truth. Therefore, it is said: 'Arms are inauspicious instruments, and the sage uses them when he cannot help it. Words are not true things; the sage puts them forth when he cannot help it.'" 慧皎，《高僧传》. 第8卷. 第30页 a.

中国古代道、儒、释三家对语言悖论普遍存在的认识，以及他们由此提出的解决之道极大地影响了中国诗学。这为"悖论诗学"在中国的出现奠定了根基，唐代以后的文人们多对语言悖论多表示接受：如刘弇（1048～1102）在写给曾巩（1019～1083）的一封信中表示："使真理不言而喻，妙道无迹而行，则世复何赖于言，而言亦无以应世矣，惟其形容之不能写，精微之不能尽，中有以类万物之情，外有以贯万物之变，旁有以发其耳目之聪明，而截然自造于性命道德之际，此言之所以不可已，而文章所为作也。"❶ 儒家学者周驰在重印佛教经典《碧岩录》（1305）时也写道："自吾夫子体道，犹欲无言，而况佛氏为出世间法，而可于文字言语而求之哉！虽然，亦有不可废者，智者少而愚者多，已学者少未学者多。大藏经五千余卷，尽为未来世设。苟可以忘

---

❶ "If true principles could be understood without words, and the marvelous Dao could move without a trace, then the world would no longer need to rely on words, and words would no longer have anything with which to respond to the world. It is precisely because of forms and appearances that cannot be described, subtle and abstruse [principles] that cannot be exhausted, what resembles the nature of the myriad things within [oneself], what unifies the changes of the myriad things without, what stimulates clear hearing and vision beside one and enables one to reach, suddenly, the encounter between one's nature and life [on the one hand] and the Dao and its power [on the other] that words may not be stopped and literary works are composed." 刘弇，见 ZGWP（台湾成文书局出版的《中国文学批评资料汇编》），第 3 卷，第 314 页。

言，释迦老子便当闭口，何至如是叨叨！"❶

　　刘若愚不但以众多的资料证明了语言悖论在中国古代各主要哲学流派中的普遍存在，更证实了历代哲学家、诗人、批评家对它的普遍体认。用英语翻译了上面的所有引文，也充分体现刘若愚个人对这些古代哲学诗学文本的理解和解释，尤其是对一些有争议性的地方，他往往会博采高亨、成玄英、郭庆藩、王利器、马其昶、孙星衍以及一些西方汉学家华兹生（Watson）、格瑞汗（Graham）、海陶维（J. R. Hightower）以及刘殿爵（D. C. Lau）等人的阐释，再根据个人的学养经过仔细分析并最终得出个人的阐释。更难能可贵的是，他还以丰富的例证表明语言悖论不仅仅存在于中国古代文化文本中，西方哲学家、诗人、批评家对此同样有充分的体认。

二、诗学的元悖论（the metaparadox of poetics）

　　语言悖论直接促成了诗学的元悖论。什么是诗学元悖论呢？在刘若愚看来，因为诗歌是语言特别自觉、特别高级的使用，诗人因此比常人更强烈地感觉到语言的悖论。而中国古代的文学批评家通常身兼数职，他们既是批评家，又是诗人，因此他们既充分地注意到语言的悖论本质，又在试图论

---

❶ "Even when our master [Confucius] understood the Way, he wished to say nothing. How much more so with the Buddhists, who engage in the Dharma that would transcend the world: how can it be sought in writing and words? Nevertheless, there are some [writings and words] that cannot be abolished. Wise ones are few, but foolish ones are many; those who have studied are few but those who have not are many. The Tripitaka contains over five thousand scrolls, all of which are for the benefit of future generations. If one could really forget words, then Sākyamuni and Lao Zi should have keep their mouths shut. Why should they have kept babbling on like this?" 周驰：《碧岩录》（序），第 3 页。

诗时感到词不达意的极端痛苦。"如果诗是一种悖论，那么诗学就是一种元悖论"。❶ 陆机在《文赋》（*Fu on Literature*）的序言中就表达了"恒患意不称物，文不逮意"的担忧，也表示了他对灵感来去因由的困惑：

余每观才士之所作，窃有以得其用心。夫放言谴辞，良多变矣，妍蚩好恶，可得而言。每自属文，尤见其情。恒患意不称物，文不逮意。盖非知之难，能之难也。故作《文赋》，以述先士之盛藻，因论作文之利害所由，他日殆可谓曲尽其妙。至于操斧伐柯，虽取则不远，若夫随手之变，良难以辞逮。盖所能言者具于此云。"❷

---

❶　James J. Y. Liu：*Language - Paradox - Poetics：A Chinese Perspective*，Princeton：Princeton University Press，1988，p. 38.

❷　"Whenever I read the creations of talented authors, I presume to think that I have obtained some insight into the way their minds worked. Now, in issuing words and dispatching phrases, there are indeed numerous variations, yet as to whether it is beautiful or ugly, good or bad, this is something that one can speak of. Whenever I compose a literary work myself, I perceive the nature [of writing] even more keenly, constantly worried that my ideas may not match things or that my words may not capture my ideas, for the difficulty lies not in knowing how, but in being able to do it.

Therefore I have created this 'Fu on Literature' to describe the luxuriant beauties of former authors, taking this opportunity to discuss the causes of gains or losses in writing. Someday it may perhaps be said to have subtly exhausted the wonders of literature. Although, with regard to holding a wooden-handled axe to cut another axe handle, the model is not far, when it comes to the changes that follow the movement of the hand [in consonance with the working of the mind], these are indeed difficult to capture in words. In general, what can be said in words is all presented here. " 陆机，见《魏晋南北朝文学史参考资料》，第 253 ~ 254 页。参照 Chen. Shih - hsiang：Essays on Literature, in Ctril Birch, ed.：*An Anthology of Chinese Literature*，1965，Vol. 1，p. 240. 和 Fang, Achilles：Rhymeprose on Literature：The *Wen-fu* of Luchi（A. D. 261 - 203），*in HJAS* 14，1965，pp. 527 ~ 566(1951、1965，pp. 6 ~ 7) 的翻译。

刘勰的《文心雕龙·神思》同样认识到词不达意是古已有之的难题："方其搦翰，气倍辞前；暨乎篇成，半折心始。何则？意翻空而易奇，言征实而难巧也。是以意授于思，言授于意，密则无际，疏则千里。"❶ "至于思表纤旨，文外曲致，言所不追，笔固知止。至精而后阐其妙，至变而后通其数，伊挚不能言鼎，轮扁不能语斤，其微矣乎！"❷

在《文心雕龙·序志》篇中，刘勰同样强调"但言不尽意，前圣所难；识在瓶管，何能规矩。茫茫往代，既沈余

❶ "At the moment when one grasps the writing brush, one's vital spirit is doubly strong before phrases are formed; by the time the piece is completed, half of what one's mind originally conceived has been frustrated. Why so? Ideas turn in the void and can easily be extraordinary, but words bear witness to reality and can achieve artistry only with difficulty. Hence, ideas derive from [intuitive] thought, and words derive from i-deas. If they correspond closely, there will be no discrepancy; if they are apart, one will miss by thousand *li*." 王利器：《文心雕龙新书》，成文出版社 1968 年版，第 81 页；参照 Shih, Vincent Y. C. : *The Literary Mind and the Craving of Dragons*, New York：Columbia University Press, 1959, p. 156.

❷ "As for subtle intentions beyond thought and oblique moods beyond writing, these are what words can't pursue and what the brush knows it should stop to write a-bout. To reach the ultimate of subtleties and then expound their wonders, to reach the ultimate of changes and then communicate their workings：even Yi Zhi could not speak of the cooking cauldron, nor could the wheel-wright Pian talk about the axe. Is it not abstruse indeed?" 王利器：《文心雕龙新书》，成文出版社 1968 年版，第 81 页；参照 Shih, Vincent Y. C. : *The Literary Mind and the Craving of Dragons*, New York：Columbia University Press, 1959, pp. 157 ~ 158.

闻；渺渺来世，谅尘彼观也"。❶《文心雕龙》是中国古代最宏大的批评著作，而刘勰的上述言论无疑是对诗学元悖论最潇洒的承认。

此外，后代的诗人如陶潜的"此中有真意，欲辩已忘言"，姜夔《白石道人诗说》中希望敏锐的读者从自己的诗论中获取洞悉诗之隐秘的微妙线索，尔后如禅宗"舍筏登岸"一般舍去他的言语，都表明中国古代诗人在感觉语言悖论的同时已经接受了它。历代诗人甚至展开过关于"筏"——作为诗学类比有效性的争论。

当然，诗学元悖论并不只是中国古代才有的特殊现象，西方作家、诗人如但丁（Dante）、史文鹏（A. C. Swinburne）、莎士比亚（Shakespeare）马拉美（Stéphene Mallarmé）、艾略特（T. S. Eliot）、贝克特（Samuel Beckett）等人同样表达出对诗学元悖论的认识。马拉美十分信仰诗歌语言的魔咒力量，认为它可以创造一个新的存在，但有时他也不得不绝望于语言明显的无能，面对一页空白的纸，他大喊："无！"（Rien!）❷于是他会在给朋友摩克雷（Camille Mauclair）的信中说："可我们都是失败者，

---

❶ "However, words do not exhaust meaning: even the sage [Confucius] found difficulties therein. My knowledge being limited to the capacity of a pitcher or the view from a pipe, how can I lay down laws with squares and rulers? Now that the remote ages of the past have purified my hearing, perhaps the distant generations of the future may pollute their sight with my work." 王利器：《文心雕龙新书》，成文出版社1968年版，第81页；参照 Shih, Vincent Y. C.: *The Literary Mind and the Craving of Dragons*, New York: Columbia University Press, 1959, pp. 7~8.

❷ Mallarmé, Stéphene: *Oeuvres Completes*, Edited by H. Mondor and G. Jean-Aubry, Paris: Gallimard, 1945, p. 368.

摩克雷！我们怎能不失败，当我们以有限衡量无限？"❶ F. 梅瑞尔（Floyd Merrell）在评论贝克特的戏剧时也谈道："贝克特的主人公们在寻找对不可言喻者的表述时，总是失败。因为他们无法克服语言当下的限制；而另一方面，他们持续冷酷地交谈，是因为语言潜在的无限"。❷

三、悖论诗学（a poetics of paradox）

获悉语言和诗的悖论本质没有使中国诗人放弃诗歌，而是发展出一种悖论诗学（a poetics of paradox）。它可以概括为以言少而言多的原则（the principle of saying more by saying less），其极端形式是以无言尽言（saying all by saying nothing）。在实践中，悖论在众多诗人和批评家表现的偏爱中表明自身：他们爱含蓄（implicitness）胜过明晰（explicitness），爱简明（conciseness）胜过冗长（verbosity），爱间接（obliqueness）胜过直接（directness），爱暗示（suggestion）胜过描述（description）。❸

中国悖论诗学通常喜欢将诗歌与音乐、食物作对比，这让西方读者觉得奇怪；但如果认识到烹饪在中国古代文化中的重要地位就不难理解这种比喻的意味深长了。中国古人常认为"治大国如烹小鲜"，而后代批评家之所以喜欢将诗歌

---

❶ Liu：*Chinese Theories of Literature*, 1975，p. 56.

❷ Merrell, Floyd. *Deconstruction Reframed*，West Lafayette, Ind.：Purdue University Press. 1985，p. 189.

❸ James J. Y. Liu：*Language – Paradox – Poetics*：*A Chinese Perspective*, Princeton：Princeton University Press, 1988，p. 56.

与音乐作对比，肯定也与孔子、老子等哲学家对音乐的重视有关，老子的"大音希声"（great music is inaudible）更成为后世悖论诗学的重要模拟对象。

那么，悖论诗学在中国历史上的发展过程到底如何呢？刘若愚认为悖论诗学首先刘勰《文心雕龙·隐秀篇》中初露端倪："是以文之英蕤，有秀有隐。隐也者，文外之重旨者也；秀也者，篇中之独拔者也。……夫隐之为体，义生文外，秘响傍通，伏采潜发，譬爻象之变体，川渎之韫珠玉也。"❶ 在该篇中，刘勰明确表示对"深文隐蔚，余味曲包"的赞赏，成为悖论诗学的先声。唐代的王昌龄在《诗格》云"凡诗，物色兼意下为好，若有物色，无意兴，虽巧亦无处用之"，肯定在诗歌中，只是状物而没有意味或没有情绪，即使技巧极高也不是好诗，这一观点极大地影响了后人。❷ 皎然的《诗式》（Exempla of Poetry）中，"至如天真挺拔之

❶ "Among literary flowers, there are prominent ones and concealed ones. What is called 'concealed' refers to multiple meanings beyond words; what is called 'prominent' refers to expressions that stand out in a peace... The nature of concealed beauty lies in the fact that meaning is born beyond words: secret echoes resonate on all sides, and hidden colors issue forth from their submergence. This is comparable to the way the broken and unbroken lines of the hexagrams alternate their forms, or the rivers and streams harbor pearls and jade." 王利器：《文心雕龙新书》，成文出版社 1968 年版，第 81 页；参照 Shih, Vincent Y. C.: *The Literary Mind and the Craving of Dragons*. New York: Columbia University Press, 1959, p. 105.

❷ "In all poetry, what combines description of objects with meaning is good. If there is description of objects but no meaning or inspired mood, then even if it is skillful, there is no place for it." James J. Y. Liu: *Language - Paradox - Poetics: A Chinese Perspective*. Ibid, p. 59.

句，与造化争衡，可以意冥，难以言状，非作者不能知也"❶，但他仍然在"诗有二废"（There are two things to be rejected in poetry.）题名下写道："虽欲废巧尚直，而思致不得置。虽欲废言尚意，而典丽不得遗"，表现出对诗学悖论的洞悉。❷

司空图的《二十四诗品》（*Twinty-Four Moods of Poetry*）承前启后，"含蓄"❸篇中的"不著一字，尽得风流"（without attaching［zhuo］a single word（to any particular object），one can fully capture the dynamic force of nature（as a whole））更是悖论诗学最优美最激进的表达："不著一字，尽得风流。语不涉难，已不堪忧。是有真宰，与之沉浮。如渌满酒，花

---

❶ "As for spontaneously outstanding lines, they compete with Creation: they may be groped into by the imagination but are hard to describe in words. Unless one is a true writer, one cannot know this." 皎然，引自《中国文学批评资料丛编（第 2 卷）》，第 83 页。这一段出自皎然"总序"。"总序"并不总出现于《诗式》的所有版本中。例如，它在何文焕辑《历代诗话》（1740）中就没有出现。

❷ "Although one would wish to reject skill and advocate straightforwardness, the process of thought cannot be put aside. Although one would wish to reject words and advocate meaning, classical beauty cannot be omitted." 皎然，第 85 页；何文焕：《历代诗话》，艺文印书馆。

❸ 关于"含蓄"一词的英译，刘若愚指出：翟理斯（H. A. Giles）译为"保存，Conservation"，杨宪益（Yang Hsien-yi）和戴乃迭（Gladys Yang）夫妇译为"意味深长模式，The Pregnant Mode"，叶维廉（Wai-lim Yip）译为"矜持，Reserve"，余宝琳（Pauline Yu）译为"潜在，Potentiality"，而他肯定"Reserve"是最好的翻译，因为它既有"含"（holding back）意，又有"蓄"（Storing up）之意，指凭借言语方面的矜持，诗人获得意义的含蓄。

时反秋。悠悠空尘，忽忽海沤。浅深聚散，万取一收。"❶ 真正的好诗在司空图看来必须能以尽可能少的语言抓住事物的"神"，而不是意尽于言，诗须"味在咸酸之外"，诗人最重要的是"立象以尽意"。司空图的批评对后世诗人的影响极大，梅尧臣、欧阳修等人都深受其影响，讲究炼字的江西诗派宗主黄庭坚在刘若愚看来实际上也正是对司空图理论的实践而非否定，黄庭坚显然认为抓住一字（诗眼），就可尽得风流。此后，中国古代批评家中持"悖论诗学"观念的比比皆是，杨万里主张言意皆忘，只留其"味"；姜夔的"高妙"说等，所有批评家中，影响最大对"悖论诗学"发展最重要的非宋代严羽的《沧浪诗话》莫属：

　　夫诗有别材，非关书也。诗有别趣，非关理也。而古人未尝不读书，不穷理，所谓不涉理路，不落言筌者，上也。诗者，吟咏情性也。盛唐诗人唯在兴趣，羚羊挂角，无迹可求。故其妙处玲珑剔透，不可凑泊，如空中之音，相中之

❶ "Without attaching a single word, /Fully capture the 'wind-flow'. /Words that do not touch distress/Already carry unbearable grief. / Herein is something truly in control：/With it sink or swim！/Like straining wine till the cup is full, /Or turning back the blossoming season to autumn. /Far-reaching：dust in the air; /Sudden and transient：foam on the sea. /Shallow or deep, gathering or scattering, /Ten thousand takings come to one close." 司空图，见何文焕《历代诗话》（1740），出版年不详。

色，水中之月，镜中之象，言有尽而意无穷。❶

　　根据刘若愚的理解，严羽在这里至少为悖论诗学提出了最重要的三点意见："第一，诗与理性知识无关；第二，理想的诗在言外暗示无穷的意味和情绪（ideal poetry suggests infinite meaning or mood beyond words）；第三，最好的诗看起来像是自然天成、唾手可得，没有人为雕琢的痕迹（the best poetry appears effortless and spontaneous, with no trace of conscious artistry）。"❷

　　严羽之后的中国古代批评家，如元好问在《杜诗学引》中的"窃尝谓子美之妙，释氏所谓学至于无学者耳"，谢榛在《四溟诗话》中对"辞前意"及"辞后意"的区别与探讨，苏轼的"赋诗必此诗，定知非诗人"，都似乎肯定"真正的诗人在写诗前，通常并不确定自己要表达什么，也不知道这首诗将会产生怎样的意义（意味）。因为语言与思想之

---

❶ "Now, poetry involves a separate kind of talent, which is not concerned with books; poetry involves a separate kind of meaning [or interest, qu], which is not concerned with reason [or principles, li]. Yet unless one reads widely and investigates principles exhaustively, one will not be able to reach its ultimate. What is called 'not touching the path of reason nor falling into the trap of words' is superior. Poetry is what sings of one's emotion and nature. The masters of the High Tang [eighth century] relied solely on inspired mood (xingqu), like the antelope that hangs by its horns, leaving no traces to be found. Therefore, the miraculousness of their poetry lies in its transparent luminosity, which is not something that one can piece together: it is like sound in the air, color in appearance, the moon in water, or an image in the mirror; the words have an end, but the meaning is inexhaustible." 见郭邵虞：《沧浪诗话校释》，人民文学出版社 1962 年版，第 23～24 页。

❷ James J. Y. Liu：*Language – Paradox – Poetics*：*A Chinese Perspective*，Princeton：Princeton University Press，1988，pp. 76～77.

间，诗的媒介和创作过程之间还会有微妙复杂的因素的影响"。❶ 明朝的个性主义者如公安三袁都极喜爱一种难以描述的"趣""味"，它们是在语词之外，由语词暗示得来的。清朝的王夫之强调"以意为主"，神理凑合时创作的情景交融的诗才是最好的诗，而结尾更应意味无穷、引人遐思才好。像"停船暂借问，或可是同乡"那种开放式的结局，更可引起读者无限的遐想。清代王士禛提倡的"神韵说"，同样认为好诗不直接表达诗人自己的个性，而是体现通过个体感受力过滤的现实存在。

上述众多的例证表明"悖论诗学"是一种具有民族审美精神的特质和倾向，它影响中国古代文化的方方面面，且这种倾向至今依然存在。如朱光潜就在他的论文《无言之美》中就写道："无穷之意达之以有尽之言，所以有许多意，尽在不言中。文学之所以美，不仅在有尽之言，而尤在无穷之意。"❷ 总之，所有的悖论：乐而无声，诗而无言，味而无味，尽而未尽，艺术而自然，学而不学；它们尽管主题各异，但却都能追溯至老子、庄子。而正如老庄的悖论观不仅涉及语言，也涉及文化的各个方面❸，悖论诗学也并非中国所独有：一些西方诗人、哲学家如莎士比亚（Shakespeare）、济慈（Keats）、杜夫海纳（Mikel Dufrenne）、韦利（Paul

---

❶ James J. Y. Liu：*Language – Paradox – Poetics：A Chinese Perspective*，Princeton：Princeton University Press，pp. 80～81.

❷ James J. Y. Liu：*Language – Paradox – Poetics：A Chinese Perspective*，Ibid，p. 91.

❸ James J. Y. Liu：*Language – Paradox – Poetics：A Chinese Perspective*，Ibid，p. 78.

Valery）、梅洛·庞蒂（Maurice Merleau-Ponty）、德里达
（Derrida）等人同样注意到悖论诗学的存在。

四、阐释的悖论（the paradox of interpretation）

语言、诗、诗学的悖论发展到阐释阶段，必然导致阐释
的悖论："如果诗的真意在言外，那么人们如何能用语言阐
释它？如果不是从文本当中有限的语词中，又是从哪里去寻
找那无尽的意呢？"❶

刘若愚首先考察了儒家的阐释传统，他认为儒家阐释传
统有两种不同倾向：第一是以孔子为代表的"唯道德原则
（moralism）"，孔子惯于从《诗经》引用诗句去说明一个道
德；第二是以孟子为代表的"唯意志原则（intentionalism）"。
这两种倾向的结合形成了历史—传记—隐喻批评模式（his-
torico-biographico-tropological approach），这种阐释模式在从古
到今的中国文学阐释中一直占据主导地位。这种阐释模式
中，诗通常被假定为传记式的，或者被牵强附会地认为是在
暗指当代政治事件或诗人的个体境遇。❷ 但这并不是说，儒
家阐释者绝对只有这一种阐释模式，事实上，他们仍然允许
多种阐释模式的存在。例如《易经·系辞传》就写道："仁
者见之谓之仁，知者见之谓之知。"（When a humane one sees
it［the Way］, he calls it humane; when a wise one sees it, he
calls it wise.）❸ 这一观念常被后来用来论证或调和同一首诗

---

❶ James J. Y. Liu: *Language – Paradox – Poetics*: *A Chinese Perspective*, Prince-
ton: Princeton University Press, p. 94.

❷ James J. Y. Liu: *Language – Paradox – Poetics*: *A Chinese Perspective*, Ibid,
p. 94.

❸ 孙星衍，《周易集解》，载《丛书集成》，第 552 页。

的多种不同阐释方式。而儒家学者董仲舒的"诗无达诂"（［The *Book of*］*Poetry* has no general explication）❶ 既被后世的儒家学者用来为自己的"道德隐喻式阐释"辩护，也被其他学者用来为自己非道德的阐释模式辩护。而且，尽管儒家阐释传统占据统治地位，但：

中国批评家们以其善于折中的天才，设法不同程度避免了它的限制，他们没有公开驳斥孔子的道德教训和孟子的意志原则，而是悄悄发展出了另外的阐释模式——它既不关心道德说教，也不关心作者的意图，只关心诗的语言方面的，如"诗法"（prosody）和文风（verbal style），以及语言之外的"兴趣""神韵""境界"等。❷

例如陶潜"好读书，不求甚解，每有会意，便欣然忘食"（He is fond of reading books, but does not seek too much understanding ［jie］. Whenever there is a "meeting of minds" ［huiyi］, he will be so happy as to forget to eat. ）；❸ 梅尧臣也认为诗"应含不尽之意，见于言外"（Imply endless meaning that is seen beyond words. ），当论者要求例证时，梅尧臣就回答道："作者得于心，览者会以意，殆难指陈以言也。虽然，亦可略道其仿佛：若严维'柳塘春水漫，花坞夕阳迟'，则天容时态，融和骀荡，岂不如在目前乎？又若温庭筠'鸡声

---

❶ 董仲舒，《春秋繁露》（卷3），载《四库全书珍本别集》，10b.

❷ James J. Y. Liu：*Language – Paradox – Poetics*：*A Chinese Perspective*，Ibid，p. 97.

❸ 陶潜：《靖节先生集》，载《四部备要》（卷6），7b.

茅店月，人迹板桥霜'，贾岛'怪禽啼旷野，落日恐行人'，则道路辛苦，羁愁旅思，岂不见于言外乎？"❶ 这种方式是中国古代许多诗人批评家阐释模式的典型，当他们无法用语言描述诗的某种妙处时，就求助于引用几行诗句来作为例证，尽管这种阐释模式对读者的准确理解帮助有限，但它却的确给了读者某种"意在言外"所指为何的模糊概念。

谢榛的观点"诗有可解，不可解，不必解，若水月镜花，勿泥其迹可也"（谢榛.《四溟诗话》），❷ 得到许多批评家的赞同，他们在阐释一首诗时，往往要么宣布它的意义"在可解与不可解之间"（It lies between what can be interpreted or understood and what cannot be interpreted or understood.），要么直接表示该诗"可意会，不可言传"。（It can be met by the mind but cannot be conveyed in words.）上述种种批评家的论点充分表明了中国古代批评家对阐释悖论的认识：他们既认为阐释永远不可能是绝对准确的，又强调一首诗常常具有多种可能的阐释方式，因而力图通过种种努力去暗示，或者接近好诗那难以言传的意义以及微妙高远的境界。

五、非个人的个性（impersonal personality）

"非个人的个性"同样是一种悖论，它在中西诗歌、诗学中均得到充分的体现。一般而言，西方批评家多认为抒情诗（lyric）在本质上是个人的，刘若愚认为事实上这并不确

---

❶ 欧阳修：《六一诗话》，见何文焕：《历代诗话》，艺文印书馆。

❷ "In poetry, there is that which can be interpreted or understood [jie], that which cannot be interpreted or understood, and that which need not be interpreted or understood. It is like the moon in water or a flower in mirror. Don't be bogged down by its traces, and it will be all right."

切，他从诗歌、诗学、创作、阐释四个层面论证了"非个人的个性"悖论在中西文学诗学中的普遍存在。

首先，中西诗歌所表现出非个人的个性。王维《鹿柴》："空山不见人，但闻人语响。返景入深林，复照青苔上。"❶与雪莱的《歌》："严冬伫枝头/丧偶鸟哀愁/高空凛冽寒风吹/地面冰冷溪水流/树林光秃秃/地上花全无/仿佛空气已凝固/唯闻水轮咕噜噜。"❷ 一样既是个人的也是非个人的，这两首诗都抓住了时间中的一瞬并使之永恒，因而将个人的幻象变成了非个人的真理。

其次，诗学方面的"非个人的个性"。尽管中国诗学在很大程度上受到"诗言志"这一诗歌表现论的支配，但中国的众多批评家仍然追求一种超越个体的东西，不管它是"言外之意""兴趣""味"，还是"神韵"，❸例如王国维的"有有我之境，有无我之境。……有我之境，以我观物，故物皆着我之色彩。无我之境，以物观物，故不知何者为我，

---

❶ "Deer Enclosure" ［On］ empty mountains, not seeing people; /Only hear people's talk echo. /Reflected sunlight enters deep woods, /Again shines upon the green moss."

❷ "Song: A widow bird sate mourning her love, /Upon a winter bough. /The frozen wind crept on above, /The freezing stream below/There was no leaf upon the forest bare, /No flowers upon the ground, /And little motion in the air/ Except the mill-wheel's sound." —P. B. SHELLEY (1792～1822): *The Works of Percy Bysshe Shelley*, Edited by Harry Buxton Forman. London: Reeres and Turner, 1880, vol. 3, p. 326. 中译摘自 http: //stockfans. blog. tianya. cn/blogger/post_ show. asp.

❸ James J. Y. Liu: *Language - Paradox - Poetics*: *A Chinese Perspective*, Ibid, pp. 124～125.

何者为物"。❶ 其中，"有我之境"指诗人通过他的主观情感观察外物，诗人自己的个性明显表现于自己的诗中；而"无我之境"则是说诗人与他所凝神观察的外物已经融为一体，从他的诗中也难以找到诗人个性的痕迹。中国古代批评中的"无我之境"可以视为一种自我超越（self-transcendence），而不是自我的灭绝（self-extinction）。西方诗学也同样有很多"非个人的个性"悖论，例如浪漫主义诗人就既强调自我的表现，也力图表现出"非个人的个性"。济慈（Keats）那广为人知的诗人与麻雀融为一体的言论，以及他认为诗人的存在是"存在者中最无诗意的，因为他没有个性"❷，与苏轼所认为的画家与他所画的竹已经融为一体的诗句极为相似❸。西方后象征主义诗人中，艾略特也为"非个人的个性"悖论提供了最好的例证：艾略特认为："诗不是放纵情感，而是逃避情感；不是表现个性，而是逃避个性。然而，当然只有那些真正有个性和情感的人才了解想要逃避这些东西意味着什么。"❹ 另一方面，艾略特也肯定："设若一位诗人可能写了许多好的段落，或者甚至是完整的诗篇，其中每一首都令人满意，但（我们还不能认为）他是一个伟大的诗人，除非

---

❶ "There is a world with an 'I' and there is a world without an 'I'.... In the world with an 'I', it is I who look at objects, and therefore everything is tinged with my color. In the world without an 'I', it is one object that looks at other objects, and therefore one no longer knows which is 'I' and which is 'object'." 徐调孚：《校注人间词话》，中华书局 1955 年版，第 1 页。

❷ Keats, 1952, pp. 69, 227.

❸ 苏轼《书晁补之所藏与可画竹三首》："与可画竹时，见竹不见人。岂独不见人，嗒然遗其身。其身与竹化，无穷出清新。"

❹ T. S. Eliot: *Selected Essays*, New York: Harcourt, Brace, 1932, pp. 10~11.

我们感到这些诗是被一个有意义的、连贯的、发展中的个性紧紧联接在一起。"❶

再次，创作层面的"非个人的个性"：创作层面上的个性与非个性之间的关系用多种方式形成。在中文中，这一关系体现在"才与学"（talent versus learning）、"性灵与格律"（native sensibility versus norms and rules）、"变与正"（change versus orthodoxy）、"创新与沿袭"（original innovation versus following tradition）等方面的论述。❷ 在英文中，这一关系体现在"自然与艺术"（nature versus art）、"个人才能与传统"（individual talent versus tradition）、"原创与模仿"（originality versus imitation）、"浪漫主义与古典主义"（romanticism versus classicism）等方面的论述之中 。

有些中国批评家强调个性、直觉、灵感、天才、自发和创新，而另一些强调学习、惯例、传统、技巧和模仿古代诗人。最有辨识力的批评家倾向寻找这两套必须物之间的平衡，或者用一种悖论联系看待它们。例如，刘勰对"情性"（personal nature）和"陶染"（cultivation）同样重视，"然才有庸俊，气有刚柔，学有浅深，习有雅郑，并情性所烁，陶

---

❶ T. S. Eliot：*Selected Essays*，New York：Harcourt，Brace，1932，p. 179.
❷ 这些及与此相关论题的详细讨论请参见林理彰："The Talent – Learning Polarity in Chinese Poetics：Yan Yu and the Later Tradition"，in *Chinese Literature*：*Essays*，*Articles*，*Reviews*，1983，pp. 157～184.

染所凝"。❶严羽也一方面提倡悟,另一方面提倡学习。西方批评家如艾略特就一方面反对强调独创的后浪漫主义者,认为诗中没有无所得于过去的绝对独创,那[一位诗人的]著作中最个人的部分可能正是那些逝去的诗人,他的前辈们用以最严格地奠定他们不朽声名的地方。❷

最后,"非个人的个性"也存在于中西批评家对诗的阐释过程中,因此"非个人的个性"无疑是中西诗学的另一个极为有趣的比照点,中西诗学在这个问题上也表现出相当多的共通之处。

第二节 《语言与诗》评析

《语言与诗》体现出刘若愚作为中西比较诗学大家的成熟思维范式,该书没有像《中国文学理论》一样力图囊括全部中国古代文论,而只选取了他最感兴趣的被称为"悖论诗学"的中国古代诗学的一种加以阐发。刘若愚从这一诗学形成的语言、哲学文化背景入手,分析了其内涵和发展过程,

---

❶ "Talent may be ordinary or outstanding, the vital force may be strong or gentle, learning may be superficial or profound, practice may be refined or vulgar: these are all what one's personal nature has smelted or what gradual cultivation has crystallized."《文心雕龙·体性》,另见 Liu: *Chinese Theories of Literature*. 1975, p. 75.

❷ T. S. Eliot: *Selected Essays*, New York: Harcourt, Brace, 1932, p. 4.

以及它对中国古代诗歌阐释方式的影响，用比《中国文学理论》更为集中、深入的方式揭示了中国古代文论独具魅力之处。❶ 悖论诗学所涉及的各个因素——语言、哲学、诗歌、诗人—批评家、诗学、读者都被置于与西方文化中的对应部分进行比较分析，这就令人信服地表明，悖论诗学不仅存在于中国古代诗论中，也同样存在于西方诗学。总之，该书从内容方面看，与西方诗学相比，自始至终始体现出他对中国古代文论中最具独特性的一部分理论的偏爱；从研究方法和立场看，他始终力图超越历史与文化的鸿沟，远离中国中心主义和西方中心主义，把中西相关诗学置于平等地位加以比较分析；从写作目标看，则一以贯之地体现出他对中西比较诗学共通之处的寻求。

一、宏观——"悖论诗学"产生的哲学文化语境

和此前刘若愚研究中国古代文论的著述相比，《语言与诗》最为独特的地方可能在于他首先从宏观视野入手深入挖掘了这一独特诗学产生的中国哲学文化语境。"悖论诗学"作为中国古代文论中极重要与极典型的一支，与中国古代哲学的三大流派儒、道、释都有着极为密切的联系。

以孔孟为代表的儒家对语言悖论性质多有体认，但他们以一贯知其不可而为之的勇敢态度肯定了语言的表达作用，并赋予圣人典籍以崇高的地位。以老庄为代表的道家对语言的不信任达到了巅峰，但他们仍须采用语言，并最终接受了这一悖论，把语言视为得鱼之筌，得兔之蹄。释家讲究"不

---

❶ 《语言与诗》中的"悖论诗学"无疑是对《中国文学理论》中的"形上论"的深入和拓宽，其范围已经超越道家哲学，而涵括儒释道三家。

立文字，教外别传，以心印心"，但也留下大量典籍。总之，中国古代最为重要的三种哲学流派都意识到语言悖论，且都接受了这一悖论，并从不同角度以不同的方法寻求超越之道，因此为后世诗人、批评家寻求言外之意，以有限暗示无限的言说方式奠定了扎实的哲学文化根基，也成为"悖论诗学"诞生的直接根源。

刘若愚对"悖论诗学"宏观语境的梳理，不但体现出他对中国古代哲学文化的体认，更是把中国诗学置于中西文化背景比较的广阔视野中重新认识。正是中西语言观的不同，导致了中西哲学、艺术观的差异："西方批评家一般持语言的模仿观，而受道家、佛教影响的中国批评家持可称为直指的语言观。前者视语言为表现现实，后者视语言为直指现实。"❶

进一步论证表明，西方语言的模仿观与艺术的模仿观同时产生，同时又与西方哲学中存在的玄学和逻各斯中心主义密切相关：逻各斯，是希腊哲学、神学用语，指隐藏于宇宙之中，支配宇宙并使宇宙具有形式和意义的绝对神圣之理。逻各斯中心主义伴随存在的玄学，从前苏格拉底直到海德格尔（Heidegger），一直占据整个西方哲学传统的支配地位。这一哲学观念使得柏拉图（Plato）和他的后继者们都相信，现象世界是对完美理念世界的不完美模仿，艺术是对现象世界的不完美模仿。逻各斯中心主义的哲学观导致了艺术的模仿观，并进而导致了语言的模仿观。文字被认为是对口语不完美的模仿或再现。德里

---

❶ James. J. Y. Liu：*Language - Paradox - Poetics*：*A Chinese Perspective*，Ibid，p. xi.

达正是把逻各斯中心主义视为语音中心主义（phonocentrism 或 phonologism）的同义语，认为语音中心主义赞成口头语言优于文字，文字被构想为世界与人的中介，隔了一层。也正是在此意义上，西方现代语言学的奠基人索绪尔提出，文字是"声音的形相"（sound-images of words），是表现口语的符号。索绪尔的语言学正是逻各斯中心主义的产物。西方的语言模仿观导致对口语的重视，对书面文字的压抑，这就可以解释为何西方从古至今出现了许多重要的演讲家，以及伴随指导演讲需要而产生的修辞学。

　　而中国方面，虽然也有形而上的哲学观。比如儒家的"天"和道家的"道"，但是这种哲学概念明显与西方逻各斯中心主义哲学观中被视为人格神的逻各斯有着极为明显的距离。中国文化中缺少对"人格化的造物主"的绝对信仰，同时，古代中国哲学也从来没有西方哲学意义上的模仿观，即把现实世界视为是对理念世界的模仿，中国人从来不认为现实世界是对"天"和"道"的模仿。"天"和"道"在中国古代艺术观念中的作用主要是一种感发的对象和体悟的对象，既有超验的，又是经验的，既有形而上的一面，又有形而下的一面。❶ 中国古代最古老而最有影响力的艺术观是一种以"表现"为主的艺术观。在文字方面，而汉字的产生和形成都表明汉字从来不是对口语的模仿，是声音的形相，而是一种直指现实的惯例符号，不是以口语为必然中介的。中国文化大体没有重视口语、贬低书面文字的倾向，而是与之

---

❶　童庆炳：《中华古代文论的现代阐释》，中国人民大学出版社 2010 年版，第 88 页。

相反，有一种文字中心主义（graphocentrism）的倾向，重视、信赖书面文字超过口头语言。正是这种文字中心主义，使得古人特别信任书面文字。"言之无文，行而不远"，中国文化中才会有"立德""立功""立言"之追求，中国文人才会如此重视文章的表达能力，渴望"寄身翰墨"。如曹丕所言，视文章为"经国之大业，不朽之盛事"，中国诗人才会"两句三年得，一吟双泪流""为人性僻耽佳句，语不惊人死不休"。

借此，刘若愚不但指出了中西哲学观、艺术观的不同哲学文化背景，还进而指出这种哲学、艺术观的差异对中西语言观的影响。与此相应的是，中西语言观的根本差异又对各自的文学传统和诗学传统产生了极大的差异性影响："模仿观"导致了西方史诗和戏剧的发达，而史诗和戏剧同时又反过来使"模仿论"成为西方最古老最重要的艺术观念；而"直指观"导致了中国抒情诗歌的发达，而诗歌又反过来使"表现论"成为中国最古老最重要的艺术观念；"模仿观"使西方人重视口语胜过书面文字，"直指观"使中国人重视文字胜过口头语言。唯有把中西诗学置于其产生的哲学文化语境加以宏观的审视和对比分析，才能令人信服地表明中西诗学观各自的特色和差异及其形成根源。

二、微观——"悖论诗学"的表现及实质

"悖论诗学"不仅在宏观上与哲学和文化的大背景密切相关，在微观方面则体现于众多诗人和批评家对它的体认。刘若愚在《语言与诗》中摘录了大量中国古代诗人、批评家的相关言论，具有说服力地证明了悖论诗学在中国的存在及其广泛影响。这种诗学还更为客观具体地解释了为什么中国古代诗人在创作前特别强调虚静心灵，澄怀观道，希望在消除主客体界限中接近"道"，阐释"道"；也解释了为什么诗人在创作过程中会备感词不达意的痛苦，并因此积极寻求解决之道：尝试"离象以尽意"，尝试以暗示而不是直接的描述去揭示那无法阐明的东西，去追求"言有尽而意无穷"；同样还解释了为什么中国古代诗人、批评家们在作品的具体阐释鉴赏方面，特别强调阐释多元，追求言外之意、味外之旨的根本原因。

中国古代诗人有关"悖论诗学"的具体例证不胜枚举，例如诗人在创作前追求主客合一，体现于苏轼前文所引《书晁补之所藏与可画竹三首》："与可画竹时，见竹不见人。岂独不见人，嗒然遗其身。其身与竹化，无穷出清新。"❶ 诗人以禅喻诗，提倡以参悟的方式学习写作，掌握作诗之法，如戴复古："欲参诗律似参禅，妙趣不由文字传。"❷ 与戴复古同时的另一诗人徐瑞写道："我欲友古人，参到无言处。"❸

中国古代诗人在创作时，通常喜欢以暗示而不是直接给出答案的方式来传达意旨：如李白（701～762）的《山中问答》："问余何意栖碧山，笑而不答心自闲。桃花流水窅然

---

❶　"When Yuke〔Wen Tong, 1019 ~ 1079〕painted bamboos, He saw only bamboos but no man; Not only did he see no man, / But he had left his dissolved body, / His body transformed with the bamboo, / Producing endless limpidity and freshness." Liu, 1975, p. 36.

❷　"If you wish to commune with poetic rules, /it is like communing in Chan: / Miraculous taste is not conveyed by words." Liu, 1975, p. 236.

❸　"I wish to be friend the ancients, / Commune with them till I reach wordlessness." Liu, 1975, p. 236.

去，别有天地非人间。"❶ 刘长卿（709～780）的名诗《寻南溪常山道人隐居》也能证实"悖论诗学"的存在：

一路经行处，莓苔见履痕。白云依静渚，春草闭闲门。
过雨看松色，随山到水源。溪花与禅意，相对亦忘言。❷

有的诗人则追求练字，力图"不著一字，尽得风流"，或强调"著一字，尽得风流"。黄庭坚（1045～1105）就特别强调自觉的艺术技巧，强调模仿前人，同时也强调直觉。他追随司空图的传统，在赠给高子勉的众诗之一中写道："拾遗句中有眼，彭泽意在无弦。"❸

此外，中国古代诗人在鉴赏和阐释时，以追求言外之意，味外之旨为己任。刘勰的《文心雕龙》"知音"（the cognoscente）篇认为："夫缀文者情动而辞发，观文者披文以

---

❶ "*Question and Answer in the Mountains*：You ask me why I nestle among the green mountains；/ I smile without answering，my mind，by itself，at ease. / Peach blossoms on flowing water are going far away；/There is another cosmos，not the human world. "

❷ "*Seeking the Daoist Priest Chang Shan's Retreat at South Stream*：All alone the way，where I've passed，/The moss reveals sandals' traces. / White clouds cling to quiet isles；/Fragrant grass shuts the unused gate. /After rain，I view the pines' color；/ Following the mountain，I reach the water's source. / Riverside flowers and Chan's meaning—/ Face to face，also forgetting words. "

❸ "In a line by the Admonisher［Du FU］，there is an 'eye'；/ The intent of ［the magistrate of］Pengze［Tao Qian］lies /In the stringless［zither］. "《中国文学批评资料丛编》第 3 卷，第 217 页。

入情，沿波讨源，虽幽必显。世远莫见其面，觇文辄见其心。"❶ 王夫之也认为在阐释时："作者用一致之思，读者各以其情而自得。……人情之游也无涯，而各以其情遇。"❷

总之，中国古代诗学中普遍存在的例证不但表明"悖论诗学"的普遍存在，更在西方诗歌诗学中的类似例证中找到了自己的知音。这无疑是一种在不同文化和历史的诗歌诗学中都普遍存在的现象，在未来帮助我们理解不同文化传统的文学、诗学方面可能发挥更大的作用。

三、比较与互证——中西诗学的三个共通点

刘若愚的中国诗学研究从来不是为研究而研究，而始终致力于寻求中国诗学的独特之处，以及它与西方诗学的相通之点。这在《语言与诗》中同样得到了很好的证明，该书集中论述了中国古代诗学与西方当代诗学之间的三个交结点。

1. 中国的"参诗"理论与现象学的"主体间意识"理论

中国"参诗"的观念（the Chinese idea of communing with poetry）与现象学文论的"主体间意识"（the phenomenological concept of intersubjectivity）之间有很多的相似点：他们都

---

❶ "Now, one who composes literature ［wen］ issues forth phrases when feeling stirs, and one who reads literature opens up the text ［wen］ to penetrate into the feeling. If we follow the ripples to seek the source, even what is hidden will be revealed. The age ［in which the author lived］ is remote and we cannot see his face, but by observing the words we can immediately see his mind." 王利器：《文心雕龙新书》，成文出版社 1968 年版，第 125 页。

❷ The author uses consistent thought, and each reader obtains what he can according to his own feeling/nature（qing）…the wandering of human feeling/nature）is limitless, and each one encounters what he does according to his own feeling/nature." 王夫之：《姜斋诗话》，见丁福保：《清诗话》，中华书局 1963 年版，1b。

把诗当成一个活的存在而非死的对象，不同的读者可能"参"同一首诗，因此该诗就成为不同主体间共同的意向体（an intersubjective intentional object）。中国批评家和现象学文论家都分配给读者一个积极的任务，读者不只是被作品影响，也积极地与作品展开互动。当然，中国古代批评家与现代西方的现象学文论家之间依然有着极大的差别：这一方面是因为西方现象学文论家们自身内部存在很大的差异，更因为中国古代批评家在"参"的时候特别依赖直觉，而现象学文论家在阅读鉴赏文学作品的时候，更多采用理性的分析。中国批评家以及英伽登等人可能都相信作者写作文学作品时的"原意"是可以获得的，英伽登肯定任何理解一个语言体系（索绪尔的语言）的人都能决定作者的文字所表达的意义。❶ 但杜夫海纳却并不这样认为，他的"准主体"携带它自身内部的意义，指向自身的世界，艺术作品只是一个"准主体"（quasi subject），绝不是作者个人主观性（subjectivity）的表达。❷

中国古代诗人、批评家在追求"意在言外""言有尽而意无穷"的同时，就已经暗示诗没有唯一的权威阐释，阐释只是一个不受限制的开放过程。这和当代西方阐释学（hermeneutics）中的不确定性（indeterminacy）有几分相似。阐释的不确定性在西方同样是一个重要而颇有争议性的议题：在《文学艺术作品》（*The Literary Work of Art*）和《认识文

---

❶ Roman Ingarden：*The Literary Work of Art*，Translated by George G. Grabowicz，Evanston，Ⅲ. : Northwestern University Press. 1973，pp. 29，335，349，351.

❷ Mikel. Dufrenne：*The Phenomenology of Aesthetic Experience*. Trans. Edward Casyet. al. ，Northwestern University Press，1973，p. 146.

学艺术作品》（ *The Cognition of the Literary Work of Art*）中，英伽登假定每一艺术的文学作品都包含有许多"未定点"（spots or places of indeterminacy），这些"未定点"只能由读者在"具体化"（concretization）的过程中填满，正是"未定点"的存在导致了同一作品具有无限制的"具体化"次数的可能性。然而英伽登就"未定点"给出的具体范例是一个故事里老人头发的颜色没有详细指明❶，这和伊赛尔的理论是有很大的差距的。伊赛尔相信"如果有的话，文学文本的意义不是一个确定的实体，而是一个动态事件".❷ 显然，在伊赛尔看来，"未定点"更多是来自于文本与读者之间的关系，较少属于文本自身。

2. 孟子的"知人论世"与伽达默尔的"视野融合理论"

中国古代孟子的"知人论世"（knowing the people and discussing the age）与西方伽达默尔（Gadamer）的"视界融合理论"（theory of the fusion of horizons）具有极大的相通性。刘若愚认为我们在阅读文本时，读者通常并不知道文本写作时的实际背景，即使有时了解到文本之外的信息，但需要多大程度地把它考虑进文本的阐释还是值得争议的。这涉及历史主义（historicisim）的问题：历史主义与历史相对主义不同，前者指为了理解另一个时代的文本，我们必须具有那个时代的意识；而后者指每一时代都可以自己的方式去理解过

---

❶　Roman Ingarden: *The Cognition of the Literary Work of Art*, Translated by Ruth Ann Crowley and Kenneth P. Olson. Evanston, Ⅲ: Northern University Press, cited in Iser, 1978, p. 176.

❷　Wolfgang. Iser: *The Act of Reading*, Baltimore: John Hopkins University Press, 1978, p. 22.

去传下来的作品，没有一种理解，甚至是文本产生的时代的读者或者作者本人在理解作品方面有任何的特权。

中国古代批评家有一种对历史主义的偏好，这一倾向可以追溯到孟子的"颂其诗，读其书，不知其人，可乎？是以论其世也，是尚友也"。❶著名批评家刘勰也部分地持此观点。但孟子和刘勰都不是说，为了理解文本，我们必须变得和作者同时代的人差不多，和他们拥有几乎相同的思想意识；他们只是认为理解一个过去时代的文本是可能的，为了要理解这些文本，了解一些那个时代的事情是十分有必要的。刘若愚因此认为孟子和刘勰的观点似可与伽达默尔的"视界融合理论"相比，因为二者都相信阐释需要一种对历史的理解，刘若愚甚至认为伽达默尔的"视界融合理论"可以延伸到文化视界的融合领域。这样一来，批评家或许就能够超越自己的文化前假定和文化信仰，更好地理解别人的文化前假定和文化信仰。

不过，孟子的"知人论世"与伽达默尔（Gadamer）的"视界融合理论"是否真有相通之处一直是存有争议的。孟子的"知人论世"到底意味着什么，依然是一个没能彻底解决的问题。著名学者郭绍虞就认为孟子"以儒家伦理道德原则为分析作品的根本标准，同样不能正确分析诗的意义。他运用以意逆志的方法的目的是为了更好地宣扬那一套伦理的教条"。❷张隆溪教授也拒绝把孟子"以意逆志""知人论

---

❶ 《孟子·万章下》，见郭绍虞：《中国历代文论选》（第1卷），上海古籍出版社1956年版，第31页。

❷ 郭绍虞：《中国历代文论选》（第1卷），上海古籍出版社1956年版，第35页。

世"与伽达默尔的"视界融合理论"相提并论。他批评刘若愚说：

　　孟子"以意逆志"、"知人论世"的主张最终不过服务于唯意图论的目的，即"恢复作者的原意"，成为刘先生所谓"历史主义"的重要信条，而这"历史主义"的主张认为，"要理解过去时代的作品，就须具有那个时代读者的意识"。这种"历史主义"和伽达默尔的阐释学真是南辕北辙，背道而驰，因为伽达默尔对浪漫时代阐释学的批判，根本的一点正在于拒绝把作者意图作为阐释的目的和标准。"每一时代都必须以自己的方式理解过去传下来的作品"，伽达默尔把话说得很明白。"在作品对解释者说话的时候，它真正的意义并不取决于作者以及原来读者的情形，不能与他们相等，因为意义总部分地是由解释者的历史环境乃至全都客观的历史进程共同决定的。"（《真理与方法》英译本第263页）中国传统文评与伽达默尔的阐释学本来有许多共同观念和相通之处，但作者却把最不相合的孟子和伽达默尔相提并论，实在令人惋惜。❶

　　而对于孟子的唯意图（或意志）倾向，刘若愚并不是没有认识："儒家阐释学的第二种倾向，是始于孟子的唯意志原则。他曾谈道：'故说诗者，不以文害辞，不以辞害志；

---

　　❶　张隆溪："中国传统阐释意识的探讨——评刘若愚著《语言与诗》"，载http：//wyg. sunchina. net/sixiang.

以意逆志，是为得之。'"❶ 这里，刘若愚将"意"译为"思想（idea)，他认为甚至也可以译为"精神"（mind）或"想象"（imagination)。虽然并不清楚孟子用该字确指什么，但整句话的确给阐释者发挥自己的才智留下了空间，因为孟子在这里的大体要旨仍是主张恢复作者原意的可能性和必要性。❷ 他还特别强调孟子的"知人论世"与伽达默尔"视界融合理论"虽然是相通的，但他的"以意逆志"与"视界融合理论"就有很大的距离。

显然，刘若愚并没有将"知人论世""以意逆志"等而视之，"知人论世"历史主义倾向（historicisim）是十分明确的。关于"历史主义"，刘若愚本人在《语际批评家》中曾有这样的解释："我认为历史主义（historicism）指这种态度：为了阐释一部文学作品，必须从思想上回到它的写作年代，作品必须联系它的历史环境，根据精神氛围（intellectual climate）和它自己时代的思潮（zeitgeist of its own time）进行阐释。"❸ 为了理解一个时代的作品，了解一些作者时代的知识是必需的。这在西方同样不算标新立异，韦勒克就认为，即使是"新批评家"，也不曾公开拒绝历史："没有一个有声望的新批评家曾拒斥历史知识，即使他们是反历

---

❶ "One who interprets [the Book of Poetry] should not let the words damage the phrases, or the phrases damage the intent [zhi]. To encounter [the author's] intent with [one's own] idea [yi]: this is the way to get it. "《孟子引得》，36/5a/4。比照 D. C. Lau. trans. *Mencius*, 1970. Baltimore: Penguin Brooks, p. 142.

❷ James J. Y. Liu: *Language – Paradox – Poetics*: *A Chinese Perspective*, Ibid, p. 96.

❸ *The Interlingual Critic*: *Interpreting Chinese Poetry*, 1982, p. 52.

史主义者。"❶ 伽达默尔把阐释看做为过去与现在的对话，视文本意义为一个不断变化的过程，总在个人视界与历史视界的融合之中出现的观点很明显也是历史主义的。孟子和伽达默尔一样没有只肯定作者时代历史的优先权，只是相信了解一些那个时代的历史对更为接近作品的意义是必需的。

即使我们把"以意逆志""知人论世"放在一起，它们与伽达默尔理论的相通之处也依然值得重视。童庆炳教授就明确认识到孟子的"以意逆志""知人论世"是针对春秋战国时期断章取义的引诗活动。孟子理解的"世"也指治乱的政事，但后人把"世"理解为"时代历史背景"同样意义重大。童教授也肯定孟子的理论已经包含现代接受美学的思想萌芽，与"视界融合理论"有相通之处：

孟子的"以意逆志"说和"知人论世"说是很有价值的，如果我们以今天的理解来说，起码有以下三点值得指出：第一，孟子的解诗方法，已经意识到诗的解释关系到作品（诗、文、辞）——作者（"知其人"）——时代（"论其世)"这样一个整体的系统，就是说，我们要解诗，只了解其中的一个环节是不够的，首先要读懂作品，着眼于作品整体，不拘泥于个别字句，进一步还要了解诗作者的种种情况，特别是他的为人，再进一步还必须了解作者所生活的时代，把这三个环节联系起来思考，才能解开诗之谜。第二，孟子意识到解诗必须联系历史与现实，诗里传达的意思是一个样，可历史、现实告诉我们的又是一个样，两者并不一

---

❶　Wellek：*Concepts of Criticism*，p. 7.

致，在这种情况下，要重视对历史现实的了解，对历史、现实了解透彻了，才能准确把握诗的意义。第三，孟子已经意识到解诗活动有一个如何消除"距离"的问题，就是说诗是古人的作品，离我们已很远，诗产生的环境、背景、时间等，与我们现在解诗时的环境、背景、时间等是不一样的，这就造成了"距离"，如何消除这种距离，达到对诗的理解呢？孟子提出"逆"的方法，即以自己的对诗的体会（意）去回溯、推求诗作者的"志"，以此来消除两者之间的"距离"。但"距离"是否能完全消除呢？孟子意识到这主要靠读者的努力，但努力又总是有限的，"意"无法完全逆回到"志"。实际上，这里已提出一个现代阐释学的作者和读者的"视界融合"的问题，即解释始终存在着一个与时间距离作斗争的问题，但又永远无法消除这种距离。❶

　　显然，同一时代的读者对同一首诗会有不同的解读和评价，不同时代的读者更是如此。刘若愚把这一理论进一步推进到不同文化环境对同一文本的阐释和评价，同样很有启发意义！中西比较诗学未来在这一领域无疑会有更新的发展。

　　《语言与诗》所指出的中国古代诗学与西方当代诗学的第三个交结点是普遍接受阐释的多元，这个问题在阐释悖论一章已经详细论述，故此处不再赘述。综上，《语言与诗》表现了刘若愚作为中西比较文学大家的成熟思维范式和研究方法。这本书几乎能串联起他关于中国文学诗学研究的全部

---

　　❶ 童庆炳：《中国古代文论的现代意义》，北京师范大学出版社 2003 年版，第 95 页。

重要的视角：语言、哲学、诗、诗人、诗学；该书从宏观与微观两个方面梳理了"悖论诗学"的发生、发展，内涵及影响，不但清楚地阐明了中国古代文论体系中独具特色的诗学观念，更在中西类似文本的关联互证中加深了中西读者对这一诗学概念本质的认识，对中西诗学的异同之处有了更为深刻的体认。该书是古今对话、中西对话的成功范例，值得后人进一步研读！

结　语

前面的章节从语言论、鉴赏论、体系论、"悖论诗学"四个角度阐释并评价了刘若愚的 8 部英文专著，从中可以见出刘若愚以英语阐释中国语言、文学及诗学所取得的学术成就。应该说，这种成就的取得，一方面与他所受到的中西教育密切相关，另一方面也由于在中国古代学术迈向现代社会的关键时刻，西方文学、诗学的参照系使他对中国古代文学、诗学的阐释具备了许多前所未有的新质。这当然部分出于实际的需要——他多年居于异域以教授中国文学谋生，为帮助他的英语读者更为深入地理解古老的中华文明，他不得不以多种方式努力拉近两者的距离，这就使得他必须迅速地将西方最新近的学术方法和思考融入自己对中国古代文学诗学的阐释当中，从而获得了学术方法和视野上既有别于传统学者又有别于同一时期国内学界中国文学研究的视界。另一方面也因为他的华裔文化之根，流动在他血液深处的故国之思，使他不自觉地成为中华古代文化在英语世界的代言人之一。针对西方有关中国古代文化的偏见，他既自觉地努力凸显中国古代文学、诗学的精华、独特之处，又致力于寻找中西文学和诗学的共通点。

在当时的时代背景下，他对中国古代文学诗学"中国性"或者"他性"的凸显可能会帮助英语读者更清楚地认识中国古代文化的优美和值得借鉴之处，这就为中西文化进一步的平等交流奠定了基础。他的《中国诗学》不但填补了学界空白，还以西方的词语分析方法和鉴赏标准证明了中国语言和诗歌的伟大；《中国之侠》不但凸显了鲜为西方读者所知的中华文明的另一个侧面，更是中西学界的有关"侠"的主题研究的第一部专著❶；《李商隐诗》率先以"巴洛克"一词称呼李商隐诗的独特风格，证明中国古诗不但可以在"含混"和复义方面首屈一指，在精神风貌上更是多彩多姿；《北宋主要词人》填补了英语学界有关中国古代词领域研究的空白，以简单的笔墨勾勒的"词"的大致发展史及主要艺术特色；《中国文学理论》作为第一部以西方语言整体阐释中国古代文论的著作，之所以毁誉并存，根本原因不在于刘若愚写不出一部选段、翻译再加阐释的著作，而是由于他超前地追求向英语读者展示中国古代文论的潜在体系及其与西方相似理论之间的异同之处；《语言与诗》以"悖论诗学"为焦点，不但在历史文化语境中梳理了这一诗学产生的根源，发展壮大的背景，在历代诗人—批评家作品中的具体表现，更集中阐释了中国古代诗歌诗学的独特旨趣及其与西方现代诗学、阐释学的相通之处。应该说，终其一生，刘若愚都背负着在英语世界为中国古代文学、诗学立言的重负！他竭尽毕生之力，想告诉英语读者中国古代文学诗学的精华与其优美，这在当时积弱积贫，备受西方贬抑的中华古代文明而言，该是怎样的一颗赤子之心！这样的态度对于"五四"以来激进的民族文化传统虚无主义者而言同样是一种有力的否定。

在研究方法以及对待有关文学的概念方面，刘若愚一方面受到西方新批评派瑞查兹、燕卜荪、象征主义和后象征主义诗人马拉美、艾略特以及现象学派杜夫海纳、英伽登等人的影响，对中国古代诗词从阐释、翻译到鉴赏都给出了完全

---

❶ 周清霖："侠与侠义精神——代译者前言"，见刘若愚：《中国之侠》，周清霖、唐发铙译，三联书店1991年版，第1~4页。

不同于传统学者的印象式、寓言式阐释以及道德至上的鉴赏标准，使中国古代诗词在鉴赏领域走向更为精微细致的层面，焕发出蓬勃的生机与活力。在以英语阐释中国古代文论时，他以西方诗学为参照系精心设置了一系列跨越历史与文化差异的原理论问题，对中国古代文论进行了尝试性的体系化，这不仅让西方读者初步认识中国古代诗学的存在，凸显了中西诗学之间的差异和类同，他埋下的模糊地标，更成为后来学者在中西比较诗学领域耕耘的指示牌。无论是赞成还是反对，刘若愚在中西比较诗学领域开启的议题正成为把中西比较诗学推向纵深的一种力量。

最后，刘若愚以深厚的中西学养往往使他能同时站在中西两种文化的高度，对当时西方流行的各种批评模式能否适用于中国古典文学作出了自己的理解和反思。他反对把西方理论和术语不加分析地用于阐释中国古代文学，认为唯一的准绳和依据就是如何更有效地阐释文本，而不是标新立异，人云亦云。这种态度无论对当时，还是对今天的学界，无疑都有重要的启发性意义。

刘若愚不但勤于比较和开拓，勇敢地希望通过这种比较建立超越中西历史文化隔阂的世界性诗论。他个人的诗论正是作为一种建构世界性诗论的尝试来进行的，尽管他一直明白这种追求或许只是堂·吉诃德式的，但这一追求却在他30余年的学术生涯中不断发展、不断深入。在尝试建立世界性诗论的过程中，他不断吸收新的理论，又不断扬弃一些旧的不合理成分，这种勇于追求、勤于实践的态度无疑十分令人景仰！另外，他一直致力于寻求中西诗学的共通性，在进行中西诗学的比较和建构世界性诗学的问题上，他甚至认为单单是韦勒克（René Wellek）的"展望主义（perspectivism）"或佛克玛提倡的比较文学的文化相对论都是不够的：

> 对于不同文化和不同时代之间的不同的信仰、假定、偏见和思考方式，给予适当考虑之后，我们必须致力于超越历史和超越文化，寻求超越历史和文化差异的文学特点和性质以及批评的概念和标准。❶

在当时的英语世界对中国古代诗学的整体性了解几乎空白，而中文学界直到今天还挣扎于中国古代文论现代转化的泥泞的背景下，他的这一理想无疑是极端超前而激进，但却保证了刘若愚在对待中西两种文学、诗学时始终如一的平等态度。因此，尽管刘若愚对中西诗学交结点的探索、对中国古代诗学潜体系的寻求仍然有许多不成熟之处，但他的学术著述所促发的千千万万新的思索、争论不正是未来中西比较文学得以更加成熟的起点么？

总之，新的时代下，如何才能更好地继承中国古代文学、诗学的伟大传统，使它们在新的时代、新的语境下重新焕发出蓬勃的生机，成为所有炎黄子孙共同的精神家园，这一问题是包括刘若愚在内的所有有良心的知识分子都在思考的问题。具体而言，如何继承中国古代文学的精华，如何使中国古代文论能够顺利地进行现代转化，使之成为新时代文

---

❶ 刘若愚：《中国文学理论》，杜国清译，江苏教育出版社 2006 年版，第 209 页。

论话语的重要部分，这是从 20 世纪初就已经开始的议题。换句话说，这根本不是一个议题，而是一段已经开始的行程：路漫漫其修远兮，吾将上下而求索！多少学者已经在此领域留下了无数的心血和智慧，本书中的刘若愚也许不过是其中的一点星光、一颗微粟，但作为中西比较诗学的拓荒者之一，刘若愚博学严谨的学术成果应该得到应有的梳理和尊重！本书力图将刘若愚的全部著述置于他当时所处的历史文化语境深处去静思默察。多年默默相对，常偶有心得体会：常觉白纸黑字深处，有一张黄色、苍老却桀骜不驯的脸，在一群白色面孔之间左冲右突，他欲凭借一身才华，在那异国他乡为中国古代文学诗学闯出一片天地！而阅读刘若愚著作的西方书评，也偶尔会感觉他犹如大观园里的林黛玉，"一年三百六十日，风霜刀剑严相逼"，尽管随着时间的流逝，某些书评者在舆论已成定局时，不得不表示对原先否定的某部著作的赞美。

期待某一天，能有更多人阅读刘若愚的学术著作，能从他的成功与失败之处体会出一些对于中国古代文论现代转化、对于中西比较诗学的深入开展有新意的启发性见解。那么，本书的写作目的就算是达到了。因为本书在对刘若愚中西比较著述进行研究时，正是以寻找到这样一些新质和启发意义为己任的，我相信自己没有失望。也希望通过自己的阐释，对国内读者深入理解刘若愚的著述有所帮助！因为，当中国古代文艺理论成为"问题"，对这一问题的解决也就起步了。从现在开始，看看先行者都做了什么，跟随他们留下的依稀痕迹，或许可以最终走向他们曾经希冀的康庄大道。正如童庆炳教授所说："就文论方面的中西对话来说，像朱

光潜、宗白华、钱钟书、王元化等学贯中西的大师，都给我们做出了榜样，我们完全可以循着他们的足迹走去。"❶

❶ 童庆炳：《中国古代文论的现代意义》，北京师范大学出版社 2003 年版，第 339 页。

参考文献

第一部分：刘若愚原著及中译本

［1］ James J. Y. Liu. The Art of Chinese Poetry ［M］. Chicago：University of Chicago Press, 1962.

［2］ James J. Y. Liu. The Chinese Knight-Errant ［M］. Chicago：University of Chicago Press, 1967.

［3］ James J. Y. Liu. The Poetry of Li Shang-yin, Ninth-Century Baroque Chinese Poet ［M］. Chicago：University of Chicago Press, 1969.

［4］ James J. Y. Liu. Major Lyricists of Northern Sung ［M］. Princeton：Princeton University Press, 1974.

［5］ James J. Y. Liu. Chinese Theories of Literature ［M］. Chicago：University of Chicago Press, 1975.

［6］ James J. Y. Liu. Essentials of Chinese Literary Art ［M］. North Scituate, Mass. ：Duxbury Press, 1979.

［7］ James J. Y. Liu. Review of China and the West：Comparative Literature Studies ［J］. William Tay et al. eds. CLS, 1981, 18, （2）：201 – 207.

［8］ James J. Y. Liu. The Interlingual Critic ［M］. Bloomington：Indiana University Press, 1982.

［9］ James J. Y. Liu. A Note on Po Chü-yi's "Tu Lao Tzu" ［J］. CLEAR 4 1982 （2）：243 – 244.

［10］ James J. Y. Liu. The Paradox of Poetics and the Poetics of Paradox ［C］//In Proceedings of the Tenth Congress of the International Comparative Literature Association. New York：Garland Publishing, 1985.

［11］ James J. Y. Liu. Language – Paradox – Poetics：A Chinese

Perspective ［M］. Princeton：Princeton University Press，1988.

［12］［美］刘若愚. 中国诗歌中的时间、空间和自我［C］. 莫砺锋，译. 古代文学理论研究（四）. 上海：上海古籍出版社，1981：156－177.

［13］［美］刘若愚. 中国的文学理论［M］. 赵帆声，王振，王庆祥，袁若娟，译. 郑州：中州古籍出版社，1986.

［14］［美］刘若愚. 中国的文学理论［M］. 田守真，饶曙光，译. 成都：四川人民出版社，1987.

［15］［美］刘若愚. 中国文学艺术精华［M］. 王镇远，译. 合肥：黄山书社，1989.

［16］［美］刘若愚. 中国古诗评析［M］. 王周若龄，周领顺，译. 开封：河南大学出版社，1989.

［17］［美］刘若愚. 中国诗学［M］. 赵帆声，周领顺，王周若龄，译. 郑州：河南人民出版社，1990.

［18］［美］刘若愚. 中国诗学［M］. 韩铁椿，蒋小雯，译. 长江文艺出版社，1991.

［19］［美］刘若愚. 中国之侠［M］. 周清霖，唐发铙，译. 上海：三联书店，1991.

［20］［美］刘若愚. 中国游侠与西方骑士［M］. 罗立群，译. 北京：中国和平出版社，1994.

［21］［美］刘若愚. 中国诗学［M］. 杜国清，译. 台北：幼狮文化事业公司，1981.

［22］［美］刘若愚. 中国文学理论［M］. 杜国清，译. 南京：江苏教育出版社，2006.

第二部分：其他中文参考资料

［1］［法］安田朴．中国文化西传欧洲史［M］．耿升，译．
北京：商务印书馆，2000.

［2］［美］安乐哲，［中］安平秋．北美汉学家辞典［M］．
北京：人民文学出版社，2001.

［3］［英］艾略特．传统与个人才能［C］//赵毅衡．"新
批评"文集．北京：中国社会科学出版社，1988.

［4］［美］埃默里·埃利奥特．哥伦比亚美国文学史［M］．
朱通伯，等，译．成都：四川辞书出版社，1994.

［5］［美］本杰明·史华兹．古代中国的思想世界［M］．程
钢，译.南京：江苏人民出版社，2004.

［6］［美］包弼德·斯文：唐宋思想的转型［M］．刘宁，
译.南京：江苏人民出版社，2001.

［7］北京大学比较文学与比较文化研究所．多边文化研究：
北京大学比较文学与比较文化研究所学术纪要［M］．
第一卷．北京：新世界出版社，2001.

［8］北京大学比较文学研究所．中国比较文学研究资料：
1919～1949［M］．北京：北京大学出版社，1989.

［9］北京师范大学文艺学研究中心．"中国古代文论研究方
法"国际学术研讨会论文集［C］．北京师范大
学，2008.

［10］曹顺庆．中外比较文论史［M］．济南：山东教育出版
社，1998.

［11］曹顺庆．中西比较诗学［M］．北京：北京出版
社，1988.

［12］陈良运．中国诗学体系论［M］．北京：中国社会科学
　　　出版社，1992．

［13］陈鼓应．老子注释及评介［M］．北京：中华书
　　　局，1984．

［14］杜书瀛．文学原理——创作论［M］．北京：人民文学
　　　出版社，1989．

［15］杜书瀛．李渔美学思想研究［M］．北京：中国社会科
　　　学出版社，1998．

［16］杜黎均．二十四诗品译注评析［M］．北京：北京出版
　　　社，1988．

［17］［法］杜夫海纳．审美经验现象学［M］．韩树站，译．
　　　北京：文化艺术出版社，1992．

［18］［法］杜赫德．耶稣会士中国书简集［C］．郑德弟，
　　　等，译．郑州：大象出版社，2001．

［19］范存忠．中国文化在启蒙时期的英国［M］．上海：上
　　　海外语教育出版社，1991．

［20］傅勇林．文化范式：译学研究与比较文学［M］．成
　　　都：西南交通大学出版社，2000．

［21］葛兆光．清华汉学研究［C］．北京：清华大学出版
　　　社，1997．

［22］郭绍虞，王文生．中国历代文论选［M］．四册．上
　　　海：上海古籍出版社，2001．

［23］郭绍虞．中国文学批评史［M］．上海：新文艺出版
　　　社，1956．

［24］郭庆藩．庄子集释［M］．上海：上海书店出版
　　　社，1986．

[25] 古添洪．记号诗学［M］．台北：东大图书公司，1984.

[26] ［美］高友工．文学研究的美学问题［C］//李正治．政府迁台以来文学研究理论及方法之探索．台湾：学生书局，1988.

[27] 黄药眠，童庆炳．中西比较诗学体系［M］．北京：人民文学出版社，1991.

[28] 黄维樑．中国诗学纵横论［M］．台北：洪范出版社，1977.

[29] 黄维樑．中国古典文论新探［M］．北京：北京大学出版社，1996.

[30] 黄鸣奋．英语世界中国古典文学之传播［M］．上海：学林出版社，1997.

[31] 黄卓越．儒学与后现代视域：海外与中国［M］．郑州：河南大学出版社，2009.

[32] 黄卓越．明中后期文学思潮研究［M］．北京：北京大学出版社，2005.

[33] 侯且岸．当代美国的显学——美国现代中国学研究［M］．北京：人民出版社，1995.

[34] 胡晓明．中国诗学之精神［M］．南昌：江西人民出版社，1990.

[35] 季羡林，贾植芳．中国比较文学［C］．上海：上海外语教育出版社，1994.

[36] 蒋原伦．90年代批评［M］．天津：天津社会科学院出版社，2000.

[37] 蒋原伦，潘凯雄，贺绍俊．文学批评学［M］．北京：

人民文学出版社，1991.

［38］蒋原伦．主义批评的式微——关于 90 年代批评的一种描述［J］．天津社会科学，1999（5）．

［39］蒋原伦．大众文化的兴起与纯文学神话的破灭［J］．文艺研究，2001（5）．

［40］蒋原伦．媒介批评与当代文化［J］．文艺研究，2008（2）．

［41］［美］柯文．在中国发现历史——中国中心观在美国的兴起［M］．北京：中华书局，1994.

［42］［美］哈罗德·伊萨克斯．美国的中国形象［M］．于殿利，等，译．北京：时事出版社，1999.

［43］况周颐，王国维．蕙风词话　人间词话［M］．王幼安，校订．徐调孚，周振甫，注．北京：人民文学出版社，1960.

［44］［美］A.杰弗逊，D.罗比，等．现代西方文艺理论流派［C］．李广成，译．北京：北京大学出版社，1992.

［45］罗根泽．中国文学批评史［M］．北京：中华书局，1961.

［46］李壮鹰．禅与诗［M］．北京：北京师范大学出版社，2001.

［47］吕德申．钟嵘诗品校释［M］．北京：北京大学出版社，1986.

［48］［英］罗素．西方哲学史［M］．何兆武，李约瑟，译．北京：商务印书馆，2004.

［49］［美］倪豪士．美国学者论唐代文学［C］．黄宝华，

等，译．上海：上海古籍出版社，1994．

[50] ［美］罗溥洛．美国学者论中国文化［C］．包伟民，陈晓燕，译．北京：中国广播电视出版社，1994．

[51] ［英］拉曼·赛尔登，彼得·威德森，彼得·布鲁克．当代文学理论导读［M］．刘象愚，译．北京：北京大学出版社，2006．

[52] 何寅，许光华．国外汉学史［M］．上海：上海外语教育出版社，2002．

[53] 陆海明．中国文学批评方法探源［M］．北京：中国社会科学出版社，1994．

[54] 李天纲．中国礼仪之争［M］．上海：上海古籍出版社，1998．

[55] 李达三．比较文学研究之新方向［M］．台北：联经出版事业公司，1978．

[56] 李达三，罗钢．中外比较文学的里程碑［C］．北京：人民文学出版社，1997．

[57] 刘小枫．拯救与逍遥［M］．上海：上海三联书店，2001．

[58] 李学勤．国际汉学著作提要［C］．南昌：江西教育出版社，1996．

[59] 李学勤．国际汉学漫步［C］．石家庄：河北教育出版社，1997．

[60] ［法］李比雄（Alain Le Pichon），乐黛云．跨文化对话［C］．上海：上海文化出版社，1999．

[61] ［法］洛里哀．比较文学史［M］．傅东华，译．上海：上海书店，1989．

［62］刘东．刘东自选集［M］．桂林：广西师范大学出版社，1997．

［63］刘岩．中国文化对美国文学的影响［M］．保定：河北人民出版社，1998．

［64］马祖毅，任荣珍．汉籍外译史［M］．武汉：湖北教育出版社，1997．

［65］敏泽．中国文学理论批评史［M］．北京：人民文学出版社，1981．

［66］马新国．西方文论史［M］．北京：高等教育出版社，2002．

［67］钱钟书．谈艺录［M］．上海：开明出版社，1965．

［68］钱钟书．管锥编［M］．北京：中华书局，1979．

［69］钱钟书．也是集［M］．香港：广角镜出版社，1984．

［70］钱念孙．朱光潜与西方文化［M］．合肥：安徽教育出版社，1995．

［71］任继愈，主编．国际汉学［C］．郑州：大象出版社，1995～2005．

［72］饶芃子．比较诗学［M］．西安：陕西师范大学出版社，2000．

［73］［美］苏源熙．中国美学问题［M］．卞东波，译．南京：江苏人民出版社，2009．

［74］宋柏年．中国古典文学在国外［M］．北京：北京语言学院出版社，1994．

［75］孙越生，陈书梅．美国中国学手册［M］．北京：中国社会科学出版社，1993．

［76］商金林．朱光潜与中国现代文学［M］．合肥：安徽教

育出版社，1995.

［77］唐圭璋．词话丛编［M］．台北：广文书局，1967.

［78］唐圭璋．唐宋词选注［M］．北京：北京出版社，1982.

［79］童庆炳．中国古代心理学和美学［M］．北京：中华书局，1992.

［80］童庆炳．维纳斯的腰带：创作美学［M］．北京：中国人民大学出版社，2009.

［81］童庆炳．中国古代文论的现代阐释［M］．北京：中国人民大学出版社，2010.

［82］童庆炳．中国古代文论的现代意义［M］．北京：北京师范大学出版社，2003.

［83］童庆炳．美学与当代文化讲演录［M］．桂林：广西师范大学出版社，2007.

［84］唐晓敏．中唐文学思想研究［M］．北京：北京师范大学出版社，2000.

［85］唐晓敏，等．中国文学思想史［M］．长沙：湖南教育出版社，2004.

［86］［英］特雷·伊格尔顿．二十世纪西方文学理论［M］．伍晓明，译．北京：北京大学出版社，2007.

［87］王晓路．西方汉学界的中国文论研究［M］．成都：巴蜀书社，2003.

［88］王晓路．中西诗学对话——英语世界的中国古代文论研究［M］．成都：巴蜀书社，2000.

［89］王晓路．视野·意识·问题［M］．成都：四川人民出版社，2003.

［90］ 王晓路．西方汉学界的中国古代文论研究述评［J］．
　　　文艺理论研究，1998（4）．

［91］ 王运熙，顾易生．中国文学批评史［M］．上海：上海
　　　古籍出版社，1996.

［92］ 王晓平，周发祥，李逸津．国外中国文论研究［M］．
　　　南京：江苏教育出版社，1998.

［93］ 王靖宇．西学中用——重读刘若愚先生《中国诗学》
　　　有感［J］．中国文哲研究通讯，2007，18（3）．

［94］ 王元化．文心雕龙创作论［M］．上海：古籍出版
　　　社，1979.

［95］ 王攸欣．朱光潜学术思想评传［M］．北京：北京图书
　　　馆出版社，1999.

［96］ 温儒敏．中西比较文学论文集［C］．北京：北京大学
　　　出版社，1988.

［97］ 伍蠡甫．西方文论选［C］．上海：上海译文出版
　　　社，1979.

［98］ 徐复观．中国艺术精神［M］．台北：学生书
　　　局，1967.

［99］ 徐志啸．比较文学与中国古典文学［M］．上海：学林
　　　出版社，1995.

［100］ 徐志啸．中国比较文学简史［M］．武汉：湖北教育
　　　出版社，1996.

［101］ 徐其超．在比较视角中：中国当代文学影响研究
　　　［M］．成都：四川大学出版社，1992.

［102］ 萧华荣．中国诗学思想史［M］．上海：华东师范大
　　　学出版社，1996.

[103] ［美］夏志清．中国古典小说史论［M］．南昌：江西人民出版社，2001.

[104] 徐调孚．校注人间词话［M］．北京：中华书局，1955.

[105] ［法］谢和耐．中国与基督教：中西文化的首次撞击［M］．耿升，译．上海：上海古籍出版社，2003.

[106] 夏康达，王晓平．二十世纪国外中国文学研究［M］．天津：天津人民出版社，2000.

[107] ［加］叶嘉莹．王国维及其文学批评［M］．石家庄：河北教育出版社，1997.

[108] ［美］叶维廉．中国诗学［M］．北京：三联书店，1991.

[109] ［美］叶维廉．历史、传释与美学［M］．台北：东大图书公司，1988.

[110] ［美］叶维廉．寻求跨中西文化的共同规律［M］．北京：北京大学出版社，1986.

[111] ［美］叶维廉．从现象到表现［M］．台北：东大图书股份有限公司，1994.

[112] 乐黛云．跨文化之桥［M］．北京：北京大学出版社，2002.

[113] 乐黛云，陈珏．北美中国古典文学研究名家十年文选［C］．南京：江苏人民出版社，1996.

[114] ［美］宇文所安．中国文论：英译与评论［M］．王柏华，陶庆梅，译．上海：上海社会科学院出版社，2003.

[115] 乐黛云，张辉．文化传递与文学形象［M］．北京：

北京大学出版社，1999.

[116] 余虹．中国文论与西方诗学 ［M］．北京：三联书店，1999.

[117] 杨乃乔．悖立与整合：东方儒道诗学与西方诗学的本体论、语言论比较 ［M］．北京：文化艺术出版社，1998.

[118] 杨乃乔．比较文学概论 ［M］．北京：北京大学出版社，2002.

[119] 严羽．沧浪诗话校释 ［M］．郭绍虞，校释．北京：人民文学出版社，1983.

[120] 颜元叔．谈民族文学 ［M］．台北：学生书局，1975.

[121] 张汉良．方法：文学的路 ［M］．台北：台湾大学出版中心，2002.

[122] 张汉良．文学原理：东方与西方 ［M］．台北：台湾大学出版社，1993.

[123] 张汉良．现代诗论衡 ［M］．台北：幼狮文化公司，1977.

[124] 张汉良．比较文学：理论与实践 ［M］．台北：东大图书股份有限公司，1986.

[125] 张国刚，等．明清传教士与欧洲汉学 ［M］．北京：中国社会科学出版社，2001.

[126] 张隆溪．比较文学译文集 ［C］．北京：北京大学出版社，1982.

[127] 张隆溪．道与逻各斯 ［M］．冯川，译．成都：四川人民出版社，1998.

[128] 张隆溪．比较文学研究入门 ［M］．上海：复旦大学

出版社，2009.

[129] 张海明．回顾与反思——古代文论研究七十年［M］.
北京：北京师范大学出版社，1997.

[130] 张伯伟．中国诗学研究［M］．沈阳：辽海出版
社，2000.

[131] 周发祥．中外文学交流史［M］．长沙：湖南教育出
版社，1999.

[132] 周发祥．西方文论与中国文学［M］．南京：江苏教
育出版社，2004.

[133] 周振甫．文心雕龙注释［M］．北京：人民出版
社，1981.

[134] 周振甫．李商隐选集——周振甫译注别集［M］．南
京：江苏教育出版社，2006.

[135] 詹杭伦．刘若愚融合中西诗学之路［M］．北京：文
津出版社，2005.

[136] 赵毅衡．远游的诗神——中国古典诗歌对美国新诗运
动的影响［M］．成都：四川人民出版社，1985.

[137] 赵毅衡，编选．"新批评"文集［C］．北京：中国
社会科学出版社，1988.

[138] 朱光潜．诗论［M］．合肥：安徽教育出版社，2006.

[139] 朱光潜．朱光潜全集［M］．合肥：安徽教育出版社，
1987～1993.

[140] 朱式蓉，等．朱光潜——从迷途到通径［M］．上海：
复旦大学出版社，1991.

[141] 朱耀伟．当代西方批评论述的中国图像［M］．台北：
骆驼出版社，1996.

［142］中国社科院．世界中国学家名录［M］．北京：社会科学文献出版社，1994.

［143］中国古代文学理论学会．古代文学理论研究丛刊［C］．1～8辑录．上海：上海古籍出版社，1979～1997.

［144］张西平．中国与欧洲早期宗教和哲学交流史［M］．北京：东方出版社，2001.

［145］张健，柯庆民，等．中国文学批评资料汇编［M］．台北：成文书局，1978～1981.

［146］宗白华．意境［M］．北京：北京大学出版社，1986.

第三部分：其他英文参考资料

［1］M. H. Abrams. The Mirror and the Lamp：Romantic Theory and the Critical Tradition ［M］. New York：Oxford University Press, 1971.

［2］Adele Rickett. ed. Chinese Approaches to Literature from Confucius to Liang Ch'i-ch'ao ［M］. Princeton：Princeton UP, 1978.

［3］Allan, Mowbray. T. S. Eliot's Impersonal Theory of Poetry ［M］. Lewisburg, Pa. ：Bucknell University Press, 1974.

［4］Bodman, Richard. Poetics and Prosody in Medieval China：A Study and Translation of Kūkai's Bunkyō hifuron ［D］. Cornell University, 1978.

［5］Chang Han-Liang, Hu Shih and John Dewey. "scientific method" in the May Fourth era—China 1919 and after ［C］. Comparative Criticism 22, Cambridge University Press, 2000：91 – 103.

[6] Chang Han-Liang, Yiu-Man Ma, Hamilton Ming-Tsang Yang. Select bibliography of Chinese-Western comparative literature studies, 1970—2000 [J]. Comparative Criticism 22, 2000, Cambridge University Press, 263 – 288.

[7] Chang Han-Liang, Reflections on cross-cultural literary contact. The reception of American critical discourse in Taiwan in the 1970s [J]. Poetics, 1992, 21: 57 – 74.

[8] Chang, Chung-yuan. Tao: A New Way of Thinking [M] . New York: Harper and Row. 1975.

[9] Chang, Kang-i Sun. The Evolution of Chinese Tz'u Poetry [M]. Princeton: Princeton University Press, 1980.

[10] Chaves, Jonathan. Mei Yao-ch'en and the Development of Early Sung Poetry [M]. New York: Grove Press, 1976.

[11] Cheng, Francois. Chinese Poetic Writing [M]. Translated from the French by Donald A. Riggs and Jerome P. Seaton. Bloomington: Indiana University Press, 1982.

[12] Ch'ien, Edward T. The Conception of Language and the Use of Paradox in Buddhism and Taoism [J]. JCP 11, 1984 (4): 375 – 399.

[13] Cleanth Brooks. The Well-wrought Urn [M]. New York: Renal and Hitchcock. 1947.
Cleanth Brooks. Modern Poetry and the Tradition [M]. the University of North Carolina Press, 1939.
Cleanth Brooks. Irony and " Ironic " Poetry [J]. The English Journal, 1948, 37 (2): 57 – 63.
Cleanth Brooks. Southern Literature: Past, History and

Eternity〔C〕. Philip Castille, William Osborne, eds.. Southern Literature in Transition: Heritage and Promise. Memphis: Memphis State University Press, 1983: 9.

〔14〕Cleanth Brooks, Robert Penn Warren. Understanding Poetry〔M〕. 北京: 外语教学与研究出版社, 2004.

〔15〕Core, George. Southern Letters and the New Criticism〔J〕. Georgia Review 24, 1970 (4): 413-431.

〔16〕Culler, Jonathan. Framing the Sign. Oklahoma Project for Discourse and Theory〔M〕. Norman and London: U Oklahoma, 1988.

〔17〕Hawkes, David, tans. Ch'u Tz'u: Songs og the South〔M〕. London: Oxford University Press. Reprint. Boston: Beacon Press, 1962.

〔18〕Hightower, J. R.. T'ao Ch'ien's Drinking Wine Poems〔C〕. Tse-tsung Chow, ed.. Wen-lin: Studies in the Chinese Humanities. Madison: University of Wisconsin Press, 1968: 3-44.

〔19〕Hightower, J. R.. The Poetry of T'ao Ch'ien〔M〕. New York: Oxford University Press, 1970.

〔20〕Lu, Fei-pai. T. S.. Eliot: The Dialectical Structure of His Theory of Poetry〔M〕. Chicago: University of Chicago Press, 1966.

〔21〕Lynn, Richard John. Orthodoxy and Enlightenment: Wang Shih-chen's Theory of Poetry and Its Antecedents〔C〕. William Theodore de Bary, ed. The Unfolding of Neo-Confucianism. New York: Columbia University Press, 1975:

217 - 269.

[22] Lynn, Richard John. Tradition and Individual: Ming and Ch'ing Views of Yüan Poetry [J]. Journal of Oriental Studies, 1977, 15: 1 - 19.

[23] Lynn, Richard John. Alternate Routes to Self-Realization in Ming Theories of Poetry [C] //Susan Bush and Christian Murck, eds. Theories of the Arts in China. Princeton: Princeton University Press, 1983: 317 - 340.

[24] Lynn, Richard John. The Talent-Learning Polarity in Chinese Poetics: Yan Yu and the Later Tradition [J]. CLEAR, 1983, 5: 157 - 184.

[25] Lynn, Richard John. Poems on Poetry: Literary Criticism of Yuan Hao-Wen (1190 ~ 1257) [J]. HJAS 47, 1987 (2): 694 - 713.

[26] Lynn, Richard John. The Sudden and the Gradual in Chinese Poetry Criticism: An Examination of the Ch'an-Poetry Analogy [C] //Peter N. Gregory, ed.. Sudden and Gradual: Approaches to Enlightenment in Chinese Thought. Honolulu: University of Hawaii, 1987: 381 - 427.

[27] Owen, Stephen. Traditional Chinese Poetry and Poetics: Omen of the World [M]. Madison: University of Wisconsin Press, 1985.

[28] Owen, Stephen. Remembrances: The Experience of the Past in Classical Chinese Literature [M]. Cambridge: Harvard University Press, 1986.

[29] Owen, Stephen. Mi-lou: Poetry and the Labyrinth of De-

sire [M]. Cambridge: Harvard University Press, 1989.

[30] Owen, Stephen. Readings in Chinese Literary Thought [M]. Cambridge, Massachusetts: Harvard University Press, 1992.

[31] Yu, Pauline R. Chinese and Symbolist Poetic Theories [J]. Comparative Literature, 1978, 30 (4): 291 – 312.

[32] Yu, Pauline R. Ssu-kung T'u's Shi-p'in: Poetic Theory in Poetic Form [J]. Ronald C. Miao, ed.. Chinese Poetry and Poetics, vol. 1, San Francisco: Chinese Materials Center, 1978: 81 – 103.

[33] Yu, Pauline R. The Poetry of Wang Wei [M]. Bloomington: Indiana University Press, 1980.

[34] Yu, Pauline R. Allegory, Allegoresis, and the Classic of Poetry [J]. HJAS, 1983, 43 (2): 377 – 412.

附　　录

海外有关刘若愚著述的书评

The Art of Chinese Poetry

[1] review：[untitled]

Author：Günther Debon

Reviewed work：*The Art of Chinese Poetry* by James J. Y. Liu

Source：*Journal of the American Oriental Society*, Vol. 83,
No. 3 （Aug. -Sep. , 1963）, pp. 385 ~ 386.

[2] *The art of Chinese Poetry*：Surrejoinder （ 此为 [1] 发表
后刘若愚的第二次对话，刘若愚在同页有针对 [1] 的
答辩）

Author：Günther Debon KōLN

Source：*Journal of the American Oriental Society*, Vol. 84,
No. 2 （Apr. -Jun. , 1964）, p. 174.

[3] review：[untitled]

Author：D. R. Jonker

Reviewed work：*The Art of Chinese Poetry* by James J. Y. Liu

Source：*T'oung Pao*, Second Series, Vol. 52, Livr. 1/3
（1965）, pp. 174 ~ 176.

[4] review：[untitled]

Author：Donald Holzman Paris and Princeton University

Reviewed work：The Art of Chinese Poetry by James J.

Y. Liu

Source：*Artibus Asiae*，Vol. 26，No. 3/4 （1963），pp. 359 ~ 361.

[5] review：[untitled]

Author：James R. Hightower Harvard University

Reviewed work：*The Art of Chinese Poetry* by James J. Y. Liu

Source：*The Journal of Asian Studies*，Vol. 23，No. 2 （Feb.，1964），pp. 301 ~ 302.

[6] review：[untitled]

Author：David Hawkes

Reviewed work：*The Art of Chinese Poetry* by James J. Y. Liu

Source：*Bulletin of the School of Oriental and African Studies*，Vol. 26，No. 3 （1963），pp. 672 ~ 673.

[7] Review：[untitled] Author（s）：Hans H. Frankel Yale University

Reviewed work（s）：*The Art of Chinese Poetry* by James J. Y. Liu

Source：*Harvard Journal of Asiatic Studies*，Vol. 24 （1962 ~ 1963），pp. 260 ~ 270.

[8] Review：[untitled]

Author（s）：D. Hawkes

Reviewed work：*The Art of Chinese Poetry* by James J. Y. Liu

Source：*Journal of the Royal Asiatic Society of Great Britain and Ireland*，No. 3/4 （Oct.，1963），pp. 260 ~ 261.

[9] Review：[untitled]

Reviewed work：*The Art of Chinese Poetry* by James J. Y. Liu

Author (s): Roy E. Teele University of Texas

Source: *Books Abroad*, Vol. 37, No. 2 (Spring, 1963), p. 219.

The Chinese Knight-errant.

[1] reviews: No Title

Author: Liu Wu-Chi

Reviewed work: *The Chinese Knight-errant.* By James J. Y. Liu

Source: *The Journal of Asian Studies*, (Pre-1986). May 1968; 27, 3. p. 625.

[2] reviews: No Title

Author: Liu Wu-Chi

Reviewed work: *The Chinese Knight-errant.* By James J. Y. Liu

Source: *The Journal of Asian Studies*, Vol. 27, No. 3 (May, 1968), pp. 625 ~ 626.

[3] review: [untitled]

Author: Endymion Wilkinson

Reviewed work: *The Chinese Knight-errant.* By James J. Y. Liu

Source: *Bulletin of the School of Oriental and African Studies*, Vol. 32, No. 2 (1969), pp. 428 ~ 429.

The Poetry of Li Shang-yin,
Ninth-Century Baroque Chinese Poet

[1] review: [untitled]

Author: Li Chi

Reviewed work: *The Poetry of Li Shang-yin*, *Ninth-Century Baroque Chinese Poet* by James J. Y. Liu

Source: *Journal of the American Oriental Society*, Vol. 92, No. 2 (Apr. -Jun. , 1972), pp. 340 ~ 341.

[2] review: [untitled]

Author: Yi-tùng Wang University of Pittsburgh

Reviewed work: *The Poetry of Li Shang-yin. Ninth-Century Baroque Poet.* by James J. Y. Liu

Source: *The Journal of Asian Studies*, Vol. 29, No. 2 (Feb. , 1970), pp. 423 ~ 435.

Major Lyricists of the Northern Sung

[1] review: [untitled]

Author: Joe Cutter

Reviewed work: *Major Lyricists of the Northern Sung*, *A. D. 960 ~ 1126* by James J. Y. Liu

Source: *Journal of the American Oriental Society*, Vol. 97, No. 4 (Oct. -Dec. , 1977), pp. 573 ~ 575.

[2] review: [untitled]

Author: Jan W. Walls

Reviewed work: *Major Lyricists of the Northern Sung*, *A. D. 960 ~ 1126* by James J. Y. Liu

Source: *Pacific Affairs*, Vol. 48, No. 1 (Spring, 1975),
p. 116.

[3] review: [untitled]
Author: David R. Knechtges
Reviewed work: *Major Lyricists of the Northern Sung*, *A. D.
960 ~ 1126* by James J. Y. Liu
Source: *The Journal of Asian Studies*, Vol. 34, No. 2
(Feb. , 1975), pp. 508 ~ 511.

[4] review: David Knechtges' Review of Major Lyricists of the
Northern Sung
Author: James J. Y. Liu
Reviewed work: *Major Lyricists of the Northern Sung*, *A. D.
960 ~ 1126* by James J. Y. Liu
Source: *The Journal of Asian Studies*, Vol. 35, No. 3
(May, 1976), p. 542.

[5] review: [untitled]
Author: Tao Tao Sanders
Reviewed work: *Major Lyricists of the Northern Sung*, *A. D.
960 ~ 1126* by James J. Y. Liu
Source: *Bulletin of the School of Oriental and African Studies*, Vol. 38, No. 2 (1975), pp. 466 ~ 467.

[6] review: [untitled]
Author: J. D. Schmidt
Reviewed work: *Major Lyricists of the Northern Sung*, *A. D.
960 ~ 1126* by James J. Y. Liu
Source: *Chinese Literature: Essays, Articles, Reviews*

（*CLEAR*），Vol. 1，（Jan. , 1979）pp. 128 ~ 129.

Chinese Theories of Literature

[1] review：[untitled]

Author：Jan W. Walls

Reviewed work：*Chinese Theories of Literature* by James J. Y. Liu

Source：*Pacific Affairs*，Vol. 49，No. 3（Autumn，1976），pp. 543 ~ 544.

[2] review：[untitled]

Author：Stephen Owen

Reviewed work：*Chinese Theories of Literature.* by James J. Y. Liu

Source：*NLN*，Vol. 90，No. 6，*Comparative Literature*：*Translation*：*Theory and Practice.*（Dec. , 1975），pp. 986 ~ 990.

[3] review：[untitled]

Author：Tao Tao Sanders

Reviewed work：*Chinese Theories of Literature.* by James J. Y. Liu

Source：*Bulletin of the School of Oriental and African Studies*，University of London，Vol. 40，No. 2（1977），pp. 417 ~ 418.

[4] review：[untitled]

Author：Perry Link

Reviewed work：*Chinese Theories of Literature.* by James J.

Y. Liu

The Chinese literary scene: A writer's visit to the people's Republic by Kai-yu Hsu

Source: *The China Quarterly*, No. 69 (Mar. , 1977), pp. 181 ~ 184.

[5] review: [untitled]

Author: Jeanette L. Faurot

Reviewed work: *Chinese Theories of Literature.* by James J. Y. Liu

Source: *The Modern Language Journal*, Vol. 61, No. 5/6 (Sep. – Oct. , 1977), pp. 287 ~ 288.

[6] review: [untitled]

Author: Karen J. Lee

Reviewed work: *Chinese Theories of Literature* by James J. Y. Liu

Source: *The Journal of Aesthetics and Art-Criticism*, Vol. 34, No. 4 (Summer, 1976), pp. 505 ~ 506.

[7] Review: Naming and Reality of Chinese Criticism

Author (s): C. H. Wang

Reviewed work (s): *Chinese Theories of Literature.* by James J. Y. Liu *Chinese Approaches to Literature from Confucius to Liang Ch'i-ch'ao.* by Adele Austin Rickett

Source: *The Journal of Asian Studies*, Vol. 38, No. 3 (May, 1979), pp. 529 ~ 534.

[8] A Reply to Professor Wang

Author (s): James J. Y. Liu

Source: *The Journal of Asian Studies*, Vol. 39, No. 2 (Feb., 1980), p. 452.

[9] Review: [untitled]

Author (s): W. L. Idema

Reviewed work (s): *Chinese Theories of Literature* by James J. Y. Liu

Source: *T'oung Pao*, Second Series, Vol. 63, Livr. 4/5 (1977), pp. 331 ~ 336.

[10] Review: [untitled]

Author (s): Burton Raffel

Source: *Books Abroad*, Vol. 50, No. 1 (Winter, 1976), p. 237.

[11] Review: [untitled]

Author (s): Chow Tse-tsung

Reviewed work (s): *Chinese Theories of Literature* by James J. Y. Liu

Source: *Harvard Journal of Asiatic Studies*, Vol. 37, No. 2 (Dec., 1977), pp. 413 ~ 423.

[12] Review: [untitled]

Author (s): D. W. Fokkema

Reviewed work (s): *Chinese Theories of Literature* by James J. Y. Liu

Source: *Dutch Quarterly Review of Anglo-American Letters*, Vol. 8 (1978).

[13] D. W. Fokkema. Chinese and Renaissance Artes Poeticae. *Comparative Literature Studies*, Vol. XV, No. 2 (1978).

Essentials of Chinese Literary Art

[1] review: [untitled]

Author: Irving Yucheng

Reviewed work: *Essentials of Chinese Literary Art* by James J. Y. Liu

Source: *Journal of the American Oriental Society*, Vol. 103, No. 4 (Oct. -Dec. , 1983), pp. 797 ~ 798.

[2] review: [untitled]

Author: W. J. F. Jenner

Reviewed work: *Essentials of Chinese Literary Art* by James J. Y. Liu

Source: *Pacific Affairs*, Vol. 53, No. 3 (Autumn, 1980), pp. 549 ~ 550.

[3] review: [untitled]

Author: Paul W. Kroll

Reviewed work: *Essentials of Chinese Literary Art* by James J. Y. Liu

Source: *Chinese Literature: Essays, Articles, Reviews (CLEAR)*, Vol. 2, No. 1 (Jan. , 1980) pp. 151 ~ 152.

The Interlingual Critic.

[1] review: [untitled]

Author: Daniel Bryant

Reviewed work: *The Interlingual Critic. Interpreting Chinese Poetry.* by James J. Y. Liu

Source: *Pacific Affairs*, Vol. 56, No. 2 (Summer,

1983), pp. 327 ~ 329.

[2] review: [untitled]

Author: Robert Joe Cutter

Reviewed work: *The Interlingual Critic. Interpreting Chinese Poetry.* by James J. Y. Liu

Source: *ChineseLiterature: Essays, Reviews (CLEAR),* Vol. 6, No. 1/2 (Jul. , 1984), pp. 183 ~ 185.

[3] review: [untitled]

Author: J. -P. Diény

Reviewed work: *The Interlingual Critic, Interpreting Chinese Poetry.* by James J. Y. Liu

Source: *T'oung Pao,* Second Series, Vol. 69, Livr. 1/3 (1983), pp. 143 ~ 149.

[4] review: [untitled]

Author: D. E. Pollard

Reviewed work: *The Interlingual Critic, Interpreting Chinese Poetry.* by James J. Y. Liu

Source: *Bulletin of the School of Oriental and African Studies,* Vol. 47, No. 1 (1984), pp. 175 ~ 176.

Language – Paradox – Poetics

[1] Review: Some Recent Studies of Chinese Poetice: A Review Article

Author: W. L. Idema

Reviewed works: *Language-Paradox-Poetics. A Chinese Perspective* by James J. Y. Liu; Richard John Lynn, La valeur

allusive. Des categories originales de i'interpretation poétique
dans la tradition chinoise by Francois Jullien

Source: *T'oung Pao*, Second Series, Vol. 75, Livr. 4/5
(1989), pp. 277 ~ 288.

[2] reviews: China and InnerAsian: *Language – Paradox – Poetics*
Author: Palumbo-Liu, David
Source: *The Journal of Asian Studies*, Nov. 1989; 48, 4.

[3] review: untitled
Author: Zhang Longxi
Reviewed works: *Language-Paradox-Poetics. A Chinese Perspective* by James J. Y. Liu; Richard John Lynn
Source: *ChineseLiterature: Essays, Articles, Reviews*
(*CLEAR*), Vol. 10, No. 1/2 (Jul. , 1988) pp.
190 ~ 194.

后　记

　　本书是在我的博士论文《寻找先行者的足迹——中西比较视域中的刘若愚及其研究》的基础上修改而成的。因此，首先要向我的博士生导师童庆炳教授致以最深切的感谢：整个博士论文的写作过程得到先生耐心细致的指导，从先生本人和他的著述之中得到很多的启发和帮助。动笔之初，先生就强调要把刘若愚的著作置于其产生的学术历史文化语境中去理解，一定要弄清楚刘若愚写了什么、为什么要那样写。及至写出论文初稿之后，先生又仔细审核，从框架结构、写作内容到语句表达都提出了全面的指导意见，强调一定要以事实说话，而不是空洞的辩论。得知修改后的论文即将付梓，先生又于百忙之中抽出时间为学生的小书作序。老师的恩情学生自然是永远无以言报的，老师的高风亮节与渊博学识，将永远是鞭策学生在日常学习、生活中诚实做人、不断进取的重要力量！

　　此处还要深深感谢北京师范大学文艺学专业的导师们：王一川教授、李春青教授、蒋原伦教授、方维规教授、赵勇教授、季广茂教授、曹卫东教授、陈太胜教授在开题、预答辩、答辩等环节认真审阅了稿件并提出了许多宝贵的修改意见！感谢中国社会科学研究院杜书瀛教授、北京第二外国语大学唐晓敏教授在答辩环节提出的重要修改意见，为本书后期的进一步修改提出了新的思路。

　　本书能得以顺利完成，还要特别感谢我的硕士导师四川大学王晓路教授。本书的写作源于我2003年在王老师指导下完成的硕士论文"刘若愚的诗学研究"。硕士毕业后，老师多次慷慨赠书，并以各种形式鼓励学生就这一议题继续钻研下去！多年来，您对学生完全不计回报的鼓励、帮助，连同您的博学与厚德一起，将永远铭记在学生心中！

感谢家人的支持！感谢父亲母亲、公公婆婆，感谢你们赐给我生命，并给予我生命中最重要的人！感谢你们多年来对我家人的照顾，对我学业的支持！

感谢广东嘉应学院曾令存先生，谢谢您的鼓励与关怀！感谢博士期间的同窗好友郭敏、杨玉珍、马慧娜、赵新等！感谢为本书的写作复印、惠寄资料的朱周斌、任显凯、陈宇同学！

特别感谢我的丈夫，你在科研上取得的优秀成绩是我学习的榜样！感谢我的女儿——我的小老师！

感谢本书责任编辑罗慧的辛勤工作！

邱　霞

2011 年 12 月 8 日于上海复旦大学第十宿舍